天作之合
1

姜之鱼 / 著

台海出版社

图书在版编目（CIP）数据

天作之合. 1 / 姜之鱼著. -- 北京：台海出版社，2022.9
ISBN 978-7-5168-3381-0

Ⅰ. ①天… Ⅱ. ①姜… Ⅲ. ①言情小说－中国－当代 Ⅳ. ①I247.5

中国版本图书馆CIP数据核字(2022)第160366号

天作之合1

著　　者：姜之鱼

出 版 人：蔡　旭　　　　　　　　封面设计：南大古　张　强
责任编辑：员晓博

出版发行：台海出版社
地　　址：北京市东城区景山东街20号　　邮政编码：100009
电　　话：010-64041652（发行，邮购）
传　　真：010-84045799（总编室）
网　　址：www.taimeng.org.cn/thcbs/default.htm
E - mail：thcbs@126.com

经　　销：全国各地新华书店
印　　刷：北京盛通印刷股份有限公司
本书如有破损、缺页、装订错误，请与本社联系调换

开　　本：880毫米×1230毫米　　1/32
字　　数：308千字　　　　　　　　印　　张：10.5
版　　次：2022年9月第1版　　　　印　　次：2022年12月第1次印刷
书　　号：ISBN 978-7-5168-3381-0

定　　价：45.00元

版权所有　　翻印必究

目 录
contents

第1章	001	第13章	093
第2章	009	第14章	099
第3章	017	第15章	107
第4章	025	第16章	115
第5章	031	第17章	123
第6章	039	第18章	131
第7章	047	第19章	139
第8章	055	第20章	147
第9章	061	第21章	155
第10章	069	第22章	163
第11章	077	第23章	171
第12章	085		

目 录
contents

第24章	179	第36章	259
第25章	187	第37章	265
第26章	193	第38章	271
第27章	199	第39章	277
第28章	207	第40章	283
第29章	213	第41章	289
第30章	219	第42章	297
第31章	227	第43章	305
第32章	235	第44章	311
第33章	241	第45章	319
第34章	247	第46章	325
第35章	253		

第 1 章

临近盛夏,南城的天气也逐渐变热,下午的阳光将地面照得几乎反光。

Muse工作室内气氛凝滞。

"我们丝丝上个月在你们这儿下的单子,说好的这个月给结果,这都月底了还没信,定金可是都给了。"

屋内吹着冷气,几个小姑娘靠在边缘,瞅着中央正在说话的微胖男人,偶尔低声议论一下。

要是真这样也就算了,可偏偏这是离职设计师接的私单,严格来说和工作室并没有关系。

男人冷哼一声:"今天你们要不给个说法,别怪我不客气!"

"那你要怎么个不客气法?"

玻璃门被推开,一道身影自门外而入,清澈的嗓音紧跟着响起。

众人的视线移向声音来源处,入眼是一双细直修长的腿,再往上是一张明艳动人的脸,在室内光下,皮肤白到仿佛自带磨皮效果。

倪思喃双手环胸，似笑非笑，眼眸将弯未弯，深棕的瞳色似乎带着些波光潋滟。

工作室骤然安静下来。

上个月这里还是一家濒临倒闭的小店，现如今换了个老板，已然焕然一新，优雅又有格调。

见没有人回话，倪思喃又看向旁边的辛禾，问："怎么什么乱七八糟的人都放进来？"

微胖男人气炸了。

"丝丝的助理金伟先生。"辛禾又将这事说了一遍，"之前离职的设计师接的私单，他找我们要说法。"

"丝丝又是谁？"倪思喃好看的眉蹙起。

还没等到回答，金伟忍不住开口道："你谁啊你？"

倪思喃看也不看他，对辛禾说："回答我的问题。"

"微博粉丝三百万的美妆博主。"说完，辛禾又补充道，"之前有个离职的设计师接了丝丝的私单，没走工作室这边，不归我们负责。"

南城这几大家族里，倪家属于百年名门，倪思喃这个大小姐没接手家里的公司，而是突然兴起，开了个工作室，这也是他们工作室有恃无恐的原因。

倪思喃这才转向金伟："那你还待在这儿干什么？"

合着他之前都白说了！金伟咬牙切齿道："她是你们这儿的员工。"

"她月初就离职了。"旁边另一个员工开口道，"金先生要找也应该去找她才对呀。"

接私单是设计行业常见的行为，工作室对这个向来没什么要求，不影响工作就行。

金伟仿佛听不懂，喋喋不休起来。

辛禾见倪思喃皱眉，警铃大作，轻咳一声："好像和傅家……公子有那么点关系。"

倪思喃直接摆手："那还等什么？让他滚。"

第1章

金伟震惊道:"你怎么敢?!"

倪思喃冲辛禾使了个眼色,轻叹一口气,心道自己可真好说话,要是搁心情不好的时候,依她往常的脾气,他能完好无损地走出这道门,她就不姓倪。

辛禾立刻微微一笑,做出送客的手势。

"我们丝丝现在和……"金伟脸色难看。

"和傅成川有一腿?"倪思喃玩味地接上他的话。

听到她直呼傅成川的名字,金伟皱了皱眉,心里涌上一股不安的感觉。下一秒,直觉成真。

倪思喃说:"你让姓傅的过来跟我说。"

好家伙,名字都不叫了,直接叫姓傅的。

倪思喃"喊"了一声,懒得搭理他,径直走向自己办公室,细腰长腿,肤白貌美,身材曲线一览无余。

围观员工眨着眼,心道新老板看起来脾气和本事都很大的样子!

金伟一走,工作室里的几个小姑娘就发消息讨论开来了。

"你们说丝丝那边会安静吗?"

"她之前爱闹事是出了名的吧?我总觉得会忍不住。"

"咱们新老板看起来很大牌,我瞧着丝丝在她眼里根本就不算什么。"

她们口中的新老板正哼着歌。

倪思喃的办公室是自己设计的,优雅又精致,就连随处摆放的小玩意儿都造价不菲。

工作室刚接手,事并不少,倪思喃才看完一份报表,电话响了。

"事情办完了没?"蒋谷吊儿郎当的声音从手机里传出来,"我现在去接你?"

"差不多,你到南山路18号。"

傍晚五点,天色还亮着,城市的灯已经亮起。

南山路是南城最繁华的一条路,下班高峰期堵得不行,蒋谷花了一个小时才到目的地。

"我说大小姐，"他没忍住抱怨道，"你没事干大热天的跑到这儿做什么，不应该在家吹冷气吗？"

"看对面呀。"倪思喃顺势按下车窗。

"什么？"蒋谷瞥过去，一眼瞅见不远处的店铺，玻璃橱窗内挂着两条优雅高贵的礼服。

"我的公司。"倪思喃眨眨眼。

蒋谷愣了几秒，后知后觉地扭头问："我记得一个月前你才跟我说创业的吧，今天就搞好了？"

倪思喃下巴微抬，颇为骄傲地说："买了个现成的。"

也是，很符合这小公主有钱任性的性格。

大概是处于震惊状态，一直到红绿灯前，蒋谷才发现倪思喃原先张扬的香芋紫发色染回了低调的栗色。

"别看了，我要回老宅。"倪思喃捧着脸道。

"我懂我懂。"蒋谷笑嘻嘻的。

倪老爷子是宠爱她，但毕竟还是老一辈的思想，所以在老爷子面前，倪思喃常是一副乖巧的样子。

之前倪老爷子生病休养，他还去探望过。蒋谷作为南城数一数二的纨绔子弟，千金小姐和女明星见过无数，倪家大小姐是他目前为止见过最惊艳的一个，说句人间绝色也不为过，当然脾气也是最娇纵的。

在南城，倪思喃是公认的好命，美貌和家世样样不缺，牢牢占据名媛之首。

他挑了下眉梢，傅成川怎么那么没眼光，和个美妆博主搅和到一起？

刚巧，倪思喃手机振动，屏幕上显示"傅成川"三个字。

"倪——"

"来给你的小情人找场子了呀？"倪思喃开口就没打算给面子，"没想到你眼光这么差，怕不是眼瞎了吧？"

其实她压根儿不知道丝丝长什么样，就是顺口一说。

傅成川一口气还没提上来，又听见她说："其实，傅公子配她还是挺合适的。"

他直觉这话不对，果不其然，听见倪思喃又补了一句："只不过现在看来，我们两家的联姻还需要认真考虑一下。"

她可不是个软性子。两个月前倪家和傅家确定联姻订婚，这才过去多久，丝丝就蹿到自己面前了。

傅成川脸色一沉："你想干什么？"

"我要退婚。"

这四个字重重捶下来，傅成川语气不佳地说："倪思喃，你再说一遍？"

"你眼瞎了，耳朵也聋了吗？"倪思喃有一副好嗓音，娇媚动听，此刻配上说出来的话却十分嘲讽。

"事关重大，你怎么这么任性？"傅成川压住怒气。

倪思喃佯装惊讶："南城还有人不知道我的性格吗？"

说完，倪思喃很任性地直接挂了电话。

蒋谷再也忍不住，哈哈笑了起来。

傅成川一肚子的话都没说出口，倒是丝丝又来了电话："傅公子……"

他心下烦躁："你没事安分点！"

他小叔已经回国，偌大的京际集团是落入小叔手中还是被他收入囊中本就扑朔迷离，他和倪家联姻也正是为了这一目的，谁知道这时生了变。

此时正值下班时间，街上车水马龙，嘈杂不已。

不少司机的目光落在前方的劳斯莱斯车身上，再看看那低调又奢华的车牌号，不由得心生羡慕。这又是哪个富二代吧？只可惜看不到车内坐着的人长什么样，与之并排的两个司机将车窗放到底，就差伸头出去瞧了。

车内，乔特助从后视镜里看向后排的男人，对方慵懒地靠在椅背上，衬衫袖口翻折，腕表上偶尔划过一道碎光，矜贵而疏离。

傅遇北察觉到他的目光，抬眼问："怎么了？"

"两个月前小少爷和倪家大小姐订了婚。"乔特助一本正经地开口，"这桩联姻有百利而无一害，外面都说小少爷想和您打擂台。"

"外面说……"傅遇北慢条斯理地重复这几个字,意味深长地轻笑一声,指尖点在腿上。

"不过……小少爷似乎最近和一个网红打得火热,依倪家大小姐的性格,恐怕没那么顺利,退婚也有可能。"

傅遇北合上眼:"嗯。"

他这一声"嗯"让乔特助摸不准是什么意思。

倪家这一辈资质平庸,倪老爷子唯一出彩的小儿子跟妻子早年出车祸去世,留下一个女儿,现在余下大儿子,也就是倪大小姐的大伯虎视眈眈。据傅遇北所知,倪老爷子前不久生病,明天会出院,偌大的倪氏还能不能将这满目繁华继续下去都是个问题。找上傅家,也是他们唯一的选择。

乔特助又开口道:"董事们今天晚上在宁园准备了一场宴会,打算为您接风洗尘。"

傅遇北这才淡淡说:"回四季湾。"

乔特助应声,明白他这是打算晾晾那群人。

清淡的香水味飘散在空气里,傅遇北按下一半车窗,随意地看向这个离开了五年的城市。

正巧,隔壁车的车窗也缓缓下降。倪思喃撩了下被风吹起的碎发,露出洁白的额头,眼角上扬,清亮动人。她一转头,猝不及防撞进一双深邃的眸子里。

男人面部线条凌厉却好看,周身气质低调内敛,轮廓被窗外的灯光分割得棱角分明。

目光交错的瞬间,倪思喃心跳停了一拍。她猛地扭过头,回过神时,旁边的车已经驶出一段距离。明明眼神冷静平淡,倪思喃却感觉压迫性极强。南城什么时候有这样的人了?

蒋谷也瞧见了前方的车,只觉得车牌极为眼熟,但又想不起来在哪儿见过。但是像这一类车基本就一两个人有,范围很小,稍稍一打听就能知道。

十几分钟后,倪思喃和蒋谷出现在宁园包厢内,一进去就看见了不少熟人。

第1章

女孩们言笑晏晏地出声恭维:

"思喃终于来了啊。"

"早知道你今天有空,下午就约你逛街了。"

"这身裙子没记错是限量款吧?你下手可真快。"

倪思喃淡淡笑了一下,落座在众人让出的正中央位置。

虽然她父亲去世得早,但倪老爷子把她当公主养,整个南城没有一个人比得上,现在她又和傅家订婚,谁敢小觑?

倪思喃别的爱好没有,就爱听别人夸自己。

这群大小姐一边吹捧一边暗自愤恨,怎么自己遇不上这么好的家世?不过转而想起最近傅成川的桃色绯闻,她们对视一眼,这么一想,这倪大小姐还是有不如意的地方嘛。

像这样的局基本是每周好几次,倪思喃偶尔感兴趣就来,不感兴趣就不来,今天也是给蒋谷面子。

倒是蒋谷,临近结束时反倒匆匆离去。

倪思喃百无聊赖地坐了一会儿,丢下一句"你们继续",推门去了洗手间。

刚到转角处,她就看到了背对着自己的蒋谷。他正在和人说话,对方比他高,能看见头顶乌黑的发色以及宽阔又性感的肩膀。

倪思喃扬声问道:"你和谁说话呢?"

闻言,蒋谷转过身,和他说话的人显露在她面前。本来只是随意看一眼,可就在看清男人的那张脸时,倪思喃瞬间背脊绷直。

男人也看过来,目光微凉且凛冽。

蒋谷开口道:"思喃,给你介绍一下,我小舅。"

倪思喃还处在"路上吓到自己的神秘男人居然是发小的舅舅"的震惊中,微微睁大眼,眼瞳明亮异常,巴掌大的鹅蛋脸仿若桃瓣,稍稍透出粉色,又娇又媚。她的裙摆轻轻晃动着,一走廊的光都遮不住她的明艳。

傅遇北眼神轻闪,不动声色地移开目光。

蒋谷说:"小舅,这是思喃。"

傅遇北颔首,语调平淡:"嗯。"

声音低沉如水。

蒋谷见她还没反应过来,想了想,小声提示道:"就是傅成川的叔叔。"

说完,他觉得这话听上去好像哪里不大对。

提起那个今天刚被她威胁退婚的未婚夫,倪思喃一瞬间纠结起来,所以她到底是跟着姓傅的叫叔叔,还是跟着蒋谷叫舅舅啊?

第2章

半晌，倪思喃抬眼，对上傅遇北的眼神。

长辈面前，她一向装乖。倪思喃仰头，纤细修长的脖颈露在空气里，声音清甜："叔叔好。"

话音落下，傅遇北看她的目光多了几分深意。

倪思喃能感觉到头顶的视线，紧迫逼人，她后背绷紧，心想自己是不是把他叫老了。

男人居高临下，能看到她今天穿的裙子后背露了一点，半片蝴蝶骨翩跹而出，和流畅的背部线条组成整体，犹如翅膀，完美得恰到好处。

男人敛眸，幽深的目光直直落在年轻的女孩脸上，缓缓出声："倪思喃。"

就和他的脸一样，他的声音也完美到好听。

"哎？"骤然被叫到名字，倪思喃仿佛被老师叫起来回答问题，下意识地应了一声后才反应过来，好奇地问，"以前怎么没见过傅叔叔啊？"

这回加上了姓。

那姓傅的不怎么样，叔叔倒是魄力十足。她觉得自己这副清纯乖巧的模样，是个长辈都会喜欢，这位初次见面的傅叔叔应当也不例外。

容貌媚人，眼睛却清冽干净。傅遇北轻轻眯起眼，唇侧勾起一点弧度，淡声开口："我今天刚回国。"

"我小舅之前去开拓海外市场，他出去的时候你还在上学。"蒋谷适时插嘴，"所以你才不知道。"

他母亲虽然和傅遇北的母亲不是同一个妈生的，但感情不错。

倪思喃"哦"了一声："难怪。"

"小舅，你这回回来就不打算出去了吧？"蒋谷唠叨起来，没得到傅遇北的回应也不奇怪，很快又转了话题，"你不知道，傅成川现在是什么……对了，前不久思喃和他订了婚。"

"我知道。"原本倾听的男人忽然开了口。

倪思喃耳朵动了动，总觉得这句话听起来怪吓人的。

"不过小舅你得管管傅成川，明目张胆地就和别人搞起来了，一点也不给思喃面子……"蒋谷吐槽起来，没说倪思喃打算退婚的事。

倪思喃在想退婚的事，她今天和傅成川提了这事，他的反应不像是会同意的，要快点退婚估计比较难。

傅遇北忽然停住脚步，倪思喃猝不及防撞了上去，就在她以为自己这张脸要遭受打击时，对方侧身拉住了她。

她的鼻尖嗅到了檀香味，下意识地反抓住他的胳膊，结实有力，手感极佳。

倪思喃脾气娇纵，和她关系亲密点的男性朋友就蒋谷一个，他平时吊儿郎当的，哪里比得上眼前这个人。

鬼使神差的，她偷摸了一把。

傅遇北指尖停了一瞬，皱眉瞥她。

虽然顶着傅成川未婚妻的名头，揩他叔叔的油好像不合适，但倪思喃一点也不心虚，她向来随心所欲惯了。

倪思喃的理直气壮倒让傅遇北差点以为刚才的是错觉。

"谢谢傅叔叔。"眼前的女孩撩起耳边的碎发,眉眼弯弯,"要不然我就摔了。"

这略带撒娇的语气,让蒋谷愣是起了一身鸡皮疙瘩。他头一回见有人在小舅面前娇里娇气的,上一个这样做的人怕是已经找不出名字了吧?

"站好。"傅遇北的语气里听不出什么情绪,面无表情地松开了手。

自己难道不乖吗?这叔叔不吃这一套?明明爷爷就很喜欢她撒娇。

倪思喃腹诽着又突然恍然大悟,这位傅叔叔看上去成熟有魅力,怕是见多了在他面前故意矫情的女人,她怎么能和那些人一样?

想到这儿,倪思喃眼尾一挑,低头整理衣服。她的脖颈修长白皙,弧线优美,犹如一只湖面上安稳遨游的白天鹅,莫名带着柔顺的意思。

傅遇北瞄了一眼,喉结微动。他向来话少,更何况对方是一个今晚才刚见面的小辈——还是他侄子的未婚妻。

念及傅成川,他的表情又淡了几分。

"小舅。"看到傅遇北的表情,蒋谷心头忐忑起来,指了指前方,"我在那边开了个包厢,您过去玩玩?"

"你们玩着,我还有事。"傅遇北抬头,嗓音醇厚,"以后会有再见的时候。"他低头转了下腕表,漫不经心的动作流露出矜贵的修养,"不要让我知道你在外面过夜。"

蒋谷头皮发麻。

等傅遇北进了前面的包厢,倪思喃才收回视线,睨他一眼:"你看起来挺怕你小舅的啊。"

蒋谷"唉"了一声:"你问问谁不怕他?"

手握实权,果断凌厉。他这样一个纨绔子弟,要不是有着血缘关系,怕是早就成了被拍死的小蚂蚱。

"总的来说,没事不要得罪我小舅,他回国肯定有情况,我看傅成川怕是没好果子吃。"

倪思喃眨眨眼:"傅叔叔挺厉害。"

这话说得一点都不走心。

"看我干什么？"倪思喃随口说，"不说马上都要退婚了，他的破事还能连坐到我不成？"

反正退婚之后，傅家大大小小的事都和她无关。

"那可说不准。"蒋谷虽然一向捧着她，但也会悠哉地调侃她，"别怕，我到时候给你求情。"

倪思喃笑着瞪了他一眼。

宁园是私人会所，早前是一座中式豪宅，后来经过整改，如今已是南城人人都想进入的地方。

来这儿的人非富即贵，光有钱还不行。

包厢里亮着昏暗的光，几个中年男人坐在沙发上，身旁的女伴温温柔柔地倒酒，偶尔溢出几声娇笑。

王东闭着眼，说道："傅总这回国的时间卡得有点好，傅成川现在怕是战战兢兢。"

其实他们也没想到，京际集团是傅家产业，在傅老爷子手里已经发扬光大，到了傅遇北这儿，不过短短一年就将海外市场收入囊中。

傅老爷子结过两次婚，原配生了一个儿子一个女儿后意外去世，几年后第二任妻子生了傅遇北，可以说是老来子。算起来傅遇北也只大了傅成川六岁。

傅老爷子去世时，傅遇北年纪轻轻，生性强势，接手京际集团后更是势如猛虎。

今天他刚回国，几位董事高管就组了个宴，一来在傅遇北面前，他们算得上是长辈，想给这个年轻人一点颜色看看；二来也是想看看傅遇北打算怎么对待傅成川。

"王董，这你就想错了。"另一位秃顶男人慢悠悠地开口道，"好歹傅成川那小子也是傅总的亲侄子，手下留点机会也是很有可能的。"

"傅总和他爸可不是一个妈生的。"有人笑着出声。

南城上流圈子里的家庭构造，他们自然清清楚楚，有哪家在争家产上不打得头破血流的?

"傅成川和倪氏联姻倒是选得不错。"

"夺权不是光靠外戚就行的。"王东喝了口酒,"想当年,傅总可是在腥风血雨里……"

剩下的话他没说出来。

旁边竖着耳朵听的女伴不由得心生失望,对那位还不曾露面的傅总不禁好奇起来。

这几位女伴察言观色能力强,她们看得清楚,这几个平日里人精一样的董事现在看上去淡定,实则紧张,甚至还有一丝害怕。

时间一分一秒过去,服务员进来送酒,那位傅总却迟迟未来。

咣——

酒杯碰撞桌子,包厢里一时间安静下来。

"这都过去多长时间了?"王东脸色难看起来,重重放下酒杯,"傅遇北是故意的。"

他烦躁地推开女伴,正要起身。

就在此时,门被从外推开。乔特助侧身,傅遇北径直踏入包厢,只站在那儿就让人发冷。

王东脱口的抱怨哑在嘴里。

"好久不见。"傅遇北不动声色地环视一圈,笑意不达眼底,"现在应该不算晚吧?"

"不晚不晚,傅总来得刚好。"

"哈哈哈,快给傅总倒酒!"

那位女伴伸手按上王东的太阳穴,忍不住腻着声拐弯打探:"这位傅总……"

她声音小,没被人察觉。

王东紧紧盯着半笼在黑暗里的男人,难得好脾气地说:"京际集团,傅家你知道吧?"

南城谁不知道京际集团,行业涉及极广,商业上无往而不利,人人挤破了脑袋想进去，就连她也心生神往。

"这位傅总就是一把手。"王东说完也是感慨，"从没失手过。"

女伴瞪大眼。

王东说完发现傅遇北看过来，一个激灵，差点以为自己刚才说的话哪里不对，没想到傅遇北只是淡淡地举杯抿了口酒。

年龄五十多、经历过大风大浪的王董事，愣是出了一身冷汗。

洗尘宴结束的同时，傅家掌权人回归南城的消息插翅般飞了出去，在整个圈子里激起无数浪花。

眼瞅着，这天就要变了。

深夜一到，整个城市流光溢彩。

倪思喃被送回倪公馆时已经快十点了，她没告诉别人，一个人往里走。

蒋谷："记得到家报平安。"

倪思喃发了个"好"过去。

倪公馆是老一辈传下来的，占地面积很大，外面的纷杂喧嚣自然不会闯进来，只不过里面的声音却不小。

倪思喃一进玄关，就听到了熟悉的说话声。

"你的成人礼自然是要好好准备。"大伯母正在和女儿倪宁说话，"你爷爷也同意了的。"

倪宁和母亲撒娇："妈，我的礼服准备好了吗？这次我不能被她比下去。"

"都在你房间，待会儿你回去就能选了。"

听到这儿，倪思喃脸上扬起一抹讽刺的笑。

客厅里张婉还在和自己的女儿说话："这次邀请的都是有名有姓的人，里面也有很出色的同龄人，小宁，你可要做好准备。"

倪宁的脸蓦地红起来："嗯。"

张婉很满意她的表现。

倪家孙辈总共就两个女儿，她嫁的是倪老爷子的大儿子，但生得迟，所以让倪思喃占了大小姐的排行。老爷子对这个大孙女可以说是十分溺爱,要不是他们从中不停阻拦,怕是整个倪家的产业都要被送到倪思喃手上了。

现在倪思喃还和傅家联姻,整个南城数得出来配得上倪家的总共就那几家,蒋家那小子又和倪思喃交好,张婉开始为倪宁着急。

当然,正面对上倪思喃时,她还是很温柔的。

"我今天和小姐妹出去喝茶,听说傅成川有个小情人。"倪宁幸灾乐祸地说,"倪思喃真以为全世界都围着她转了?"

"这事你跟我说说可以,别到倪思喃面前说,省得你又被老爷子教训。"

倪宁心有不甘地应下。

"好巧,我听见了。"

说得正起劲的母女二人身体一僵,扭头看见倪思喃站在不远处,冷眼瞧着她们。

张婉温声道:"思喃回来了啊。"

虽说暗地里都清楚,但明面上撕破脸还是不好。她才这么想,就听见倪思喃轻笑一声:"大伯母,刚刚不还是叫着我全名的吗?"

明明嗓音娇嫩,却让张婉觉得难堪。

倪思喃丢下这句意味深长的话,一点也不在乎她们的反应,转身上了楼,身姿袅袅,背影婷婷。

倪宁心生妒忌,却又无可奈何。小姐妹说再多她好看,也比不上倪思喃,同样都是倪家人,怎么倪思喃就长得那么美?就连爷爷也娇宠她。

倪宁嘲讽道:"爷爷生病你还回来这么晚?"

闻言,倪思喃停住脚步,站在楼梯上搭着扶手,居高临下地看着她,笑吟吟地开口了:"你知道的,爷爷不会怪我的。"

就是这副模样!气死人了!倪宁揣着一肚子气回了房。

女儿才刚走,张婉就看到丈夫倪健安从外面回来,一脸严肃地带来一个爆炸消息——

"傅家那位回来了。"

隔天清晨，南城市中心早就人来人往。

京际集团的大厦坐落于中心地段，不是一栋，而是三栋，设计各有不同，但都高于周围的其他建筑，让人望而却步。

不远处的车内，傅遇北的目光穿过人群和建筑，遥遥落在那几栋大厦上，眼神意味不明。

"昨天晚上您回国的消息就传开了……是王董他们。"乔特助顿了下，说道，"很多人都打电话过来询问。这个是今天早上倪氏送过来的请帖。"

他恭敬地递过去。

傅遇北闭目养神，并没有接。

见状，乔特助又开口："倪家二小姐的成人礼快到了，邀请您去参加。"

说是这么说，但他十分清楚，一个乳臭未干的小丫头的成人礼，老板怕是没兴趣。

傅遇北睁眼，抬手接了过来，烫金的请帖里先是恭维，而后提及倪宁年轻貌美，手写的邀请函看上去诚意十足，底下是落款人倪健安，就差明摆着把某种意思透出来了。

傅遇北的表情露出些许凉薄。

乔特助心领神会，立刻明白了自家老板的意思，打算待会儿下车就回绝倪家。

谁知下一秒，听见傅遇北问："那天有什么安排？"

乔特助一怔，短短几秒时间就根据行程给出了答案："只有下午两点关于云和天境的会议。"说完，他不太确定地问，"您是要……"

傅遇北随意合上请帖，丢在一旁，动作漫不经心，声音低沉："去凑个热闹。"

第3章

倪思喃是被家里的嘈杂声吵醒的。

她拢了拢头发,趿着拖鞋下了床,一把打开门走出去,楼梯是旋转的,能看清底下人来人往。倪思喃从迷蒙中清醒过来,想起明天就是倪宁的成人礼,怪不得今天就开始布置起来了。

她打了个哈欠,准备离开。

楼下的用人们刚好看到她,原本大手大脚忽然都小心翼翼起来,恭敬叫道:"大小姐。"

家里两姐妹不和,他们是清楚的。

从他们这个角度看,大小姐可真好看啊。卷起的长发垂在空中,还没好好打理,却颇有凌乱美,瓷白的脸嵌在其中,因为不清醒,眼睛里带了点睡意。这一副觉没睡够的娇气样子,别说倪老爷子宠爱,就连他们都忍不住心疼,这以后丈夫能忍得住吗?

"嗯。"

倪思喃点头示意，转身回房。

这一场回笼觉睡到了十点，女佣早就将她今天要穿的衣服整洁地放在一旁。

倪思喃的衣帽间是单独的房间，从卧室可以直通过去，不过她有一段时间没在老宅过夜了。女佣们知道她的喜好，选的是之前定制的成衣。

不过明天是倪宁的成人礼，她挑了一件礼服，她可没有谦让姐妹的习惯，向来都是自己要美，尤其是这种场合。

洗漱完下楼，底下人已经坐齐了。倪老爷子这段时间恢复得不错，能够下床走动，正坐在上首喝粥，倪宁在和他撒娇。

"爷爷，请帖都差不多发完了，您肯定不知道明天谁会来参加我的成人礼。"她故意吊胃口。

倪老爷子很是淡定："谁？"

"爷爷。"

倪宁的话正要说出来，倪思喃开口叫了一声。

看着老爷子一下子露出笑容，倪宁偷偷瞪了她一眼，早不下楼晚不下楼，非要赶在这时候。

倪思喃恍若未觉，从女佣手里接过碗，给老爷子喂粥。

老爷子心情舒爽，笑着问："爷爷早告诉过你，创业没那么容易，以前白手起家可不是说做就做。"

"还好，不过——"倪思喃露出狡黠的笑容，晃了晃手，"要是爷爷能够再赞助我一点就好了。"

"你就惦记着老头子这个。"老爷子笑呵呵的。

倪思喃哼了两声。

Muse工作室前身破产，她买过来重新装修，现在还没有确定开业时间，回本之路遥遥无期。当然，亏了她也不怕，反正有老爷子在后面给她兜底呢。

倪宁看着祖孙俩其乐融融，只觉得刺眼，明明都是孙女，凭什么她得到的那么多？

"姐姐，我听说昨天有人去你的新公司闹事。"她忽然高声开口，语气略带幸灾乐祸。

倪老爷子乐了:"谁这么不长眼?"

居然还有人敢到他孙女的店里闹事?

"也不算闹事。"

倪思喃不知道倪宁听到的是哪个版本的传言,但看她这副跃跃欲试的模样,怕是八九不离十。才刚满十八岁的小丫头,整天不好好学习,没事就想着在老爷子面前争宠,偏偏未经社会,藏不住心机,也不知道大伯母平时是怎么教的。

"而且我还听说对方和未来姐夫……关系不简单。"倪宁终于补上重磅炸弹。

倪老爷子的表情淡了下来。

"你听力真好。"倪思喃似笑非笑地说,"下个月英语听力应该不会再考五分了吧?"

倪宁被她揭短,脸红透了。

她成绩不好,尤其是英语最差,上次只考了三十分,结果被回来的倪思喃看到了试卷。

倪思喃转向老爷子,认认真真地说:"爷爷,既然说到这个,那我待会儿和您说件事。"

几双耳朵都竖了起来。才刚订婚,傅成川和丝丝的绯闻已经在南城传得满大街都是,这种八卦人人都爱听。

见她十分淡定,老爷子点头,再看向瞪着眼的倪宁,有些恨铁不成钢:"小宁你也不小了,我希望你的心思还是要放在学业上。"

倪宁咬着唇,压根儿不敢反驳老爷子。

倪思喃知道他们好奇,偏偏不当着他们的面说退婚的事,慢悠悠地喝完粥。反正这婚,她退定了。

等倪思喃离开公馆后,倪宁回到房间里生气:"妈,爷爷就是偏心而已,还说什么大道理!"

"别急。"张婉露出笑容,"那位傅总明晚来参加你的成人礼,他掌握整个京际集团,年轻有为,你可要好好把握。你不是一直想超过她吗?傅遇北就是你的机会。"

"啊？"

倪宁从没有见过傅遇北，也没有看过照片，实在想不出来傅遇北到底是什么样子。

半小时后，正头疼着的辛禾见到了自家老板，仿佛看到了救星："倪……喃总，丝丝那边好像在嘲讽我们，我觉得——"

"你叫我什么？"

倪思喃的重点压根儿不是丝丝。

"啊……总觉得叫倪总像是在叫男人一样。"辛禾说着自己都觉得好笑，"干脆就叫喃总了。"

"好像听起来还不错。"倪思喃摸了摸下巴，没忍住笑了起来，"叫倪总感觉是别人在叫我爷爷。丝丝怎么了？"

丝丝这事其实说大不大，说小不小，无非是不甘心，她拥有几百万粉丝，几乎没人敢找她的事，现在又搭上傅成川，可以说是顺风顺水。

她对Muse工作室了解不多，平时除了量尺码，其他都是助理去协商的，金伟回去后也隐瞒了自己丢脸的事，导致林丝丝以为新老板只是没脑子而已。

林丝丝发微博之前，金伟有点犹豫，阻止道："我看着她好像不是普通人的样子。"

林丝丝摆手："南城还有人敢不给傅成川面子的？"

一朝踏入上流圈子，她才明白那些传言非假，无怪乎人人都想挤进来。林丝丝是听说傅成川订婚了，但那又怎么样？订婚又不是结婚，更何况林丝丝对自己的容貌还是很自信的。

倪思喃连对方的微博都懒得看，不在意地说："这么点小事你们应该能处理好吧？"

辛禾严肃道："一定。"

老板的第一个要求，当然要好好办。

第3章

蒋谷那边有了新动作。

蒋谷:"为了给你退婚添砖添瓦,我找了个人。"

倪思喃好奇道:"谁啊?"

蒋谷:"一个狗仔。"

蒋谷可是花了大价钱才找到的这个狗仔,拍照本事一流,出图高清,必然符合小公主的要求。

蒋谷:"要求报销。"

倪思喃轻笑,大手一挥给他发了个红包。

蒋谷原本只是调侃,没想到还真能赚到零花钱,哈哈笑起来,不忘给她发来新消息。

——傅成川明晚会去倪宁的成人礼。

看清这句话,倪思喃眯了眯眼。

傍晚,倪公馆内灯火通明,忙忙碌碌到七点,天色已然黑透。

倪家二小姐的成人礼,来的宾客自然多。不说其他,所有人的目的都是为了倪老爷子,还有倪思喃和傅家的联姻。

当晚,倪公馆内觥筹交错。

楼下来宾三三两两地站在一起闲聊,通过倪健安不经意的透露,大家都知道傅遇北今晚会来,气氛一下子紧张起来。

傅遇北在商界无往而不利,无人不知,纵使他在海外五年,但前两天的消息还是让圈子里震惊不已。偏偏他回国后从不出现在公众场合。傅成川和倪家联姻的目的不言而喻,傅遇北会对自己侄子的行为无动于衷吗?

众人得到这个消息,纷纷对视一眼。

"真只是来祝贺的?"

"这都订婚了,总不至于毁约吧?傅总就算要给侄子教训也不是这时候。"

"我瞧着他要是不高兴,倪家说不定就倒霉了……"

和看戏的众人不同,倪宁此刻仿佛飘在云间,一众女孩围在她身边问道:"傅少和傅总都会来?"

"是啊。"倪宁矜持点头,脸上却是掩饰不住的得意。

她最喜欢这样的场面,那么多人想见到的人都来参加自己的成人礼,倪思喃怕是怎么也得不到吧?

被惦记的倪思喃正在和蒋谷打电话。

"就拍到了几张图,两个人只抱了一下。"蒋谷一边汇报,一边吐槽,"傅成川这不行啊。"

"你又行了?"倪思喃难得露出笑容,多了几分娇憨。

"你去外面打听打听,我蒋少哪里不行?不是我吹,整个南城没人敢在我面前放屁。"

倪思喃听着他胡吹海吹,随手拿过桌上的一条发带将头发扎在一起,耳边垂下一缕。

有女佣过来敲门:"大小姐,您该下去了。"

"知道了。"倪思喃懒洋洋地应了一声,挂断电话。

她出门时,楼下的说话声忽然变大。

没过几秒,大家不约而同地起身整理衣服,知道是今晚的重要人物到达倪公馆了。

几分钟后,一辆车行驶进来。

"今晚来的人真不少。"乔特助瞄了一眼窗外的众人,低声开口,而后下车弯腰打开车门。

对他,大家都很眼熟,毕竟之前傅遇北没有回来,京际的一些事情就是乔特助代为处理的。

所有人看向这边,连说话都忘了。

晚间庭院里亮着无数盏灯,微风阵阵,空气里弥漫着淡淡的花香,那是今天刚空运过来的鲜花。

傅遇北抬脚落地,高大的身形映入众人眼中,只看一眼,就能感觉到扑面而来的清冽和冷淡。

早就等在这边的倪健安立刻理理衣领,咳嗽两声,夸张地笑着,大步恭迎上前:"傅总,您能来真是太好了!"

余光瞥到乔特助从车里拿出两个礼盒,他心中闪过思量,对某件事又有了点信心。

"这是小女倪宁。"倪健安拉过一旁的女儿,"还不快见过傅总?"

倪宁张着嘴,半天才从傅遇北的长相里回过神来。她心跳加速,压根儿不敢正眼去看对面的男人,紧张到不行,红着脸偷瞧对方的下颌线。

之前没人告诉她傅遇北这么好看!

"傅总。"她说话都结巴起来,不知道该称呼什么,犹豫半天随了父亲的叫法。

倪健安恨铁不成钢。

傅遇北只轻轻颔首,视线从她身上一掠而过。

同是倪家人,见过另一位,这位就显得小家碧玉起来,至于"年轻貌美",恐怕就占了前两个字。

乔特助适时上前:"祝倪二小姐生辰快乐。"

倪宁接过礼物,心脏剧烈跳动起来。

这盒子不重,按照妈妈的描述,一个集团的掌权人应该不会送出廉价的东西,而且他本人都来现场了——倪宁偷偷看向傅遇北,心神荡漾。只是看到乔特助手里还有一个礼盒时,有点疑惑,不给她还能给谁,总不至于是倪思喃吧?

她在心里"嘁"了一声。

一行人进入大厅,倪思喃刚从旋转楼梯上下来,往前一看就看见了被簇拥在中心的傅遇北。

身着西装的男人站在光下,衣服被勾勒出一圈柔和的边,连带着眉目都笼上金色的光。

恰巧傅遇北抬眼,目光穿过挡在面前的二十来个人,十分精准地落在她身上。

倪思喃今天穿的小礼服,裙子是惹眼的红色,衬得整个人白得发光,小腿露在外面,银色的高跟鞋被晃出璀璨的光芒。一双眸子清亮,仿佛汇聚了整个夜空里所有的星星。

"傅总,听说您这次回国是打算开发郊区那块地是吗?云和天境这个名字起得真是好,果然……"

身旁的一位老总说得正起劲,而傅遇北站在那儿,神色淡然,嘴角不曾提起一点弧度,好似听了又好像从始至终都没听。

倪思喃从桌上端了一杯酒,往那边走了几步,有熟悉的长辈纷纷笑着和她说话。

傅遇北偏过头:"乔路。"

倪宁站在一群小姐妹中间,刚才得到礼物的事让她大大出了风头,现在十分有面子。

她想起昨天妈妈和她说的话,做出了某个决定,然而余光瞥见乔特助的动作时,灿烂的笑容僵在了脸上。

怎么又是倪思喃?

乔特助穿过人群,停在倪思喃面前,伸出双手将礼盒递给倪思喃。

倪思喃看向傅遇北,他这助理怕不是傻了吧?

傅遇北看到她脸上的表情,语气平淡:"上次见面仓促,这是我作为叔叔给你的见面礼。"

原本看戏的众人一片哗然。这是承认并且认可这桩联姻了?

不知道为什么,倪思喃总觉得男人在说"叔叔"这两个字时声音重了一分,又仿佛是她的错觉。

第4章

纤细葱白的手接过礼物。

礼盒是暗色的,倪思喃的手碰上去就吸引了不少人的目光,然而想起她的脾气,又歇菜了。这小公主他们受不住,傅成川恐怕也是这么想的才又找了个听话的吧?

倪家和傅家联姻的事早就传遍了南城,而在傅遇北回国时,他们还在猜测这桩联姻能不能继续下去,没想到傅遇北好像并不是很反对。

有人小声嘀咕:"说不准就是面子上给我们看看的。"

听到的人暗自赞同。

倪思喃余光瞥见周围的人都在看这里,尤其以倪宁最为明显,估计是气炸了。

叔叔还挺会给人长面子的嘛。倪思喃轻轻弯唇:"谢谢叔叔。"

她觉得自己还是很虚荣的,不过就是一件礼物,平时不觉得怎么样,但大庭广众之下,就收买了她。

大厅里又恢复了热闹。

傅遇北看着倪思喃，她所有的小心思都展露无遗，挑了下眉："喜欢就好。"

"叔叔的眼光肯定没问题。"倪思喃说起好话来那是一点也不打结。

说实话，她并不是很想在大家面前以傅成川未婚妻的身份说话，但是修养礼仪摆在那儿，要撕破脸也得等退婚。

傅遇北"嗯"了一声，并不在意，转头和身旁的人说起商业上的事情来。

被选中的那人惊喜之余还有点迷惑，原来傅总真记住他的名字了？

倪健安脸色变化并不明显，他打量了侄女好久，才笑着说："大家自便，不用客气。"

"哈哈哈，会的。"

"令爱真是生得活泼可爱，打算去哪所大学？"

而另一边的角落，气氛冷凝。几个千金你看看我，我看看你，不时瞄一眼脸色难看的倪宁，心下思量，看起来傅总明明对倪思喃更重视嘛，也对，人家怎么可能对一个小丫头有想法，倪宁刚才那兴奋的样子怕是自己想多了吧？

倪宁咬唇离开包围圈，刚一走，女孩们立刻八卦起来。

"傅总真是好看啊，我看比傅成川好看多了。"

"你们说倪宁和倪思喃的礼物是一样的吗？"

"不可能一样的吧，想也知道关系上肯定是倪思喃和傅家更亲一点，肯定不能一样。"

"倪思喃真是好命。"

她们丝毫没有避讳倪宁的意思，她还没走远，听得一清二楚，只觉得气愤。她本来还因为收到了傅遇北的礼物而高兴，现在已经没人关注这件事了。

倪宁一肚子火找到自己的母亲："妈。"

"小宁，注意形象。"张婉立刻给她整理了一下发型，"有什么事结束再说。"

"还结束什么？现在她们的注意力都在倪思喃身上，我就知道她没安什么好心，早知道就把她打发出去了！"

"我之前教你的都忘了吗？"张婉冷下脸，"你也不小了，应该明白什么场合说什么话，傅家的关系别人不清楚，你不清楚吗？"

倪宁露出迷茫的眼神。

张婉心软下来,暗示她:"傅成川是不错,但在他叔叔傅遇北面前只能算是小打小闹。"

倪宁一下子明白了:"我知道了。"

她又扬起斗志,重新笑起来,她要是抓住了傅遇北,那倪思喃未来在她面前就只能恭恭敬敬。

应付完别人,倪健安正了下衣领,走向不远处,虚伪地笑道:"希望今晚的招待能让傅总满意。"

傅遇北并未回答,而是问:"老爷子身体怎么样了?"

"恢复得很好,已经可以短暂散步了。"

"那就好。"傅遇北领首。

倪健安想努力立出点倪老爷子的模样来,却东施效颦,最后还是成了最初的模样。

不远处,倪思喃看得啧啧感叹,明明她大伯的年纪比傅遇北大,站在那个男人面前却像下属一般,有问必答,看来是真的怕。

宴会正式开始前,傅成川姗姗来迟。他来的时候并不觉得自己迟了,毕竟他对倪家没什么好感,但又不得不和倪家合作。

傅成川直接将礼物递给用人,不动声色地问:"怎么没见到你家大小姐?"

他都来了,她不迎一下?在外人面前做做样子都不会的吗?

用人回答:"大小姐现在在楼上拆礼物。"

傅成川心想这不是二小姐的成人礼吗,怎么倪思喃还能收到礼物?

他没问,抬脚进入大厅,立即收获了无数视线,好像自己是什么试验品似的,看得他莫名其妙又觉得心里发毛。

他心中不愉,面上还是谦逊有礼地和他人寒暄,直到听到有人好奇地问自己:"你怎么不是和傅总一起来的……"

关他叔叔什么事?

傅成川顺着看过去，原本带笑的表情僵住，呼吸一下子停滞。今晚压根儿没人告诉他傅遇北来了！

即使早在两天前他就给自己做了心理建设，但自从傅遇北回来后他压根儿就没见过人。

傅成川深吸一口气，走向那边。

厅内灯光明亮，傅遇北的脸上看不出任何瑕疵，轮廓分明、五官深邃，岁月增添了男人成熟的魅力。

傅成川笑着说："叔叔来得这样早。"

周围安静下来。

傅家那点事人尽皆知，现在叔叔侄子终于碰面，大家伙都看起戏来，不会真打起来吧？

傅遇北抬眼，望了一眼掩盖不住野心的侄子，慢条斯理地开口："成川长大了，回来这么久才见到你。"

他的语气平淡，甚至还笑了一下。

傅成川却觉得他的话意味深长，好像在提醒他之前的事情，还暗含他不敬长辈的意思。

没看到打起来的围观群众暗自可惜。

倪健安立刻宣布宴会正式开始。他这次的确在女儿的成人礼上下了功夫，不仅准备得好，连发言稿都写得抑扬顿挫，活像优秀作文。

倪思喃和好友周未未坐在一起聊天。

周未未是周家独女，但父母着实有点不着调，所以连带着她的性格也有点迷糊。她好奇地问："你大伯从哪儿抄的？"

倪思喃想了想，说："可能是花钱找人写的？"

周未未无语，又转了话题好奇道："我听蒋谷的意思，你是要和傅成川掰了？"

倪思喃点头："我和爷爷提了。"

不过事关两家，老爷子还是要和傅家说说。

台上，倪老爷子也出来说了几句话，但他的身体不宜在吵闹的环境里多待，很快就又回去休息了,临走前看了一眼两个地方。

倪思喃正琢磨着,用人过来说:"大小姐,老爷子让您和傅少爷一起过去。"

"知道了。"她喝了口酒,站起身准备走,瞧见周未未明亮的双眼,"你这是什么表情?"

"这不是姐妹给你加油打气吗?"周未未握拳喊道,"拿出你名利场女王的气势来!"

倪思喃递过去一个眼神,周小姐立刻闭紧嘴巴。

和楼下一比,二楼安安静静。

傅成川早一步上楼,站在走廊上神色复杂,老爷子找他有事,他能猜到是为什么,毕竟倪思喃直接说了要退婚。他昨天才被父亲训了一遍,这婚肯定是不能退的,尤其是在今天看到叔叔之后,就算退,也不是现在。

看着倪思喃哼着歌踏上楼梯口,他上前几步:"倪思喃,我有事和你说。"

倪思喃看了他一眼,觉得好笑,笑吟吟开口道:"好啊,你要说什么?"

傅成川没想到她今天这么好说话:"退婚的事我仔细想了想,并不合适,我们两家……"

倪思喃漂亮的眼睛眨了眨,不时点头。

在傅成川眼里,她这明显是被自己说服了,心下松了口气,打算和她串串话,然后再去找倪老爷子,这婚估计就稳了。

"傅成川。"倪思喃忽然叫他的名字。

傅成川不喜欢她娇纵的性格,在他看来,她过于恃宠而骄,如同花瓶,美则美矣。但不可否认,倪思喃的容貌确实赏心悦目,就连声音也十分动听,绝对当得起傅家夫人。

这么一想,他就放软了语气:"丝丝的事是我不对,你放心,这件事我很快就会处理好,上次的话我不是故意说的,你别放在心上。"

我信你个鬼。倪思喃面无表情地开口:"我忘了。"

傅成川"嗯"了一声,彻底放下心来:"那就好。"

话音刚落，他脸上就挨了一巴掌，响亮又利落。

傅成川整个人都蒙了，傅家势大，他在南城要风得风，还从来没有女人打过他。傅成川又是疼又是怒，还有点蒙，想不明白刚刚还好好说话的倪思喃怎么突然变了脸。他努力让自己不发火。

倪思喃皱着眉，心想这打人手真疼，下次得指使人去打才行。

倪思喃从小在别人艳羡的目光中长大，人生一帆风顺，众星拱月，就算是"塑料夫妻"，也要在明面上秀死所有人，理念十分肤浅且合理。

这一巴掌打完，她抬头看向傅成川，毫不遮掩地明媚一笑，贝齿雪白。

"哦，我不是故意打的。"倪思喃假惺惺地开口，"看你脸色不好，给你加点腮红，待会儿好去见我爷爷。"她伸手指了指墙上挂着的一面古董装饰镜，"你照照看，现在是不是红润多了？"

这是什么奇葩言论？那铜镜模糊成那个样子，看得出来什么？

倪思喃说着看向镜子，准备欣赏一下自己的美貌，没想到看到第三个身影出现在镜中，瞅着比傅成川还要高大。

她一惊，扭头看到傅遇北。

男人周身气质凛然，优雅地倚在一旁，不知道在那里站了多久，漫不经心的目光落在她身上。

自己打人不会被看到了吧？倪思喃担忧自己多年以来的名声。虽然说这两人关系可能不好，但怎么说也是亲叔侄，算起亲疏远近，他说不定还会斥责她。

不如倒打一耙？而且小辈对长辈告状再合理不过了，倪思喃说做就做，丝毫不虚，理直气壮。

傅成川只觉得眼前一阵香风飘过。

"傅叔叔，我手好疼啊。"

听到倪思喃矫情的声音，傅成川捂着脸，额头青筋一跳，抬头看到她正皱着脸，向男人摊开手抱怨着。

对方不是别人，是他的叔叔。

第 5 章

傅成川简直怀疑自己的眼睛出了问题,打他也就算了,怎么还这么理直气壮冲着他的叔叔故意倒打一耙?没人说过倪家大小姐是这样两副面孔的人啊?哪家千金会这样?

然而接下来听到的话让傅成川更震惊,只听倪思喃开口道:"傅成川他实在是太不要脸了啊。"

傅成川觉得自己聋了。就算叔叔和他不是同心,应该也不会听信倪思喃单方面的鬼话吧?

在傅成川饱含期待的眼神中,傅遇北轻笑一声。

和傅遇北见面才第二回,算上车上那次顶多才第三回,两个人说过的话压根儿没超过十句。倪思喃并不是自来熟,但她知道怎么对自己最有利。

倪思喃十指不沾阳春水,半点薄茧也看不见,手指光滑细腻如蚕丝,此刻掌心红肿着。傅遇北失笑,年纪不大,脾气倒是不小。

男人饶有兴趣地问:"他怎么不要脸了?"

倪思喃没想到他会问这个问题,不知道为什么,总觉得自己在他面前无所遁形,莫名心虚。

倪思喃佯装悲伤:"我说不出口……"

他觉得她更不要脸!傅成川没忍住:"叔叔。"

傅遇北"嗯"了一声,笑了笑,温声开口:"成川,小姑娘家有些脾气很正常。"

傅成川的表情有一瞬间的停滞。打耳光叫脾气正常吗?

"何况这事本身是你不对。"傅遇北淡淡地看他一眼,"风言风语都传到我这里了。"

他语调平静,傅成川的心却猛地跳了一下。

其实他对林丝丝倒没什么真情实感,就是生活调剂而已,哪个男人身边没有一两个女人?可自己的叔叔是个特例,傅成川甚至怀疑他是不是有什么问题,还阴暗地期待过他以后没有子嗣,傅家就是自己的了。

总不能现在撕破脸,傅成川垂眼道:"我知道了。"

倪思喃没想到傅遇北真为自己说话,面上不显,眼刀飞向傅成川,嘴上说:"算了,我不计较这个,你和我去见爷爷。"

倪思喃又说:"傅叔叔来——"

傅遇北颔首:"我和老爷子有事要说。"

闻言,傅成川心内立刻警铃一响,顾不得自己和倪思喃刚刚差点打起来的事,快速出声道:"你先去吧,我和叔叔说两句话。"

倪思喃头也不回地进了书房,正好她也不想和他一起进去。

倪老爷子正戴着老花镜看公司文件,抬头问道:"不是让傅家那小子也过来吗,人呢?"

"在外头和他叔叔说话。"

"你想的事恐怕没那么快。"老爷子放下文件,提醒道,"现在傅家乱得很。"

倪思喃在一旁坐下:"能退就行。"

不能退就多打傅成川几下。

老爷子正要说什么,忽然问:"你手怎么了?"

第5章

倪思喃惯用右手,但从进来到现在一直没露出过右手,倪老爷子一眼就瞧出不对劲来。

没办法,她只能摊开手。和刚才在傅遇北面前告状完全不同,倪思喃是怕爷爷心疼,反正红色也消了大半。

看着并不严重,倪老爷子这才严肃着脸,敲敲桌子:"又在哪儿逞威风了?"

自己孙女的性格,他是一清二楚。

"不是,我是恼羞成怒。"倪思喃告起状来得心应手,"傅成川不想退婚。"

倪老爷子道:"那也不能打人啊。"

他心里想的是家里那么多用人,就算傅成川不着调,也不能让倪思喃自己动手。但这话说出来太偏心,怕傅家不快。

倪思喃理直气壮道:"他叔叔都说是傅成川的错,谁让傅成川太不要脸了。"

过了一会儿,倪思喃作出乖巧的样子:"爷爷,别急,世界上男人那么多,说不定以后你会有好几个孙女婿。"

倪老爷子一时之间不知道该接什么话。

倪思喃可以告状,傅成川却不能。谁都知道倪家老爷子溺爱孙女,而且算起来他现在是有求于对方,还是主动低头为好。

不知过了多久,书房门再度打开,倪老爷子不忘在后头叮嘱:"咩咩,你去敷点冰。"

倪思喃脆生生地应了下来。

傅成川深吸一口气,进入书房。

倪思喃刚走出来,听见耳边响起一道低沉磁性的男声:"咩咩?"

她只觉得头皮发麻。爷爷叫的时候倪思喃觉得自己的小名好可爱,还与众不同,在他嘴里就很奇怪。

这么一想,她有点心不甘情不愿地回答:"怎么了?"

傅遇北笑了,居高临下道:"小名起得不错。"

倪思喃见过他笑,只不过每次都是晃一下就消失,反而让人有种胆战心惊的感觉,然而此刻却截然不同。

倪思喃从惊艳中回神:"谢叔叔夸奖。"

这叔叔真的是与众不同啊。

傅遇北又问:"听说你自己创业了?"

倪思喃点头。

怎么,难道傅叔叔要给她投资吗?倪思喃的眼睛立刻明亮起来,上下打量男人两眼,从他的穿戴能看出来,很有品位。果然是成熟的男人。

倪思喃轻轻眨眼:"听说傅叔叔投资从不失手。"

傅遇北淡声道:"不值一提。"

明明是自谦的成语,但这四个字被他一说出来,就增添了几分强势。倪思喃一时间出起神来,"从不失手"这四个字说出来简单做到难,她打心底佩服,但又对他身上的压迫感有些许不适,有点说不出的感觉,很奇怪。

"这是主意打到我身上来了?"傅遇北的目光落在她脸上,勾唇笑道,"胆子不小。"

倪思喃很淡定:"作为创业者,寻求投资很正常。"想了想,她又补充,"我爷爷也投资了。"

原本她就容貌明艳,这个时候更是如同璀璨明珠,发出耀眼夺目的光芒,让人移不开眼,骄傲的样子很是动人。

傅遇北哑然失笑,眉梢轻抬:"想让我投资,可以,需要一份详细的计划书。"

倪思喃眨眼,露出敬重长辈的表情:"好吧。"

傅遇北瞧着,眼中情绪不明。隔了几秒,他才收回视线,眉目慵懒,慢条斯理地开口道:"当然,计划书要自己写。"

倪思喃立刻变得面无表情。

等傅遇北不紧不慢地进了书房,她才开始疯狂吐槽,谁规定的计划书要自己写?这怕不是她打了他侄子的惩罚吧?果然男人都是小心眼,明面上宽宏大量,却拐着弯地要在别的地方找补回来。

倪思喃呼出一口气。果然还是亲叔叔好,怎么她大伯就那么差劲呢?倪思喃突然懂了爷爷的恨铁不成钢，下楼之后怎么看自己大伯怎么不顺眼。

侄女的眼神让倪健安有点慌。

倪宁的成人礼举办得很顺利，结束时傅成川也没出现在大厅，估计是去冰敷了，毕竟脸那么"红润"。

倪思喃觉得没趣，径直回去睡觉了。

在她离开后不久，有人看见了傅成川的身影："刚刚那个……傅少的脸是不是不大对？"

"好像红了。"

"过敏了？"

"我瞧着像是手指印。"

几个人面面相觑，脸上的手指印还能是什么，谁敢打傅家小少爷啊？胆子这么大。

不到十分钟，傅成川在倪宁的成人礼上疑似被人打了一巴掌的消息就隐晦地传开了，而罪魁祸首倪思喃睡得正香。

这一觉睡到了天亮，倪思喃醒来的时候家里没几个人，毕竟倪健安还是要去公司的，至于倪宁，还要上学。

她吃完早餐直接去了Muse。

辛禾正在处理林丝丝的事，不知道是不是因为倪思喃没想搭理她，导致林丝丝觉得他们好欺负，毕竟她还不知道Muse是倪思喃的。

林丝丝的主战场在微博，几百万粉丝里活粉没多少，控诉起来不够排场，所以就找了水军，一眼看过去很有用。

辛禾说："这些水军不是低级的。"

倪思喃"咦"了一声："挺有钱啊。"

怕不是傅成川给的吧？

辛禾见自家老板一副兴趣盎然的样子，一时有一种林丝丝针对的并不是Muse的错觉。

"既然她这么有钱,"倪思喃弯了弯唇,一点也不着急,"那就再让她多买点。"

大家对视一眼,老板好坏啊,但是他们喜欢。

倪思喃在工作室待了一下午,傍晚蒋谷打电话过来叫她出去玩,而且不少人都在。

她没拒绝。

蒋谷报的是富家子弟最爱聚的地方,打着吃喝玩乐的幌子拉帮结派,她平时去得不多,偶尔去也是为了听那些人到处拍马屁。去得次数少才让人觉得惊喜,倪思喃还是很有格调的。

而且,她才打过傅成川,得让人宣传出去才行。

倪思喃回去换了一身裙子,又化了个很精致的妆容,踩着高跟鞋直奔目的地。

蒋谷殷勤地来接她。

正好处在一众大小姐包围圈里的孟氏珠宝的孟芯闵看见进来的窈窕身影,扬声道:"倪思喃,你居然也来了。"

周未未对她翻了个白眼。倪思喃微微一笑:"巧。"

孟芯闵一向目中无人,看不惯别人比她还嚣张,和倪思喃从来都是势同水火——当然是她单方面这么觉得的。

倪思喃直接坐在正中央,身旁立刻有人递上吃的喝的。

孟芯闵的目光落在倪思喃今天穿的裙子上,凑巧是她之前没买到的款,心情更加不爽了,心神一转,她问道:"有人看见昨晚傅少顶着一张红脸回家,他昨天是去了你们家的宴会吧?"

言下之意就是在那儿出的问题。

倪思喃淡定道:"可能被蚊子咬了吧。"

孟芯闵一阵无语。是个人都知道傅成川脸上的是巴掌印。

倪思喃靠在沙发上,舒服地眯起眼,像只餍足的猫咪,心想自己可真是个虚伪的人,表里不一最快乐了。

倪思喃吃了一口西瓜,故意说:"要是你昨天也在,说不定会被咬成猪头。"

孟芯闵一口气差点没提上来。她没去当然是因为前两天和倪思喃吵架,她的父母一向管得严,让她在家里反省,原本她还想着穿定制的新礼服去炫耀一下,结果连家门都没出去。这事不提还好,一提她更火大。

"其实吧,现在圈子里多的是彩旗飘飘。"孟芯闵笑了两声,"傅成川还好。"

"这样啊。"倪思喃瞥她,漫不经心地丢下一句,"既然你觉得好,那送给你啊。"

她忽然抬起手扭了扭。孟芯闵立刻后退,她可不想成为第二个傅成川。

"别紧张。"倪思喃露出可惜的表情,不忘补充,"只是活动活动。"

孟芯闵看向她的目光中藏着愤恨。

倪思喃仿佛没事人一样,继续享受其他人的吹捧。像她这样的千金大小姐,结婚对象自然不可能是普普通通的,倪思喃早在十几岁的时候就明白了,所以当得知订婚对象是傅成川时,她并未反抗,然而傅成川的事让她很不爽。

不知过了多久,蒋谷走过来,笑嘻嘻地说:"刚刚出了一条新闻,你看看。"

瞬间好几双眼同时凑过来。倪思喃接过他的手机,屏幕上是微博界面,配图是几张模糊的照片,但能看出来是傅成川,还有他的车,镜头对准了他的脸。

文案很简洁,只有一句话:"傅氏小少爷参加宴会,疑似惨遭殴打。"

虽然没上热搜,但这种八卦相当吸引人的注意力,评论过了好几千。

"啥标题啊,不就一巴掌吗,哪有殴打?"

"这个世界好危险,连傅成川都被打了。"

"不会我晚上回家也被打吧?"

"对不起,我的注意力在指印上,你们不觉得那个手指很长很细吗?"

"你的关注点好神奇。"

倪思喃看着看着就笑了起来。不知道傅成川今天发现自己上了社会新闻会有什么感想,怕是后悔昨晚来倪家了吧?

说曹操曹操就到,傅成川的电话来了。倪思喃等了半分钟,才慢吞吞地接起来:"喂?"

"是不是你搞的鬼?"傅成川在办公室里脸色阴沉,他想给钱让他们删掉,对方压根儿不同意。得罪傅家没有什么好处,想来想去也就只有倪思喃能做得出来这种事。

倪思喃一脸莫名其妙："神经病。"

又不是她让人发的新闻。

蒋谷摇头以示清白,他想做但还没来得及,这些狗仔的嗅觉真是敏锐。他小声提醒："不过我加了钱让他们置顶一个月。"

好家伙。倪思喃惊讶之余,笑眯眯地弯着唇,明知故问："你说的是新闻上你惨遭殴打的事吗?这是喜事啊。"

第 6 章

傅成川被倪思喃一句话堵得说不出话来。这叫什么话？他被新闻这么写还要被恭喜不成？

"我为什么上新闻你最清楚。"傅成川狠声说，试图激起她的羞愧感，"而且我们现在还是未婚夫妻的关系。"

不提还好，一提倪思喃就火大。自己原本光鲜亮丽的人生除了买就是秀，这下倒好，多了个脚踩两只船的未婚夫。

倪思喃故意安抚他："那些人一向喜欢夸张，很正常，我们都知道你没有被殴打就好啦。"

倪思喃没给他多说的时间，挂了电话。

周未未说："倪咩咩，你气人的本事又增长不少。"

倪思喃不高兴道："怎么叫我的？"

"咩咩多可爱。"周未未不听她的，"老爷子真会起小名，你小时候是不是喜欢学羊叫？"

"我会不会学我不知道。"倪思喃转头,"你再说,我马上让你变成周羊羊。"

周未未委屈了,她好凶。

蒋谷又让人加了点水果和酒,说:"我不是说找了人盯着姓傅的吗,刚好被我知道了。"

听说傅成川在花钱降热度,还让对方删微博,那他能同意吗?当然不能。所以他不仅加钱让那边别删微博,还让他们置顶一个月。

傅成川当然想要出钱删微博,但他现在情势很紧张,要和傅遇北打擂台,现金流都用在了公司,哪敢砸钱在无关紧要的事情上,这才被蒋谷得了手。

倪思喃愉悦地说:"干得漂亮。"

蒋谷指了指手机,啧啧出声:"这家胆子也很大,居然敢和傅家对着干。"

他其实挺惊讶的。虽然舅舅回来让整个傅氏动荡不安,但傅成川在南城这么久,也是有自己的势力的。

果然姜还是老的辣。舅舅一回来,傅家就换了主人。

"昨天蒋谷的舅舅送给你了什么啊?"周未未提了个新话题,"应该不是简单的吧。"

提到这个,包厢里的千金小姐都看了过来。

昨天倪宁成人礼上发生的事她们可都在场,傅总的见面礼让倪思喃成了中心人物,说不羡慕是不可能的,毕竟那可是傅遇北,本来倪思喃和傅成川订婚就够让人艳羡的了。

倪思喃一转头看见好几双眼睛。

孟芯闵尤其关注,倒想看看傅遇北给倪思喃送了什么,她不禁又想男人的眼光都那样,肯定就是些俗物。

倪思喃拨弄了下头发,一副不甚在意的样子:"哎呀,其实没什么,是一块手表。"

大家"哦"了一声。

"设计很古典,表盘小巧,正好我手腕细,和我之前定的礼服很搭,下次戴出来给你们看看。"

一众千金齐齐面无表情,在心里吐槽,行了行了,都知道你手腕细身材好,都知道你定制了一条不菲的礼服,果然还是那个倪大小姐。

倪思喃莞尔一笑:"说起来也巧,孟小姐之前不是说看中了这家的表吗?"

孟芯闵翻了个白眼,气呼呼地说:"哪里比得上倪大小姐,有长辈送,我只能自己买。"

倪思喃同意地点头:"那倒是。"

孟芯闵一阵无语,她就不该多嘴。

因为要从傅遇北那儿拉投资,倪思喃对这件事还是很重视的,接下来的几天都在写计划书。她本人学历优秀,虽然平时懒,但不代表不会,只是许久不写,开头比较艰难。

辛禾特地等她忙完才来敲门,说:"林丝丝那边不知道为什么突然删了全部微博,而且还让金伟打电话来道歉。"

"可能是没钱了。"倪思喃猜测道。

毕竟谁也顶不住一波又一波的无用花费,林丝丝又不是家境优渥,Muse对她不理不睬的操作是她着实没有想到的。

而且删了微博之后,有不少粉丝在评论里问:"丝丝怎么突然删微博了?"

"我还等着你曝光那家不良工作室呢。"

"我都准备好'爆破'工作室的微博了。"

林丝丝看到这些评论一点也不觉得欣慰,反而觉得烦躁。要是你们有用点,我也不用花钱了。一气之下她直接宣布生病,要退博一段时间。

看到微博上那个声明,倪思喃十分大度:"我们这么善良,不和病号计较。"

辛禾赞同地点头。

路过的员工听到这话都觉得可怕,倪总上次说的决定一下子就让林丝丝大半存款付诸东流。

辛禾递上一沓纸:"这个是最近投的简历。"

倪思喃"嗯"了一声:"放在这儿。"

她随手翻开看了两张,原本饶有兴趣的表情逐渐变成一言难尽。

这简历是瞎写的吗?上面花花绿绿的,看上去荣誉很多,但仔细分辨,有含金量的一个都没有。

Muse是设计服装的工作室,所以有人在投简历的时候附了自己的设计稿,辛禾都打印出来了,一眼看上去设计得很漂亮,可倪思喃的脸色却冷了下来。

因为这张设计稿是抄袭的。

时尚圈有共同元素是常有的事,有的是致敬经典,偶尔有些会被说是故意擦边,但真正抄袭的定义很严谨。眼前这一张就直接做到了最后一步,而且对方似乎还很得意,写到自己的设计作品在学校里拿过大学生设计奖第一名。

他抄的是很小众的设计师的作品,别人看不出来很正常,可倪思喃看得出来。为她设计礼服的设计师数不胜数,她参加过的顶级秀更是数不清,什么流行什么不流行她一清二楚。

倪思喃叫来辛禾:"这个人,永不录用。"

辛禾问:"怎么了?"

倪思喃说:"抄袭。"

辛禾第一次见到她严肃的样子,认真点头道:"好。"

设计行业对抄袭最为忌讳,被这个事一扫兴,倪思喃剩下的简历也没有继续看,连做计划书的心情都没了。

蒋谷打电话过来慰问:"倪大小姐最近工作这么认真吗,活动都不参加?"

倪思喃"哼"了一声:"我在写计划书。"

"什么计划书?"

"骗你舅舅给我投资的计划书。"

这么直接,不怕他打小报告吗?蒋谷琢磨了一下,认真开口道:"我舅舅的要求很高的,你确定能从他手里骗到投资?"

倪思喃觉得他说的有道理,要是她认认真真写了一份计划书,结果傅遇北没看上,那岂不是浪费她宝贵的时间?她才不要做这种无用功。

蒋谷说:"这时候我的作用就来了吧。"他得意地炫耀,"有我出马,投资是分分钟的事。"

"就你?"倪思喃质疑。

"怎么说我都是亲外甥,好吧?"蒋谷不高兴了,"我又不是傅成川那个没用的家伙。"

倪思喃不再打击他:"那我等你好消息。"

事实证明,亲外甥也没用。蒋谷连傅遇北的面都没见到,因为傅遇北刚回南城,事务纷杂,没时间见小辈。

倪思喃给计划书初步拟了个稿,然后给京际集团打了个电话,报上她的名字后倒是很快就转接到了总裁助理那边。

乔特助接的电话:"倪小姐?"

"乔特助是吗?"倪思喃知道什么样的场合该用什么样的态度,"我想问下,傅总今天下午会在公司吗?"

"这个……"乔路犹豫了两秒,"傅总下午不在。"

倪思喃问:"那明天呢?"

乔路说:"明天一整天傅总都不在公司。"

倪思喃没那个耐心再问下去了:"那你就说他什么时候有空,我有事要和他说,算了,跟你说没用。"

乔路猝不及防,这大小姐的脾气来得真快啊。

然而傅遇北接下来一周的行程都是满的,倪思喃注定得不到答案,气呼呼地挂了电话。

乔路叹了口气。傅总刚回南城,除了京际集团的一些事务,还有一个早就预约的财经采访,整个商界都在等着他的下一次露面。

上一次傅遇北接受杂志采访还是几年前,那个杂志社的主编真是守了好久,才拿到这个采访的。"傅遇北"这三个字注定会吸引所有人。

下班之前,蒋谷还是带来了一个好消息:"我小舅待会儿会去宁园,咱们也过去。"

倪思喃眼波一转:"好。"

傍晚,宁园灯火通明,里面有包厢,也有半公开的地方供人玩乐,他们先去的正是那里。

蒋谷"哟"了一声:"那是不是你妹妹?"

倪思喃抬眼看过去,果然是倪宁。

倪宁没看见倪思喃,正在听自己的小姐妹说话:"真的吗?就是这条项链吗?真好看。"

"嗯。"倪宁故作矜持地点头。

"宁宁,我听说傅总平时是很少出现在这样的宴会上的。"小姐妹拐着弯地暗示道,"他不仅来了,还送了你……"

"是吗?"倪宁笑起来,很得意。

小姐妹说:"南城还没有女生收到他的礼物呢。"

倪宁的表情有一瞬间的僵硬。那晚收到礼物的不止她一个,还有倪思喃,她不知道倪思喃收到的是什么。

倪宁说:"还有我姐姐。"

好友说:"那是因为她是傅少的未婚妻。"

倪宁这才高兴起来,不经意间露出一丝害羞的神情,让原本吹捧她的千金们怀疑她和傅总的关系。

她们本来就是"塑料姐妹花",恭维都是言不由衷的,其他几人不禁深深怀疑这件事的真假。

倪宁没有解释,而是任由她们猜测。

站在一旁的蒋谷实在忍不住吐槽道:"我觉得,我舅舅应该不至于这么肤浅。"

倪思喃一边往里走,一边"唔"了一声:"我觉得你说不定是错的。"

蒋谷问:"哪里错了?"

倪思喃认真反问:"你说说,现在哪个男人不喜欢年轻又漂亮的女孩,你不喜欢?"

"喜欢。"

"所以你舅舅说不定就喜欢小娇妻。"倪思喃丝毫没有造谣傅遇北的心虚，说着还不忘点头，仿佛很有可信度。

蒋谷竟然一时间被说服了。

他们两个人站的地方人不多，却是必经之路，也没料到对话被二楼的人听得一清二楚。

陆运看向身旁的男人："原来你喜欢小娇妻。"

傅遇北倚在窗前。今天下班，倪思喃并没有换衣服，站在略显昏黄的灯光下，明眸皓齿，娇俏艳丽。

陆运摸摸下巴，说起来倪家这位大小姐是真的漂亮。

傅遇北移开目光，漫不经心地叩了叩窗台边缘，手指修长，指节分明，姿态透着优雅随意。

"什么你都信？"

"这话听起来很有道理啊。"陆运看热闹不嫌事大，"你现在孤寡一人，什么都有可能。"

傅遇北神色淡淡地说："我对小女孩没兴趣。"

"行吧。"陆运又猜测道，"她手里那东西，不会是拿你侄子的一沓艳照来告状的吧？"

"什么乱七八糟的。"傅遇北扯了扯领带，嗓音低沉，"她是来讨债的。"

第 7 章

陆运头一回听到这种话,只觉得稀奇:"怎么说?你们两个能有什么债……"

傅遇北在国外待了五年,这才刚回国,总共才几天而已,和倪家大小姐也没见几面,难不成是出国前的事?

陆运想着想着吓了一跳,自己的好友应该没有这么可怕。

"脑子不要了?"傅遇北瞥他一眼,很清楚他在想什么。

陆运讪笑道:"我不就是多想了点。"

说话间,包厢的门被敲响。

蒋谷站在门口,还不忘询问:"你那个计划书写得严谨吗?都不让我看一眼。"

倪思喃说:"你又不投资。"

蒋谷一边觉得有道理,一边又挺无语。

宁园的设计是偏向古典的,二楼更加幽静,隐隐有淡淡的竹香,甚至能听到细碎的流水声,但凡有点品位的都喜欢这样的地方。

蒋谷率先推开门,室内景色映入眼帘。

倪思喃跟在他身后，看不到里面，走了两步听到一道不熟悉的男声调侃道："你债主来了。"

她往右一步，看见傅遇北坐在前方，穿了一件黑衬衣，姿态悠闲，桌前放着一杯茶，还飘着热气。

他淡声说："多话。"

陆运笑了起来，招呼他们："快过来，在那儿站着干吗？"

蒋谷显然和他们很熟，大大咧咧地坐下来，说："我还以为今天就小舅一个人在这儿呢。"

"你们要是不来，那我就丢他一个人在这儿了。"陆运摇摇头，"尝尝这新茶。"他指指茶壶，"这可是沾了你舅舅的光。"

宁园有种植的茶园，老东家是个爱喝茶的主，本来想着种一些供自己和好友喝，没想到反响不错。不过毕竟不是大规模种植，所以每年供应量很少，一般人就算来宁园也尝不到。

倪思喃陪着爷爷喝过一点，但她并不喜欢喝茶，尝不出来和其他茶的区别。

蒋谷倒了两杯，随口说："小舅您真忙，整天没空，好不容易才在这儿碰到。"

傅遇北没说话，慢条斯理地翻折袖口。男人的手指修长，腕骨精瘦却漂亮，线条流畅，光线下肤色微微呈冷白，整理时曲起手指的动作格外吸引人。

倪思喃向来爱美，欣赏一切好看的事物。

察觉到对面的目光一直停在自己这边，傅遇北停下动作，抬眼看过去，问："写好了？"

他叩了下茶杯边缘，发出一声清响。

"好了。"倪思喃扬眉道。她说话的时候昂起头，漂亮的下巴精致秀气，一路连着修长的脖颈到锁骨处。

"看起来你胸有成竹。"傅遇北语气平和。

"那当然。"倪思喃的人生里就没有挫败两个字。

秉承着这样的想法，她将计划书递过去，染了胭脂红的指甲格外显眼，如猫眼般反着光。

第7章

"傅叔叔,您仔细看看。"她加重了仔细两个字,充满暗示。

果然是年纪小,压不住性子。傅遇北如是想着,眼眸深邃,神色如常,抽走那份计划书,漫不经心地打开。

陆运听了这么点也猜到是什么情况了,原来是来要投资的,趁傅遇北翻计划书的间隙,他问倪思喃:"要是他不投资怎么办?"

倪思喃说:"不可能。"

傅遇北看了她一眼。

陆运笑了:"为什么不可能?"

倪思喃觉得陆运看起来挺活泼的,和傅遇北的性格有天壤之别,他们是怎么成的好友?

她清清嗓子,声音又乖又娇:"我相信傅叔叔。"

这话简直是把傅遇北架在火上,陆运听得咋舌,关于倪大小姐的性格他有所耳闻,一时不由得同情起傅遇北来。这个大小姐可不是好糊弄的。

一旁的蒋谷倒是起了一身鸡皮疙瘩。他就没见过倪思喃这位大小姐对老爷子以外的人撒娇,现在居然对着他小舅撒娇,可惜他小舅不吃这套。

包厢里茶香袅袅,倪思喃还是第一次给人看自己的计划书。她找老爷子要投资自然是什么都不需要,给个保证就行,剩下的人还没人够资格让她写计划书。

傅遇北看得并不快,偶尔翻过一页,纸张翻页的声音在房间里被衬得有些明显。

倪思喃忍不住,但又不好打断。她看到傅遇北面前的茶杯空了,漂亮的一对儿眼睛亮起来,打断陆运的动作,说:"我来吧。"

怎么着都是来要投资的,态度得好点。

"行。"陆运饶有兴趣地看着她。

倪思喃虽然不精茶艺,但跟着老爷子耳濡目染,拿出来唬人还是可以的,最重要的是,她动作漂亮。

傅遇北的视线从计划书上移开,停在她的手上,眼神深了深,白皙纤细的手指拎着壶柄，动作轻柔，宛如古代的大家闺秀。

"傅叔叔。"倪思喃眉眼一弯，"尝尝。"

傅遇北很给面子地抿了一口。

倪思喃直勾勾地盯着他，男人反倒不紧不慢地放下茶杯："味道不错。"

倪思喃心想得个好评可真难，自家爷爷就好伺候多了。

计划书当然短时间内看不完，傅遇北既然说了就不会随意对待，打击她的自信心。

陆运中途有事先行离开，蒋谷在这儿坐着也无聊，握着手机和自己的狐朋狗友聊天，不到几分钟就重新约了个局，坐不住了。

"咳咳。"蒋谷小声说，"倪大小姐，外面有朋友在，我去和他们玩会儿。"

倪思喃扫了他一眼，问："说好的呢？"

蒋谷保证："下次下次。"

生怕她反悔，他和傅遇北说了一声就飞快地溜出包厢，眨眼间只剩下两个人。

傅遇北递给她，说："拿着。"

倪思喃抬头，刚巧上方的灯光落在他的腕表上，反射出略刺眼的光。

她皱着眉眯了眯眼，盲人似的伸手，手指碰上坚硬的东西，倪思喃还没分辨出来是什么，手腕就被圈住，头顶有声音落下："位置错了。"

凉意顺着指尖传递过来，倪思喃心底涌起一股莫名的感觉，好像回到了那天在马路上和傅遇北见第一面时，心神不安。

傅遇北收手，垂眸看她。

半晌，倪思喃终于恢复正常，收好计划书，明目张胆地打听："傅叔叔，您要投资多少呀？"

傅遇北动作稍顿，反问："你想要多少？"

"起码要这个数吧。"倪思喃伸出两根手指，至于单位就靠男人自行领会了。

傅遇北轻笑，声音清冽："胃口不小。"

倪思喃并不回答。

傅遇北的指尖还残留着刚才的细腻触感，不动声色地捻了捻，半眯起眼，说：

"我考虑考虑。"

倪思喃不满意这个回答,撇了撇嘴,道:"傅叔叔,你也忒小气了。"

倪思喃还没回过神来,就被他用计划书轻敲了一下头顶,下意识地瞪眼过去。

就连生气的样子也尤为可爱,傅遇北想起不久前在倪家见到的那次,她嚣张地打了傅成川一巴掌,趾高气扬的模样,鲜活的年轻气息扑面而来。

"这计划书我写得不漂亮吗?"倪思喃转了思维,刻意提高音量,开始打感情牌,"准备好久的。"

傅遇北的眉峰轻轻挑了一下,等她说完,才深深看了她一眼,声音低沉:"我是个商人,你的筹码不够。"

还要什么筹码?一份详细的计划书还不够吗?

倪思喃揣着莫名其妙从宁园回来,一路上都在琢磨这事。

辛禾一眼就看出来老板心情不佳,连忙退出办公室。

倪思喃把计划书看了一遍,确定没什么问题后,腹诽着绝对是傅遇北抠门。

京际集团的办公室,乔路正在汇报,忽然听到一声咳嗽,偷偷看了一眼,自家傅总正拧眉捏着鼻梁。

生病了?

傅遇北淡声说:"继续。"

投资这条路不行,倪思喃就彻底把这事忘到脑后,反正她也不是真缺钱。工作是生活的一部分,玩乐也是,快乐了两天之后,终于有不长眼的人打破了她的平静。

倪思喃看着站在自己面前的傅成川,心底翻了个白眼,径直抬脚离开。

傅成川上前一步,叫道:"思喃。"

倪思喃后退,和他拉开距离。

"你应该收到道歉了吧?"傅成川微微一笑,"我已经警告了那边,以后也不会和对方见面。过段时间,京际会正式启动云和天境的项目,你和老爷子提一声,参与其中对你我都有益。"

倪思喃的注意力被云和天境吸引,这项目早在半年前就公开过消息,是度假酒店的开发,听这名字就知道足够诱人。

"我记得……"

"你说。"

倪思喃浅浅一笑,问:"这是你叔叔的吧?"

傅成川感觉好像被插了一刀,抿着唇,一时半会儿竟然说不出话来:"我也是傅家人,自然和我有关。"

倪思喃饶有兴趣地"嗯"了一声。她倒要看看今天他又要怎么骗她?

傅成川软着声音,充满安抚:"所以我们的联姻利处很多,你应该很清楚,而且在我们这个圈子能有什么真情?以后我也不会干涉你。"

听到这儿,倪思喃只觉得无趣,这人怎么都不知道换个思路来?好歹有点新意啊。

傅成川见她转身要走,软的不行就来硬的,伸手拉住她的胳膊,没想到被她直接甩开了。

"别碰我。"

"倪思喃。"他刚刚还语气温和,现在看到她的动作,眼神变冷,"整个南城,傅家的地位你应该最清楚,你觉得现在退婚,以后你还有更好的选择吗?还是你选蒋谷那个游手好闲的?"

倪思喃停住脚步,回头看他。傅成川的操作真是每时每刻都在提醒她,赶紧把这破婚退了保平安。

"傅成川,"倪思喃冷笑,"我可以再让你照照镜子。"

她毫不留恋地离开,丢下傅成川站在原地,呼吸急促,他真是从来没见过比她脾气还差的女人。

倪思喃一离开就和周未未在微信上吐槽:"你说傅成川是不是脑子有问题?都说多少遍我要退婚了,他怎么听不懂人话……"

她没看路,径直撞上前方的人。

"哪个不长——"

第7章

倪思喃大小姐脾气发到一半停住,紧盯着面前的男人,手机的微信提示音响起,是周未未的消息来了。

倪思喃有点心虚:"真巧,傅叔叔。"

"是挺巧。"傅遇北似有深意地看了她一眼。

昏黄的灯光下,他拿着手机站在走廊尽头,光线自头顶落下,将他整个人都染上淡淡的金色。

倪思喃心想该不会自己刚才那一连串辱骂傅成川的话全被他听到了吧?怎么每次欺负他侄子他都在?

面前男人的衬衫纽扣系到顶端,一丝不苟中透着严谨,加上淡漠的表情,越发显得矜贵。

太正经。倪思喃摇摇头,殊不知这表情被人看得一清二楚。

傅遇北故意逗她:"我都听到了。"

倪思喃"哦"了一声,嘴角几乎能挂油壶。听到就听到,还说出来干什么,要给他侄子找回面子不成?

傅遇北居高临下,将她生动的表情尽收眼底,凝视着她的眼眸里是无人发现的幽深。他明知故问:"生气了?"

倪思喃心想当然生气,连带着看向他的眼神都不太高兴。

但她会卖惨。

"其实我有点难过。"倪思喃垂眼,睫毛长而卷,"傅叔叔,我是不是很不讨人喜欢?"

当然不是!本小姐长得这么好看,哪个不喜欢?倪思喃在心里自己给了自己回答。

她的小算盘打得响亮,要是能骗到免费投资,堪称完美。

傅遇北瞧着她的反应,低笑一声,语气意味不明:"傅叔叔给你撑腰。"

第 8 章

倪思喃是真没料到这个回答。

男人在说"撑腰"两个字时,声音不轻不重,倒是好听得紧。

倪思喃回过神来,他要怎么给自己撑腰?傅成川是他的侄子,两个人有着血缘关系,再怎么闹,都不太可能直接让对方下不来台,但作为长辈教训一下应该是可以的。

"算了吧。"倪思喃以退为进。要是傅遇北真的能让傅成川吃瘪消停一段时间,她就给他送一面锦旗。

这招百用不厌,倪思喃对着自家爷爷用过无数次,每次倪老爷子都颇给面子,让倪宁有苦说不出。

"算了?"傅遇北尾音稍抬。

倪思喃耳朵动了动。傅成川这叔叔的声音是真的好听,她见过那么多明星、男模甚至声优,都比不上他。

可惜了,是长辈,不然还能"祸害"一下。

倪思喃虽然在南城是出了名的为所欲为，但对待感情还是非常谨慎的，平时连个看上眼的都没有。她身边的男生不多，玩得好的也就蒋谷一个，严格来说，傅成川还是第一个和她挂上钩的男人，只是品行不怎么样。

倪思喃"嗯"了一声，看上去真心实意又善解人意，却在几秒后委屈地别开脸，一系列动作流畅自然。

她才二十几岁，满脸胶原蛋白，鼻梁秀挺，整个人在光下跟笼着一层纱似的。不知道从哪儿吹来一阵风，倪思喃今天头发没有扎起来，有两根撩到了鼻子上，微微发痒。旁边有傅遇北在，她不好动手，就小幅度地耸了耸鼻尖。

傅遇北盯着，忽地起了逗她的心思："既然你这么说……"

闻言，倪思喃抬眼瞧他。

傅遇北眉目清冽，声音有些沉，是成熟男人的味道，不紧不慢开口道："那就算了。"

倪思喃反应过来，只觉得他摆明了是故意的，刚刚还说得道貌岸然的样子，搞得她真以为傅成川要倒霉了，现在随口就没了。果然是一家人。

"傅叔叔，我还有事呢，就不打扰您了。"倪思喃呼出一口气，没了再做戏的心情，说完扭头就走，走出几步，又觉得不快，回过头加重语气提醒道，"希望傅叔叔下次能满意我的计划书。"

她其实压根儿就不打算继续写。认认真真写了好几天，居然被说筹码不够，投资还要什么其他筹码？她的计划书描述得不够吸引人吗？

倪思喃不会再碰第二次钉子。不投资就不投资，她倪家大小姐不差钱。

她是故意说的，傅遇北琢磨出了一点讽刺他的意思，眉梢轻抬，脾气是真的不小，心眼也不大。

也是，心眼要是大的话，就不会引着他去教训傅成川那小子了，她倒是擅长。

等那道窈窕身影消失在转角处，傅遇北才收回视线，落在窗外的湖面上。

没多久，有人小跑过来，喊道："傅总！"

来人抹着额头的汗，一颗心上蹿下跳地说："对不住，今天路上堵车，让您久等，您看我这——"

第8章

"不久。"傅遇北淡声说,"进去吧。"

他率先转身,反而让对方愣神,今天傅总居然态度这么温和,像被调包了一样,可真稀奇。

这中年男人偷摸后退到刚才傅遇北站的位置,往底下看了一眼,好像除了湖就是湖,没别的。

可能是在看湖里的天鹅吧。

倪思喃一路上和周未未吐槽了半天。

"亏我还以为是真的要给我撑腰,我还想看看傅成川是怎么被教训的,结果是假的。你说他是不是就嘴上说说?看不出来我是在说反话吗?太过分了吧,欺骗别人感情和时间!"

她说起话来语速很快,丝毫不停,和在傅遇北面前的乖巧截然相反,宛如两人。

"哈哈哈,"周未未听得大笑,"没想到居然有人能够挡住我们倪咩咩的招,好厉害!"

大家都知道倪思喃在长辈和其他人面前是表里不一的,但她生得美,作起妖来也是明媚生姿,最后都会如她的意。倪思喃横行南城无人可阻,没想到现在居然多了一个不吃她这套的人,周未未对傅遇北不禁敬佩起来。

她只在倪宁的成人礼上见过这个男人,单单站在那里就气质不凡,周围平时一个个趾高气扬的某某总都想挤到他身边。她的父母告诉她,不要得罪傅遇北。

"我听我爸妈说,傅遇北可不是一般人。"她倒豆子一般絮叨起来,"五年前在京际集团的手段就足够狠厉,估计傅成川的行为都是无用功。"

"那不挺好?"倪思喃吐槽完心情舒爽了许多,乐得看傅成川倒霉。

周未未说:"你可别忘了,要是退婚不成功,你就要嫁给傅成川,到时候不知道你的这位傅叔叔会不会磋磨你。"

退婚不成功……倪思喃沉吟半晌,"哼"了一声,搁别人可能不成,搁她是绝对可以。

车停在倪公馆,倪思喃一进玄关就听见了张婉的声音:"健安,小宁现在成年了,该让她好好锻炼一下,以后也好上手。"

上手?倪思喃咀嚼着这两个字,眸中情绪不明。

倪公馆大,玄关离客厅是有一段距离的,再加上还有装饰品,旁人一时间很难发现有人站在玄关,而且张婉知道倪思喃出去玩了。

"倪氏就两个女孩,倪思喃自己出去创业,现在是最好的时机,以后就没这么容易了。"

倪氏一路走到老爷子这里,现在大决策是老爷子决定,其他的琐事由倪健安代为处理。其实倪思喃和倪宁都有公司的股份,但光有股份也没用,不过是每年拿些分红。

倪思喃听得唇角翘起。

如今老爷子在家休养,倪健安不可避免地心思长了许多,体验过了权力的滋味就难以放弃。

"你这么说也有道理。"倪健安放轻声音,"但是唯一不好的是,小宁年纪太小,而且犹豫不决。"

"她再怎么不好都是你女儿。"张婉提醒他,"倪思喃被老爷子宠坏了,恐怕也没学到多少。你是小宁的父亲,多教教她不就行了?以后她会成为你的帮手的。"

听到这儿,倪思喃忍住笑。就她瞧着,以倪宁那个性格,帮倒忙还差不多。

张婉见他思虑,又加了一味重药:"健安,倪思喃可和你隔着一层呢。"

倪健安表情严肃起来。

两个人止在思量着,倪思喃缓缓踏进客厅,面无表情地从他们身旁经过。

"思喃,回来得这么早啊?"张婉心头直跳,刚才说的话她没听见吧?

倪思喃停住,浅浅一笑道:"外面没什么好玩的,就早点回来了,大伯今天回来得也挺早。"

不回来得早怎么能听到一场好戏呢?看大伯母担忧的样子,她心下冷笑,说得出来还怕被听见,爷爷还睡在楼上,楼下就开始密谋家产了,真是让人心寒。

倪思喃其实并没有夺权的心思,但大伯一家的操作让她很不满,不知不觉心态就发生了变化。

"女孩子还是早点回家好。"倪健安说。

"大伯说得对。"倪思喃顺着他的话,佯装疑惑道,"怎么,倪宁这么晚还没回来吗?"

张婉觉得她是故意的,再看看倪思喃的神色,应该是没听见刚刚她和老公的对话。这就好,免得被老爷子知道。

倪思喃要退婚的事并没有其他人知道,所以傅成川觉得还有挽回的机会,他现在要抓紧时间增加自己的筹码,才能和傅遇北谈判。

云和天境的项目是最佳筹码。

他还在思索,母亲给他发消息:"傅遇北回来了。"

傅成川原本疲惫的心神一下子清醒过来,坐直身体,问:"不是都住在外面了吗?"

先前他还担忧和叔叔抬头不见低头见,后来得知他不住老宅,这才长长舒了口气。他是野心勃勃想要京际,但每次见到傅遇北都觉得气势上矮了一截,想改变又做不到,只好干脆避过。

傅成川脸色阴沉,傅遇北今天回来干什么?

母亲还在询问:"你和倪思喃的事怎么样了?成川,这件事不能马虎,不然你也清楚。"

傅成川当然清楚。

原本一切都计划得好好的,叔叔却突然从海外回来,一下子打乱了他所有的计划,京际集团那些老油条也瞬间改了风向。

傅成川回到老宅时,外面天已黑透。他从玄关走到客厅,看到傅遇北坐在沙发上看资料,茶几上放了一杯红茶,茶香给他笼了一层书卷儒雅的气质,分外和谐,丝毫不像是在商场上果断凌厉的掌控者。

他还在出神,傅遇北头也不抬道:"回来了。"

傅成川猛地回过神,不敢大意,明着打招呼暗着打听:"叔叔今天怎么有空过来?"

这里是老宅,也是他的家,"过来"两个字问得巧妙。

小把戏而已。傅遇北抿了口茶,继续翻过一页,说:"有事要问你。"

闻言,傅成川更是谨慎,坐在不远处,心想自己这两天是动作太大还是怎么了?想着想着,手心生汗。

傅遇北并不急,过了半天才不紧不慢地倚在沙发上,缓缓问:"听说你和倪家小姑娘闹得不愉快?"

果然。傅成川知道他找倪家联姻的目的大多数人都看得出来,叔叔肯定也知道,这样就更不能出错了。

傅遇北将他的神色一览无余,点了点桌面,动作斯文好看,说:"尝尝,新茶。"

傅成川也不知道他怎么突然有兴趣品茶,弯腰给自己倒了一杯,凑近喝了一口。

苦!真的太苦,感觉自己像喝毒药一样。这么苦的茶,叔叔是怎么面不改色喝下去的?口味真是不一般,他不敢苟同。

傅成川的眉头皱在一起,说:"她闹别扭而已。"

他不愿意多说,想搪塞过去,又不由得庆幸,幸好叔叔还不知道倪思喃要退婚的事,自己还来得及挽回。

下一秒,他听见男人沉静的声音问:"不是要退婚吗?"

傅成川一口茶呛在喉咙里,又苦又难受,谨慎地反问:"叔叔从哪儿听到的谣言?"

第9章

客厅里安静得落根针都听得见。

傅遇北不急不缓,放下资料,问:"是谣言吗?"

傅成川摸不准他到底是知道还是猜测的,但目前肯定是否认为好,便说道:"当然是。"他露出笑,"您在国外那么久,不知道倪家大小姐脾气娇纵,朝令夕改。"

反正倪思喃也听不见,不用担心。

傅遇北饶有兴趣地听着他的评价,后面四个字不提,前面那句点评倒是中肯。他说:"那是叔叔的不是,听岔了。"

傅成川头皮发麻道:"传出来的话是假的很正常,叔叔不用担心,过段时间谣言自然会破掉。"

傅遇北"嗯"了一声,不由得想起先前见到的那一幕,一挑眉,有些想看看这种情况怎么收场。

气氛又宁静下来,傅成川坐在那儿就觉得紧张,不想多留。

"叔叔,我还有事,就先回房了。"临走前他犹豫半天,说,"谢谢叔叔的茶……"

傅成川喝过那么多茶，好的一般的，都比不上今天的，他怀疑是茶叶坏了，不禁阴暗地想，要是叔叔喝坏身体也好，京际集团正值关键时候，云和天境的项目就会落到自己头上，等叔叔身体恢复后一切早就尘埃落定。

可惜，他只能想想。

傅成川碰了碰自己的肚子，有点担忧。

等人迫不及待地消失在楼梯上时，傅遇北才悠哉地换了个茶壶，给自己续上一杯红茶。

没过多久，电话猛地响起。

"傅总！"对方很是惊慌，语速极快，"今天我给您的茶拿错了！实在是我眼瞎，没注意拿错了！"

对方正是之前的那个中年男人，名叫张学，回来后发现自己拿错了茶吓得半死，这茶给傅总喝了，他还能活得下来吗？

"没事。"

"真的傅总，我真的不是故意的，您大人——"对方不敢相信，继续道歉。

"我说了。"傅遇北表情淡下来。

张学喘着气，有点茫然，半天反应不过来，这件事居然就这么简单过去了？他小心翼翼地开口："那明天……"

袅袅热气从杯中冒出，挡住傅遇北的表情，连带着声音都模糊起来："可以。"

直到挂断电话，张学还懵懵懂懂，傅总答应了他的俱乐部之行邀请？

退婚的事，老爷子说过段时间就可以。因为之前订婚时傅成川给了倪氏京际集团的股份，而倪氏也给了他东西，处理起来自然麻烦，但是老爷子发话，倪思喃还是相信的。

她白天无事可做就奔向工作室，她可不想听到"倪大小姐创业失败"这个流言传遍整个南城，那多丢人。倪思喃不容许自己的人生出现这个污点。

巧了，今天店里来了人。

其实Muse还没正式剪彩，倪思喃定的时间是下个月，所以这段时间进店的基本都是路人。

来人是个男生。

"您好，我之前向这里投了简历，今天路过，刚好过来看看。"

辛禾觉得他看起来有点眼熟，半天才想起来这就是那个因为抄袭被老板拉入黑名单的人。

"对不起，你不太符合我们工作室的要求。"

"不符合……"男生表情僵住，随后有些不甘地问，"我的设计是拿过奖的，是不是没看到我附带的文件？"

"看到了。"辛禾说，"还是同样的回答。"

"你是决定人吗？"他质疑。

"是我决定的。"倪思喃刚好推门而入，"那张设计稿是你亲手设计的？"

男生露出惊艳的眼神，直勾勾地看着她，说："是我。"

"那没有疑问了。"

男生回过神来，质问道："你是谁？我的设计稿哪里有问题？你们店里随便什么人都能说话？"

辛禾不忍直视道："这是我们老板。"

"当然没问题。"倪思喃似笑非笑，然后在对方想要继续质问时幽幽地加了一句，"毕竟是英国知名设计师的成品。"

见谎言被戳破，男生脸色难看。那个设计稿在学校里都没有人认出来，所以才一路拿了奖，别人的吹捧让他得意忘形。

倪思喃挑眉问道："你对我的决定有疑问吗？"

男生没有回答。

"没有就离开。"倪思喃说完转身走了，丢下一句，"之前就跟你们说了不要什么人都放进来。"

漫不经心，目中无人。

男生一开始还想着她这么漂亮，听到这儿也感觉到她对自己的态度不好，气急败坏地离开了。

辛禾敲门进来，说："准备工作已经差不多了，老顾客那边我们只提醒了一遍，其他的都没有过多安排。"

"这样就行。"

Muse的上个老板走的是中端路线，倪思喃可对这个没兴趣，她当然是要顶尖的，所以以前的那些顾客大多都不在她的目标群体中，但也不能做得那么绝情。倪思喃觉得自己还是一个很平易近人的老板，所以她让辛禾给了老顾客提醒。

晚上离开工作室前，她顺手把计划书带了回去。

倪公馆内一派祥和宁静，波涛汹涌被掩藏在其中。

想到傅遇北那次的评价，倪思喃立刻涌上一股斗志。

倪老爷子正坐在沙发上看报纸，见她拿着文件回来，问："带了什么好东西回来？"

倪思喃眉眼弯弯道："就是工作室的计划书。"她扬起下巴，"我自己写的。"

"你还会写计划书？"

"爷爷您这是什么表情？"倪思喃娇嗔了一句，又得意扬扬道，"有我不会的事吗？"

"那肯定是没有。"老爷子一向会顺着她的话夸她。

他戴上老花镜，翻了两页，赞叹道："咦咦这计划书做得不错，怎么，有没有兴趣给我来打下手？"

倪思喃撇嘴道："爷爷你就瞎吹吧。"

老爷子一听这语气就知道她不高兴了，笑眯眯地问："怎么了，哪个敢给你气受？"

"没有。"

"说出来爷爷给你做主。"

倪思喃不想和他说，毕竟有点没面子，但又忍不住抱怨："傅成川他叔叔说这计划书不行。"

"哦？"

老爷子不知道他俩怎么会有交集。

"前段时间倪宁不是生日吗？就认识了。"倪思喃随口带过，"正好没事我就提了一下投资的事，他要我写计划书，等我写完了他又说筹码不够。"

老爷子乐呵呵道："原来是这样。"

傅遇北在他面前是小辈，但他也不敢小觑对方，平心而论，他是非常欣赏傅遇北的，有能力有野心。如果倪家这一辈有傅遇北的一半能力，他也不用担忧偌大的公司未来可能会分崩瓦解。

可惜，没那个缘分。

倪思喃问："爷爷您要怎么给我做主？"

提到这个，老爷子噎了一下，安抚她："既然他没那个眼光，那爷爷再给你追加投资。"

傅遇北觉得这个计划书不够好是理所当然的，以外人的眼光来看，的确还有进步的空间。

还好，倪思喃瞬间被他的追加投资转移了注意力。

爷爷的肯定让倪思喃瞬间遗忘了傅遇北的事，这种好心情一直保持到第二天下午，周未未约她去俱乐部骑马，有不少人在。

马术一向是有钱人爱玩的，倪思喃不说对它有多热衷，但也是唯一一个能让她忍受的高强度运动项目了。

俱乐部在郊区有个马场，她是俱乐部的会员，一个月会来好几次，马术服都留在那边。

周未未早就到了，见她惊艳亮相，假意抱怨："这么慢我还以为你不来了。"

"我还能坐飞机过来吗？"倪思喃睨了她一眼。

"你让老爷子给你准备一架直升机呗。"周未未笑嘻嘻地说道，"到时候也带我坐坐。"

"想得美。"

直升机是可以有，但也不能随便飞，倪思喃不喜欢这种限制，还不如不拥有。

倪思喃架上墨镜，问："蒋谷呢？"

"在里面和他的马进行感情交流,不知道的还以为他会马语,他对女朋友都没这么认真吧?"

"别这样说。"倪思喃翘起唇,一本正经道,"他什么时候有过女朋友了?"

"咩咩你好毒啊,哈哈哈哈!"周未未反应过来后笑得肚子疼。

幸好蒋谷不在这儿,不然又要内心受伤了。估计外人都不知道,挂着纨绔子弟名头的蒋少,其实连个女朋友都没谈过。

"孟芯闵也在呢。"周未未换好衣服,"不知道什么风把她们给刮过来了。"

工作人员恭敬地领她们进去。

孟芯闵正在那边选马,听到声音一回头,心情立刻降到底,问:"怎么今天又碰上她来这里?"

还偏偏穿得那么好看!

张学正殷勤地一边给傅遇北介绍马场的一应事宜,一边递烟,被拒绝了也不恼。

傅遇北神色淡淡,望向前方。

马场大是大,但出发地是同一个。倪思喃正站在一匹白马前,穿着红色的马术服,颜色鲜艳,肌肤雪白,鼻尖透着一点粉色,艳丽夺目。

有人递给她一根马鞭,倪思喃接过,转头和身旁的女孩说话,贝齿隐隐若现。

见他视线停在一处,张学顺着看过去。

"这家俱乐部不少小姐公子哥都爱来,那边好像是倪家大小姐和她的朋友。"

傅遇北并未答话,只站在那边,周身的气质就让人忽略不了,马场人多,不多时就有不少人注意到了这边。

蒋谷被提醒后也看过来,眨了眨眼,扬声道:"小舅。"

倪思喃正和周未未说话,听到声音下意识看过去,他们之间的距离不过几米。

今天天气好,阳光明媚。傅遇北站在檐下,光从上方落下,一小半洒在他的肩上,光影分明,笼了一层神秘莫测的气息,让人移不开眼。

蒋谷走过去问:"小舅也是来玩的吗?"

傅遇北颔首道:"刚好有空。"

张学听到这个称呼，默默当起背景板来，果然是一脚下去都能踩到个有关系的。

倪思喃虽然在聊天，但不时扭头去看。大约是发现了她的眼神，男人偏过头看她，倪思喃和他正对上视线，心口猛地一跳。

傅遇北低笑，眉目间覆上轻松。

蒋谷不知道他怎么心情突然变好了，发出邀请："我们今天也是一起来的，小舅您要是没事，和我们一起呗。"

听得一清二楚的倪思喃一阵疑惑，是有多心大才会发出这样的邀请？

傅遇北看着她的表情，不动声色地压下唇边的笑意，问："你的朋友们都同意你的决定？"

蒋谷说："怎么会不同意？"

倪思喃慢吞吞地走过来，又想起爷爷对计划书的肯定，瞧了一眼对面的男人。

"蒋谷。"她轻咳一声。

"怎么了？"蒋谷问。

傅遇北的视线落在她身上。

倪思喃抬眼，乌黑的眼瞳中藏着星光，责怪道："你怎么能让傅叔叔陪我们小孩子玩呢？"

马术那么耗费体力，万一待会儿傅叔叔体力不支怎么办？

倪思喃没有直接说出来，一脸纯良，俨然一个为叔叔担忧的贴心小辈。

第10章

在场的都是人精,根本不需要多说,很容易就听出了倪思喃的言下之意。

虽然不是很相信,但还是下意识地看向傅遇北。傅总也才三十而立吧?相当年轻了。

被这么多人打量,傅遇北神色淡然,仿佛说的不是自己,只悠悠地看了一眼倪思喃,那双眼眸里是她看不懂的复杂幽邃。

倪思喃摸摸鼻子,有点心虚。自己这么做是不是对他名誉不好,这个想法一冒出来,她浅笑道:"毕竟傅叔叔是有正事的吧?"

强行补救一下。

傅遇北挑眉道:"没有。"

倪思喃倒是没料到这个回答。

后面隐形人似的张学听到这个回答,立马凑上来,笑眯眯道:"今天是我邀傅总过来放松的。"

傅遇北微微颔首,倒是对张学印象好了一点。

倪思喃星星似的眼瞳眨了眨，干脆将场子还给蒋谷："我和未未去整理一下衣服。"

周未未一愣，她还正看着热闹呢。

两个人一离开，蒋谷的大脑恢复运行，说："小舅，要不待会儿您就和我们一起，不过要是不方便就算了。"

傅遇北没回答，递了个眼神。

张学立马心领神会，说："大概是方便的，蒋少放心，我会安排好的。"

蒋谷想了想，有心替倪思喃刚才的话解释："思喃刚刚也是一番好意……"

好意？傅遇北哂笑，面上却"嗯"了一声。

更衣室内，周未未坐在椅子上，问："倪咩咩，你是害怕了吗？"

被问的人正站在镜子前扎头发，两只手穿过栗色的长发，葱白细长，叫人心生神往。

"我害怕什么？"倪思喃反问。

"不然你干吗要逃走？"周未未来了兴趣，"你什么时候和傅成川他叔叔那么熟了？"

叫叔叔那么熟练，还开起玩笑来了。

倪思喃扎了个马尾，发尾随着坐下来的动作在空中画过一道弧线。

"我和他不熟。"

"好好好，不熟。"周未未敷衍过去，"不过你刚才的话真是胆子大，我爸在家里夸过他好多次。"

周未未对傅遇北并没有什么别的印象，全部来自道听途说，说他性格沉稳、遇事果断。

倪思喃说："还能有夸我的人多？"

周未未仔细思考了一下，答道："可能一半一半。"

倪思喃气得佯装打了她一下。

两个人出去时已经是十分钟后，外面天空有云，遮住一半太阳，引出一片好看的光彩。

不远处，傅遇北站在一匹灰色的马旁。他穿的马术服是黑色的，像是中世纪走出来的骑士，脱离了商场上的杀伐果断，多了几分优雅。灰马通人性，偶尔用头蹭他的手，皮毛顺滑油亮，傅遇北伸手抚摸两下，画面很是和谐。

倪思喃不由得多看了两眼，然后就被傅遇北抓了个正着，她迅速扭头，长马尾在空中一划，阳光下似乎闪着金色的光。

"你们终于好了。"蒋谷牵着他的马走过来，翻身上去，随性又嚣张，纨绔子弟的特性彰显无遗。

倪思喃问："你不和你小舅一起？"

蒋谷说："小舅不需要我。"

倪思喃"哦"了一声，不再管他，做了下准备，动作利落地上了马，英姿飒爽。

"你怎么三句话不离我小舅？"蒋谷随口说了一句，"走吧，马场先前修的一块地已经开放了。"

"就你话多。"倪思喃说完骑着马先行离开，留下蒋谷一人在原地摸不着头脑，摸摸鼻子，不知道自己刚刚哪句话说错了。

真是大小姐脾气，说来就来。

马场这边的草地很漂亮，倪思喃骑马逛了一会儿就看到了不远处的傅遇北，他戴着白手套，模样好看到极致。

她从他身旁经过，有点炫耀地说："傅叔叔，我这就超过你了？"

傅遇北嘴角一扯："嗯。"

不知道为什么，倪思喃总觉得他的眼神不对。

她摇了摇头，估摸着是错觉，怎么说都是长辈，哪有那么小心眼的，自己又没有说什么真正不好的话。

骑马的快乐显然很快就让她忘了这事。她一侧是孟芯闵，见到她，孟芯闵立刻扬起马鞭要超过她，其他人就默默看着。

这两个人不和又不是一天两天的事了。千金小姐们家世相近，没什么好比较的，无非是衣服、首饰、妆容，这次多了个马术。

倪思喃娇喝一声，轻而易举地反超孟芯闵，停在前方，身姿窈窕，对着后面扬眉一笑："孟小姐，你的技术该练练了。"

"你——"孟芯闵气得说不出话来。

明媚的阳光洒在倪思喃的脸上，衬得皮肤越发白皙，仿佛反光似的，唇色渐变成浅浅的红莓色。

不远处，张学笑着说："年轻人真是活泼。"

傅遇北捏着缰绳，目光落在前方的一抹红上，只淡淡看了一眼就收回了视线。

这边的俱乐部是对会员开放的，但也不限制会员带进来的人，毕竟拦不住。

"不玩了，回去。"孟芯闵看到倪思喃那么顺利，心情不愉快。

她正准备回更衣室，身旁同伴见状说道："倪思喃在这儿得意也没什么用，自己头顶上都有草原了。"

说起来，这也是唯一一件可以落倪思喃面子的事。

"倪思喃也是脾气大，居然直接打了傅成川，好歹也是傅家人，一点顾忌都没有，傅成川心里肯定不舒服，这要是结婚了，那还不得——"

话里话外的意思不言而喻，没有一个男人可以忍受自己的面子被踩在脚下。

孟芯闵的表情终于顺了起来，瞥一眼同伴，说："这话在我面前说说就行了，不然我可救不了你。"

"当然当然，我也不会和别人说的。"

两个人说说笑笑，径直往前走，一转过走廊，就被人拦了个正着。

"孟小姐……"

"谁这么不长眼？"身旁的女生斥责道。

对方将路挡得严严实实，看向孟芯闵，说："孟小姐，我之前提的事……"

"你很烦。"孟芯闵正不耐烦地看着眼前的人，余光忽然瞥见走廊那边的倪思喃，心下一转，"这样，我有个事交代你。"

对方一愣，看着她的表情问："什么事？"

孟芯闵交代了两句，对方百思不得其解，但为了报酬，还是准备动手去做。

这个时间段，人都在外面马场，俱乐部内部人不多。倪思喃身上出了点汗，她不喜欢这种感觉，周未未速度慢，所以她就先走一步。

"倪小姐。"身后有人叫了一声。

说实话，这个称呼一般都是别人故意叫的，要么是恭维她，要么是开玩笑。

倪思喃回头，看到一个穿着粉衬衫的男人朝自己走过来，长得倒是清秀，但似乎有点自卑，她没见过，估计也不是南城这边圈子里的，所以态度就很敷衍。

"有事？"

粉衬衫心想现在的"白富美"都是一个态度吗？个个都不怎么高兴的样子。

"倪小姐，是这样的，"他组织好语言，"我听说您和未婚夫似乎感情不佳。"

这都是刚才孟小姐说的，他没接触过这个圈子，自然也不清楚内情，但还是知道风言风语是怎么描述的。

倪思喃露出意味深长的表情，问："怎么个不佳？"

"听说他在外风流……"粉衬衫趁机给她形容了一下男人风流就是垃圾，唠唠叨叨了一堆。

"说重点。"倪思喃没耐心了。

"倪小姐。"粉衬衫露出一个谄媚的表情，"你也可以和他一样的，现在都是新社会了。"

倪思喃恍然大悟，这人是来推销自己的。她上下看了他几眼，"你不行""你也配"几个字明晃晃地写在眼睛里。

见她似笑非笑地打量自己，粉衬衫也觉得头皮发麻，尴尬到用脚趾抠地，他迅速递过去一张纸，说："您有空可以看看这个。"

倪思喃压根儿没来得及拒绝，对方已经溜得没了影，活像是后面有鬼在追。

大白天遇到神经病啊这是？倪思喃翻了个白眼，一边走一边看了下纸上写了什么，原来是一家新会所的宣传单，上面贴了好几个"男模特"的照片，有的穿得少，有的上半身光着露出腹肌。

倪思喃看得鸡皮疙瘩都起来了，这都是什么东西，她看起来像是饥不择食的人吗？

"咩咩,你在看什么?"周未未从前方走过来,"让我也看看。"

倪思喃把纸伸到她眼前,说:"看吧看吧。"

周未未只看到放大的照片,"啊"的一声尖叫起来,闭上眼喊道:"我瞎了!你赔我眼睛!"

倪思喃无语,左右看了下没有垃圾桶,她也没有随手扔垃圾的习惯,干脆塞进包里,打算出去再扔。

周未未捂着眼睛,不忘忧心道:"虽然傅成川的桃色绯闻传遍整个南城,你也不能和他一样堕落啊。"

"周未未,"倪思喃警告道,"你再说一句,信不信今晚我把你扔进这个会所?"

周未未闭紧了嘴,委屈巴巴的。

倪思喃换完衣服就将广告单的事忘到了脑后。

周未未还意犹未尽,准备去再玩一会儿,倪思喃没那个力气,干脆慢悠悠地坐在檐下看着他们。

没一会儿,太阳大了,俱乐部的人恭敬地送来帽子、披肩等,倪思喃把自己的脑袋遮了个严严实实,这才舒服了,怎么都不能被晒黑。

她这样的打扮尤其显眼,傅遇北一眼就看到了她,巴掌大的脸连嘴巴都捂了起来,只露出一点白皙的鼻梁。同样不去骑马的千金小姐们无一不是穿着精致,就她一人鹤立鸡群。

他哑然失笑,停了下来。

张学见他不继续往前,就跟着往回走。

工作人员又送来水果,倪思喃一手叉了一块,还没送到嘴里,一双黑色的靴子停在自己身旁,视线往上,是它的主人。

傅遇北低头,幽深的眼眸里仿佛沉着一潭平静的水,直直地对上她的视线。

倪思喃下意识坐正身体。明明她戴了墨镜,却总觉得他的眼神能穿透一切。

她放下水果,整理一下披肩,又恢复了大小姐的精致优雅,乖巧询问:"傅叔叔,您怎么不走了啊?"

谁还不会装了？

傅遇北悠悠回答："我年纪大了，跟不上。"

这话一出，周围立即安静下来，倪思喃觉得他就是故意说给自己听的，看他刚刚在草地上游刃有余动作流畅的样子，哪里是跟不上，可以说是表现绝佳。饶是她见过不少马术厉害的，也没傅遇北来得好。

倪思喃硬着头皮说："这样啊。"

怎么说都是自己挑的事，人家不爽也是很正常的，而且还是长辈呢。

"其实吧，以后经常玩就没事了……"倪思喃一本正经地胡说，目光触及一处，"等一下。"

傅遇北望了她一眼。

倪思喃被看得心口猛地一跳，伸手指了指他的腰间，柔声说："上面沾了泥。"

大约是他骑马时蹭到身上的，干净无瑕中有了一点污泥，让人觉得很是突兀。

倪思喃有意弥补，正好自己包里有纸巾，她伸手去拿，谁知道带出了其他东西。一团纸忽然掉了出来，一只骨节分明的手接住了那团纸。

倪思喃还没回想起这纸是什么，就见傅遇北已经漫不经心地随手打开，纸上的文字和照片让男人一时间沉默。

一阵微风拂过。

身后的张学没忍住偷看了一眼，默默瞪大了眼睛，倪家大小姐……这么厉害的吗？

倪思喃终于想起来这是什么东西，有点恼怒，恼自己忘了扔，又怒居然被傅遇北看到了，脸颊不由得染上些许绯红。

傅遇北面色不改，修长的手指捏着那张纸递到她面前，说："收好。"

半天倪思喃才回归理智，若无其事地"啊"了一声，拒绝收回这张垃圾广告单，目露疑惑道："谁啊，偷偷往我包里塞东西？"

倪思喃看了一眼广告单，又故作惊讶地扭开脸，仿佛被气到了，又不忘"甩锅"："傅叔叔您怎么能让我一个单纯的小姑娘看这个？"

第11章

倪思喃说这话时还不忘推推自己鼻梁上的墨镜，俨然一副受害者的形象。

走廊下一瞬间安静，不说旁边呆滞的张学，傅遇北都被气笑了，问："所以你的意思是这不是你的？"

倪思喃理直气壮："当然不是，我怎么会看这个呢？"

倪思喃也后悔自己居然忘了这件事，但反正也没人知道是她亲手放进去的，这种小事不承认就好，让她找到那个粉衬衫肯定让他没好果子吃。

傅遇北看着她整个人都对那张广告单拒而远之的样子，微微勾唇道："那我扔了？"

倪思喃巴不得他扔了，小鸡啄米似的点头。

她觉得傅遇北可能是累了，扔纸的动作很慢，自己一眨不眨地盯着也是着急。

傅遇北抬头看过来，倪思喃"唔"了一声："可能是俱乐部里有什么人混进来，给大家都发了这种广告单，真是烦人。"

她努力睁着清澈的双眼，半天才反应过来自己戴着墨镜，白睁了。

傅遇北失笑。他在商场上无往而不利，自然不是个听之信之的人，她说的每一句话他都能听出真假，小姑娘家的心思一览无余。

倪思喃立刻扭过头，转移注意力："傅叔叔，您今天来就只玩这么点时间？"

"嗯。"他望了她一眼。

倪思喃不知道为什么，有点心虚。

傅遇北漫不经心的视线从她的脸上掠过，接过张学递来的纸，慢条斯理地擦了擦手，动作很随意，手指曲起时却让倪思喃移不开眼。

傅叔叔的手可真好看啊。倪思喃感慨着，就连自己都看入了迷。

出神间，有人说了什么她都没听清，回过神来才听到张学提醒："傅总现在要回去，您要一起吗？"

倪思喃下意识拒绝："不了。"

不知道为什么，她不太想和他在同一辆车上，大抵是第一次见面时就是在车里，压迫感让她记忆犹新，一起回去的话就无法避免在狭窄的空间里相处。

玩得乐不思蜀的蒋谷终于从远处回来，笑着问："小舅这就要走了吗？"

傅遇北说："公司有事。"

蒋谷点点头，又看了一眼已经换好衣服的倪思喃，说："思喃你也是要走的，那你——"

倪思喃冷漠道："我不走。"

蒋谷被打断了也不气，无奈道："好吧。"

这大小姐娇气，瞧她现在全副武装的样子，在这儿晒太阳也不好，他还想让小舅捎她一程呢。

倪思喃怕他多嘴，开口堵住了路："傅叔叔，我们就不耽误您的时间了。"

张学心里有些疑惑，听说倪家大小姐和傅家少爷似乎不太顺利，还打了起来，没想到和长辈关系倒是很好。听说傅总去倪家二小姐的成人礼上还给大小姐带了礼物，看来当初傅总对联姻有些认可的传闻是真的。

张学低下头，明明京际集团现在内部斗争渐起，他摸不清楚傅总的想法，也不敢去深想。

"嗯。"傅遇北嘴角弧度不显,声音清冽,又缓缓开口,"小孩子要多活动活动。"

倪思喃反应过来时,男人已经走远了。他的身影被光影分割,如同森林上方落下来的光线,马术服勾出宽肩窄腰,腰部的皮扣反射出阳光。

倪思喃戴着墨镜也觉得迷眼,直到那点光消失在转角处。

"你说他最后一句话是什么意思?是不是在讽刺我之前说他体力不好,蓄意报复?"

更衣室里只有两个人。

周未未整理好自己的裙子,这才有空回她:"你把这位傅总想得也太小心眼了吧?"

倪思喃问:"你不觉得吗?"

"不觉得,就是对小辈的关心罢了。"

"好吧。"倪思喃琢磨着是不是自己真的想多了,随口吐槽起来,"不过广告单的事……怎么这么巧?"

周未未弄明白了始末,乐不可支道:"别这么想,说不定人家就是看你很成功,所以才想发传单。"

"我身上哪里写了成功两个字?"

"你身上哪点不成功?"周未未翻白眼,"定制的礼服、限量的鞋,就连头上戴的都是私人设计作品,动辄百万千万。"

倪思喃点点头,道:"有道理。"

"以后也不知道谁家养得起你倪咩咩。"周未未拖长了调子,"真是令人担忧。"

"又不要你养。"

"说的也是,这是你未来老公该烦心的事。"

倪思喃和周未未你一句我一句,俨然把作为未婚夫的傅成川忘了个彻底。

蒋谷在外面等着她们。

出了更衣室,想起广告单的事,倪思喃心里还是十分不爽,这么糗的事居然被长辈逮了个正着。

周未未见她心情不好，说了两个笑话安慰她，最后一个说到一半时，忽然转口问："那是不是孟芯闵？她在干吗？"

倪思喃顺着看过去。

俱乐部人很少，孟芯闵站在远处，对面还有一个人，因为离得远看不清脸，但粉衬衫很瞩目。

孟芯闵正对着她们，表情有些不耐烦，但以她的性格，没有直接转身就走说明两人是有关系的。

"好啊，原来是她干的。"倪思喃眯了眯眼。

就说怎么会有人敢不长眼发广告发到她面前来，还塞了就跑，搞半天是有人搞鬼。

是孟芯闵一点都不奇怪。今天自己骑马时超过她，孟芯闵这个小心眼，不开心给她找碴儿很正常。

闻言，周未未立刻想明白了，问："那我们去教训一下？"

倪思喃问："她明天是不是要去参加什么茶会？"

"是啊，也就她一天到晚热衷这个，上次去还和人撞衫了，差点没成为南城乐事。"

倪思喃抬手，目光在自己漂亮的指甲上转了转，幽幽道："热衷正好，省得找人在哪儿。"

周未未立刻问："怎么，倪咩咩你是有事要做？"

倪思喃眉眼弯弯道："我想做的事可多了。"

敢在她头上动土，就得想想后果，她又不是什么吃了亏不找回去的性格。

这种茶会其实就是千金小姐之间的闲聊，间或有意无意地炫耀攀比，自己买了什么新东西，多贵多难得。每次倪思喃都会收到请帖，十次有八次是不去的。她不去，周未未一个人去也没意思。

但这次，茶会要热闹了。

周五下午两点半，市中心人来人往。

第11章

刚刚视察完京际内部,这是回国以来第一次大规模动作,整个公司如今严谨有序,乔路跟在傅遇北身后。

"稍后您……"

"三点去云和天境那边。"傅遇北淡声说。

乔路立刻让司机等在下面,顺便将最新的文件准备好,只等着待会儿在车上看。

云和天境所在的地区是郊区,五年前这块地被人拍下,当时南城众人还不清楚是谁下的手。一年后政府要开发那边,这块地也就成了香饽饽,至此这块地的主人终于揭开面纱。

傅遇北离开国内前买了这块地,一走就是五年,眼见着那片区域发展起来,谁都在眼红这块地,因此眼下云和天境成了人人都想参与的项目。

傅成川三年前知道了这是叔叔买下的地,心思活动开来,是京际的自然他也可以参与,可是这才运行到一小半,正主就回国了。

傅遇北的车一出公司,不少望风的人长出一口气,说:"我这心,一下午就没放下来过。"

"谁不是呢,傅总的气势真不是一般人能比的。"

茶会的举办地是郊区的一个私人花圃,因为得知倪思喃要来,主办人特地将地点临时改过来的,因为花圃里有倪思喃喜欢的玫瑰。

得知消息的一众千金小姐无不暗自艳羡。

"她突然来干什么?"孟芯闵听到倪思喃要来就觉得不对劲,"突发奇想?"

旁边的人猜测道:"可能是想婚前多玩玩。"

孟芯闵恍然大悟:"有道理。"

不过她既然要来,自己自然是要好好准备的,先前那套礼服作废,得换一件。

虽然倪思喃是去找碴儿的,但这个更改让她很满意。

周未未:"我到你家楼下了。"

倪思喃抿了抿唇,看着镜中诱人的唇色,心满意足地踩着高跟鞋,嗒嗒嗒地下了楼。

她拎着包,敲了敲车窗。

"倪咩咩,你好——"

周未未按下车窗,话还没说完就呆住了。窗外的人头发一半扎了起来,容貌明艳,妆容精致,皮肤细腻得细小绒毛似乎都清晰可见,耳边的碎发被阳光映成金色,宛如精灵。

倪思喃矜持地坐进车里,说:"回神了,我知道我很美,你天天看也不用这么惊讶。"

"应该的。"周未未顺着她的话夸她,"您这样的仙女能坐我的车,今天回去我让司机不要去洗车了。"

"别。"倪思喃浑身上下写满拒绝。

要真不洗,她下次打死也不上周未未的车了。

周未未看着倪思喃今天这精致到头发丝的样子,就知道孟芯闵恐怕是要遭大殃。也不去打听一下,谁得罪了倪家这位大小姐还能安然无恙的?

半小时后到了目的地,周未未下车后叮嘱:"你就待在这儿,我们很快出来。"

司机听话点头:"知道了,小姐。"

这边是私人花圃,前方几千米外是即将要开发的云和天境,所以路上车并不多。

倪思喃踩着高跟鞋,银色碎钻发着光。

"先生,那边好像是倪小姐。"

不远处,乔路瞅着那目中无人的背影,还有露出来的半边精致侧脸,犹疑着开口。

这么巧遇上的?傅遇北偏过头,站在那辆法拉利旁的倪思喃穿着一件藕粉色的抹胸小礼服,身形纤细,微风吹起散落的头发,拂过背后那对优雅漂亮的蝴蝶骨,仿佛汇聚了整个盛夏的光。

乔路说:"听说这边有茶会,估计是来看花的。"

第11章

"看花?"傅遇北搭在膝盖上的手指敲了两下,淡然开口,"采花还差不多。"

那副样子明显是去找碴儿的。

周未未的司机闲得无聊,正在和花圃门口的一个保安聊天,保安眼尖,瞄见了一旁的车。

"你认识那是谁吗?"

来这儿的有钱人不少,但他还是第一次看见车里的人。

司机回头,后车窗半开着,隐隐露出男人优越深邃的五官,气质惊人,让他呆愣半天。

"京际的傅总。"

这南城,姓傅的有名有姓的就一家,不过傅遇北回来的消息很多人都知道,但他们并不清楚,毕竟五年来都没见过本人。

保安立刻明白过来,奉承道:"傅少,倪小姐在里面喝茶。"

对这个称呼一清二楚的乔路一愣,回过头只能隐约透过光看见傅遇北淡漠的神色,丝毫窥探不出是什么样的情绪。

乔路心神一凛,按下车窗,冷冷提醒:"我们先生是傅少的长辈。"

长辈?那刚刚自己把人认成倪小姐的未婚夫……保安下意识地看过去,触及对方的眼神时脖颈后猛地一凉,如坠冰窖。

他好像说错话惹对方不高兴了。

第 12 章

好在保安脑袋转得快,毕竟见过不少人,恭恭敬敬叫了一声:"傅先生。"

认错人还挺尴尬的。周未未的司机目不斜视地充当隐形人,反正不是自己认错人,一点也不担忧。

车很快驶离原地,乔路这才低声说:"这个私人花圃是苏家的。"

傅遇北不置可否:"去云和天境。"

他偏过头,从这边看去,整个花圃的边缘已经露在外面,五颜六色的鲜艳携着浓郁的花香。

乔路应声,并没有询问。

倪思喃和周未未进入花圃,很快就有人得了信。茶会厅里坐了七八个千金小姐,就见其中一个起身走到外面,一看就是去接什么人的。

"谁啊要她去接?"

"这还用想,倪家那位呗。"

苏家这个私人花圃有一小部分是专门划出来对外盈利的，比如租给一些工作室拍照。花圃很大，盈利所在的地方不过是几分之一，而茶会所在的地方自然是中心地带，能将周围的一切尽收眼底。

林丝丝今天因为要拍一个外景，也来了这边。她是美妆博主，会有写真拍摄或者外景vlog（视频博客）。

先前和Muse工作室的争执，让她掉了好一波粉丝，今天拍点视频、照片就是为了重新回到之前的轨道上。

才刚到拍摄地，就见前方负责人领着两个人走过去，林丝丝只来得及看到一个纤细漂亮的背影。

裙子漂亮到她一眼看中，但她的目光很快就移到了对方背的包上，细碎的光反射到她的眼睛里，她想起来了，这是一个大牌还没有出的新款，只有网上流传的图片。

这就背上了？

林丝丝琢磨着那光是碎钻反射的。

摄影师在一旁询问："那边不是不对外开放的吗？怎么她们可以进去我们不可以？"

领路的员工微微笑了一下："那边有个茶会。"

他没有多说什么，几个人还糊里糊涂的，林丝丝却很清楚，那些上流圈子里的名媛办什么茶会、花会都是家常便饭。

有了傅成川之后，她身边的变化和最近发生的一切，都让林丝丝很失落。谁不想走捷径呢？经历过之前的事，再和现在一对比，让林丝丝更清楚地认识到挤进那个圈子的重要性，偏偏傅成川直接和她掰了。

一行人往前走着，有人从旁边经过。

"要多加点水果，还有倪家大小姐不吃的那几类水果都叮嘱好了，千万别放进去。"

林丝丝一下子提起了心神。居然是倪家大小姐，就是傅成川的未婚妻。

她猛地叫住对方，露出一个笑容，问："是倪家大小姐在那边参加茶会吗？"

负责人盯着她说:"不好意思。"

他没有回答,直接离开了原地。

林丝丝停在原地,身旁的摄影师丝毫不清楚状况,好奇起来问东问西的,她听得烦。

"别问了,是你见不到的人。"林丝丝心中的郁气此时一股脑地发泄出来,"倪氏知道吧,京际知道吧,一个是她家,一个是她未婚夫家。"

摄影师震惊之余不忘冷漠道:"哦。"

厉害的是她又不是你,乱发什么脾气?

距离茶会越来越近,周围的装扮也展露出来。

周未未瞅着前方光鲜亮丽的花厅,里面有几个人影,兴致勃勃地问:"孟芯闵到了吗?"

负责人说:"到了。"

就差你们两位了,这话他不敢明说。

周未未心想来得刚好,转头和倪思喃说:"对了,我还没问你打算怎么找碴儿呢。"

她兴冲冲地从头跟到尾,发现自己把最重要的事忘了。

倪思喃踩着高跟鞋,比她高几厘米,压着下巴回答她:"这还需要思考怎么找吗?"

周未未说:"当然是有计划比较好。"

倪思喃眨了眨眼,说:"我已提前找好了人。"

两个人堂而皇之的议论让负责人背后直冒冷汗,思考该不该和自家的小姐提这事。

前方玻璃门近在眼前。

倪思喃推上墨镜,一副张扬明媚的模样,利落道:"速战速决,我不想和她一起喝茶。"

门被推开,所有人看过来,花厅里安安静静。

倪思喃气势冷然,在她们的目光中走到正中央的位置,矜持有礼地坐了下来。

周未未怎么看现在这场景都像是登基现场,倪思喃就是那万众瞩目的唯一女王。

"思喃来了啊,你今天真好看。"

"之前几次你都不来,今天可算是碰到了。"

"果然还是你喜欢的花比我们吸引你。"

这么多人明面上吹捧起来,你一句我一句,让倪思喃心情舒爽。果然这才是她的主场。

孟芯闵看她夺走了所有视线就糟心,本来今天应该自己是中心才对,她冷哼一声:"你不是不参加茶会的吗?"

倪思喃摘下墨镜,惊讶出声:"原来孟小姐也在。"

她这么大一个人坐在这儿,会看不见?

倪思喃笑眯眯地说:"实在是你这一身穿得太像向日葵了,你知道的吧,我以为他们放了一朵在这儿。"

一圈人齐刷刷地看向孟芯闵。她今天穿的是橙色礼服,其他配色是黑的,本来就觉得很亮眼,被这么一说,好像真有点像向日葵,还是开花了的那种,一时间花厅里气氛诡异。

孟芯闵气到爆炸,这是她为了压倪思喃特地选的礼服,花了几百万,就成了向日葵?

时隔这么久不见,倪思喃果然还是那个倪思喃,短短两句话就让孟芯闵气到模糊。

"看来你眼神不太好。"孟芯闵冷着脸。

"哪比得上孟小姐。"倪思喃吃了一块菠萝,慢条斯理地擦干净手,"我今天给你准备了一份礼物。"

她眉眼弯弯,明艳动人。

"不用了。"孟芯闵直觉不是好事。

倪思喃压根儿没搭理她,当着她的面打了个电话:"你们进来吧。"

一分钟后,花厅门被打开,只见七八个花枝招展的男人排队进来,香水味差点盖过了原本的花香。

这是什么情况?

"之前看你找了会所的人。"倪思喃露出标准的假笑,"怕你缺人,送你的。不用谢。"

孟芯闵插在瓜上的叉子差点被掰断。

"周未未,别吃了,走了。"

倪思喃来的时候声势浩大,走的时候也是如此,就连背影都是优雅中透着高冷。

一众名媛暗道可惜,戏还没看够呢,又瞬间把注意力转到孟芯闵身上,私底下眼神交流,孟芯闵难道是寂寞空虚了吗?

云和天境此刻还是一块刚开发没多久的地。

早在半小时前,这边就收到了总公司传来的消息——傅总要来视察。

收到消息时,所有人都紧张起来,然而傅遇北并没有出现在大众面前,只有几个负责人跟在前后殷勤地介绍着目前的情况。

结束时,负责人说:"我们已经为傅总准备了晚餐。"

傅遇北神色淡淡道:"不用了。"

他离开时,负责人的衬衫都湿透了。

"你们见到傅总本人了吗,是不是很年轻?"

什么也看不到的员工们偷偷议论开来。

"只看到一个背影,不敢去看。"有人说,"傅总才刚三十岁就这么有魄力,真不是一般人。"

"之前看了海外新闻里的照片,傅总长得真好看。对了,你们说傅总和傅少的事……"

"八成是真的。"

"傅少还找了倪家大小姐联姻呢,也不知道傅总以后的女朋友会是什么样的,没听过他什么绯闻。"

"估计也是联姻吧。"

说到这儿,经理出现在门口,大家一窝蜂散开。

此时还没到傍晚,外面艳阳高照。

周未未拿着手机,惊呼出声:"什么,拖走了?"

"这我也没办法。"司机也很委屈。

因为花圃这边来的人非富即贵,所以他离得远了点,交警估计以为车里没人,连罚单都没开,直接把车拖走了。

"你不会找个安全的地方停车吗?"周未未恨铁不成钢,"怎么不知道变通?"

这个司机是家里给她安排的,只因他为人忠厚老实,父母放心,不怕出什么事。

周未未气得挂断电话,委屈巴巴道:"咩咩,我的车被拖走了,这怎么办啊?"

倪思喃说:"叫车吧。"

周未未说:"花圃这边都是有车的吧,要不让他们送?"

倪思喃双手环胸道:"未未,咱们刚刚砸了茶会的场子,再回去说这事多没气势。"

周未未一想也是,转头给蒋谷打电话。他的车都是跑车,让他来接估计很快就能到。

蒋谷答应得飞快,临到去车库才想起来自己的车前两天送去改装了,还没拿回来。

"我不会要被杀了吧?"蒋谷心思转得飞快,又打了个电话出去,"舅舅,你是不是现在在云和天境啊?"

傅遇北"嗯"了一声:"怎么了?"

"思喃未未她们今天去茶会,那个花圃在您回来的路上。"蒋谷高兴起来,"您顺路帮我接一下她们。"

"知道了。"傅遇北捏捏眉心。

倪思喃怕热,又怕晒黑,往里走了走,这边的走廊是攀着花藤的,细细碎碎的阳光透过树叶洒下来,如同一幅美人赏花图。

傅遇北见到的场景就是这样,如果倪思喃面上的无精打采能再隐藏一点的话,就更符合了。

"哎,那是谁的车?"周未未推了推倪思喃,"没见南城有谁开过。"

"蒋谷到了没,这都过去多久了?"倪思喃没什么精神,"南城哪有我们没见过的?"

半晌,她半拉下墨镜,一双漂亮的眼闪闪发亮。

车窗缓缓落下,露出一张熟悉的脸。

"等不到蒋谷,等他舅舅也一样。"倪思喃嘀咕了一句,叫了声:"傅叔叔。"她走过去,俏生生地说,"好巧。"

乔路说:"先生正准备回公司。"

倪思喃天生肤白,又很少晒太阳,娇气得厉害,就连在阴凉处坐了十来分钟都觉得不舒服,刚到阳光下,脸就皱了起来,表情清晰可见。

傅遇北瞥了一眼乔路。

乔路从车里拿了把伞过去,撑在倪思喃头顶,挡住明晃晃的阳光,她立刻舒服了不少。

特助还是很上道的嘛。倪思喃心情好,连带着说话都好听起来:"傅叔叔,我们同路,刚好能送我们一程吗?"

她这么乖,怎么能不同意?

周未未上一次见她这么撒娇还是在老爷子面前,摸了摸胳膊,差点起鸡皮疙瘩。

傅遇北敛眸道:"那还站在外面?"

司机立刻恭敬地拉开后车门。

傅遇北的视线瞥过来,周未未还是头一次离他这么近,看得害怕,往后退了一步,推着倪思喃说:"你坐过去。"

倪思喃也没觉得不对劲,上车后一吹到冷气,如同鱼碰到水,整个人都鲜活起来,脸上被晒出淡淡的粉色,像半熟的青李。

身旁冷冽的气息和味道袭来,她不是第一次闻到,但每一次都觉得十分好闻,也不知道用的是什么香水。

倪思喃理了理衣裙和头发,感觉有视线落在自己身上,偏过头问:"怎么了?"

难道自己哪里被风吹丑了?倪思喃绝不允许这样的情况出现,用手机偷偷照了一下,确定头发没飞,裙子没乱才松了口气。

傅遇北只淡淡瞧着,目光深邃。

确认自己一切完美精致后,倪思喃终于想起来要好好感谢一下救急的男人。

"傅叔叔您真是个好人。"她十分熟练地发了张好人卡,"虽然您不是我亲叔叔,"倪思喃轻眨了下眼,很是乖巧纯良,"但我会把您当成亲叔叔一样的。"

刚好她没叔叔,他也没侄女。

车内一瞬间安静下来,乔路总觉得自己不应该带耳朵过来。

傅遇北被她逗笑了,倪思喃听到男人从容不迫的声音传来:"你怎么不说舅舅?"

毕竟蒋谷是她的好友。

倪思喃想起他和傅成川的传闻,再想到自己很快就要和他侄子退婚,心里有了数。

"舅舅也可以。"她改口,眼神无辜又干净,"换着来称呼。"

一天一个,多新鲜啊,总有一个喜欢的。

第13章

  一旁的周未未听得瞪大了眼，虽然知道倪思喃的性格，但见人说人话、见鬼说鬼话还是听得她心头发跳。她从这边越过倪思喃才能看到傅遇北，平时自己也追星，见过那么多好看的人，但压根儿比不上眼前这位。

  周未未正出神想着，听到男人的声音传来："不必了。"

  倪思喃"哦"了一声，也没有被拒绝的沮丧，反正她本来就是顺口一说，蹭车不易，总得说点好话，不喜欢嘛，那就算了。

  倪思喃又介绍道："这是未未，我朋友。"

  周未未露出一个标准笑容，乖乖叫了声傅先生，如同学生见老师一样，然后又沉默下来。

  傅遇北点头示意。他虽然多年不在国内，但南城有什么人还是知道的，周家那两个长辈不着调，小辈倒是单纯。

  接下来车里一路都很安静，行程过半时，倪思喃的手机铃声响起。

  是蒋谷的电话。

"两位大小姐,我到目的地了,这边连个人影都见不着,全是花,你们人呢?不会是逗我玩的吧?"

他就站在花圃前面,空荡荡的一望无际,别说倪思喃了,就是连一棵树都很难见到。

倪思喃这才想起忘了告诉蒋谷,好友千里迢迢去接她们结果扑了个空,有点对不起他。

"我们正在回去的路上。"

"你们是坐的我小舅的车吧,没坐黑车吧?"蒋谷想歪了,再加上她们两个长得漂亮,生怕被人拐了,一下子就提高了音量。

倪思喃余光瞄了一眼傅遇北的神色,很快就想明白是蒋谷让傅遇北接她们的,刚才她还以为是偶遇,搞半天原来是这样。

倪思喃莞尔:"我还以为傅叔叔是看在我的面子上呢。"

"哦那就好——你让我和小舅说句话。"

蒋谷心想,说不定还真是看在你的面子上,自己都没被他亲自接过呢。

虽然这个突然冒出来的想法有点酸,但毕竟是事实,他小舅可不是个热心肠的人。

"干吗,怕我被黑车威胁骗你吗?"倪思喃将手机举到傅遇北面前,"你听听是不是本人。"

她眨了眨眼,有些俏皮。

傅遇北目光幽深道:"我不会吃了她的。"

这话说的。

蒋谷松了一口气,又被说得心虚,解释道:"是小舅就行,那我就不担心了。"

傅遇北淡淡"嗯"了一声。

倪思喃又说了两句,然后挂了电话,扭头有点好奇地问:"傅叔叔以前接过人吗?"

傅遇北定睛看着她说:"没有。"

倪思喃弯唇道:"那我很荣幸啊。"

虽然不是什么大事,但怎么听怎么快乐,她面上不显,眉梢处压着的喜却像初春的芽,鲜活簇簇。

傅遇北凝神多看了两眼,而后闭目养神。

最后,车停在Muse工作室外。

倪思喃下了车,搭着车门,娇俏道:"谢谢傅叔叔。"

虽然先前说了叫叔叔舅舅都可以,但听起来还是叔叔两个字比较好听,傅舅舅听起来有点怪。

好吧,傅叔叔听起来也不太好。傅遇北才三十岁,平白被她叫老了,但是也没什么别的好称呼,傅总听起来就更不搭了。

这边是市区,路边树木葱茏,只有偶尔一两束日光倾泻在她身上,衬得藕粉色的衣服和白皙肌肤相得益彰。

傅遇北的视线落在她脸上,看了一会儿,错开眼问道:"就一句谢谢?"

有热风从外面吹进来。

倪思喃本来都打算转身离开了,猝不及防听见这句,愣了一下:"啊?"

怎么突然不满意了?

傅遇北心情尚好,说:"我以为你不止嘴上说说。"

倪思喃半天才和傅遇北对视上,瞧见他脸上温润的笑,一下子就明白怎么回事了。他在逗自己!

倪思喃是真没想到傅遇北居然会和自己开玩笑,而且她刚才还没反应过来。

"是要好好谢谢。"她佯装苦恼,想了几秒,快速开口,"一时半会儿我也想不出来,就先不打扰傅叔叔了。"

车门一关,万事无关。

倪思喃拎着包,又成了那个千娇百宠的倪家大小姐,踩着高跟鞋上了台阶,还不忘对着车里挥挥手。

傅遇北虽然是逗她,但被这么一将,不禁摇头笑了一声。

等车离开后,周未未才说:"你要怎么谢啊?"

倪思喃丝毫不在意:"他那么忙,指不定待会儿就把这事忘了,大不了我到时候再想。"

周未未一路上眼观鼻鼻观心,生怕得罪了这位大人物,到时候连爸妈都救不了自己。

"有什么好怕的?"倪思喃无语。

"不是那种怕。"周未未形容不出来那种感觉,但总算体会到了其他人对傅遇北的评价。她瞅了瞅倪思喃,她的好友到底是怎么和他聊得那么欢快,还一点反应都没有的?

"他怎么会有傅成川那样的侄子?"周未未问。

"傅成川基因突变了吧。"倪思喃随口一说。

"唉。"周未未显然十分感慨,"还好你要退婚了,这一家子都不是好相处的。"

倪思喃很是赞同。她虽然在傅遇北面前装乖,但每次她都觉得自己被傅遇北勾着走,他没有表情的时候,她就会感觉到无形的压迫。这是上位者的气势。

此刻,傅家阴云密布。

自从倪老爷子那边提出要退婚后,傅家就一直在拖,毕竟不好直接拒绝。傅成川不喜欢倪思喃,但这个婚必须要结。

"现在怎么办?"傅母一脸茫然,"倪老爷子亲口说的,没有转圜余地。"

他们为了这个联姻,甚至在订婚时就送了股份,按正常流程,这是结婚时才会送的。

傅母并不喜欢倪思喃。在她看来,做自己的儿媳起码要听话懂事,可倪思喃张扬放肆,以后谁管得了?

偏偏她家世出众,明明倪家两个孙女,倪老爷子却独独疼爱这个没有父亲的倪思喃。

如果是倪宁就好了,可以掌控。

傅成川没说这个,眉头皱得很紧,说:"叔叔下午去云和天境视察了。"

这个行程并不是秘密,云和天境那边早就传开了,只不过傅遇北视察时做

第13章

了什么就不清楚了。

"实在不行,换成别人?"傅母问。

"换谁,这南城有人比得上倪思喃吗?"傅成川反问,也是在问自己,"倪家家世摆在那里。"

"倪家不是还有个小女儿吗?"

傅成川想直接反驳,但倪思喃信誓旦旦的退婚宣言历历在目,让他迟疑了,这一迟疑就是好几天。

倪家知道他们在拖,老爷子心里不高兴,透了点风声出去,不过几天,大家基本都知道这婚事可能要黄了。

倪思喃倒是很轻松,有爷爷在,万事大吉,她的心思都放在了Muse工作室半个月后的开业上。而且老爷子身体恢复之后,倪思喃就不在倪公馆住了,导致倪健安想找都找不到人,更别提他还有事要说了。

最后没办法,倪健安打听到倪思喃在宁园有个局,在那儿拦住了她。

倪思喃在外人面前倒是很给他面子。

张婉坐在包厢里,见她推门进来,心思一转,脸上是压制不住的喜意。

倪思喃在心里嗤了一声,知道有鬼,停在门口说:"我待会儿还有事,就不进去了。"

张婉的笑僵住。他们今天才从老爷子那里得到肯定的消息,倪思喃要和傅成川退婚,而且就在最近。对他们而言,这可是天大的好事。

倪思喃站在门口不动。

倪健安说:"行吧。"

不然还能强行拉进来不成?

"思喃啊。"倪健安打起感情牌,"你和傅家退婚的事,我们倒是不反对,但有个想法。"

"大伯你说。"倪思喃兴味索然。

见她态度平和,倪健安倒是有了几分把握,毕竟他知道她对傅成川本来就不怎么喜欢。

"和傅家联姻对我们倪家也是有好处的,你应该很清楚,你要是不喜欢傅成川,老爷子那边可以换人。"

"你大伯说的有道理,也是为你好。"张婉立刻跟上,露出为家里着想的表情。

倪思喃听懂了,他们是想把这桩联姻换成倪宁和傅成川,饶是她再淡定,也被这两个人的不要脸惊到了。她微微一笑:"大伯说的我知道了。"

两人对视一眼。

倪思喃想了想,秀眉皱起,看向满含期待的两个人,说:"可是换人也要好好考虑人选,你们说是吧?"

倪健安就等着她主动提起倪宁,却不料他的笑容在倪思喃接下来的话里消失了——

"据我所知,傅家人不多,这一辈就傅成川一个适龄的男人,我要是换人换成谁呢?"

倪思喃向来会颠倒黑白,她明知道他们说的是把她换成倪宁,却偏偏要理解成是把傅成川换掉。

倪健安说:"我不是这个——"

倪思喃红唇微张,"啊"了一声:"我知道了,难道大伯是想换成傅家叔叔,傅叔叔年轻有为,又和我一样长得好看。"

夸别人还顺带夸自己,整个南城就她能做得出来。

倪健安从头到尾就听她说,自己都没有说话的机会。

半响,倪思喃眨眨眼,悠悠地叹了口气:"可是我和傅家叔叔差了一辈呢。"

倪健安有点迷茫,这个侄女不会真的看上傅遇北了吧?做白日梦呢?

"大伯还是不要再提了。"她话里话外暗示倪健安去搞鬼。

倪思喃低头,唇角翘起。到时候他被傅遇北收拾了,她看戏就成。

倪思喃一点也不客气,看着对面两个人呆滞的表情,下巴一抬哼了哼就要离开。

"提什么?"

傅遇北低沉清冽的声音突然从背后响起,如一记重锤,砸在了倪思喃的心上。

第14章

　　倪思喃懒得和大伯他们多说,所以干脆扭曲他的意思,再在他们反应不过来时转身离开。

　　刚刚倪健安让她进包厢,以防万一,她没进去,却忘了走廊是公共场合,而宁园是南城这边最金贵的地方,刚刚倪思喃说得太过开心,压根儿没注意有人来到了自己身边。

　　傅遇北这一声吓到了她,倪思喃脸上原本的笑停住,偏过头的一刹那又扬起一抹浅笑,问:"傅叔叔也在这儿呢?"

　　自己说的话全被他听到了?

　　傅遇北站在对面,眉目微敛,笑了一下,然后是将近半分钟的宁静。

　　倪思喃头一回在心里刷屏"这男人神出鬼没偷听本事一流""怎么着还能怎么演"。

　　"嗯,刚好经过。"傅遇北不急不缓地开口。

　　倪思喃提着心不敢信,又觉得不会那么巧,最后干脆破罐子破摔:"傅叔叔刚才没听见什么吧？"

她的心思全在眼睛里，傅遇北逗她："听到了会怎样？"

倪思喃下巴一抬，道："不怎么样。"

自己又不可能杀人灭口。

傅遇北又问："所以你想让我听见什么？"

"没什么——"倪思喃反应过来他是没听见的意思，心思一转，低头装羞涩，"就讨论家里的一些小秘密……"

一个长辈总不可能打听小辈的秘密吧。

"没有。"足足十秒后，傅遇北才徐徐开口。

倪思喃被吊起的心又放下来，眉眼立刻明艳起来，说："那我就不打扰傅叔叔了。"

傅遇北不动声色地收回视线。

倪思喃脚步轻快，拎着的包在空中晃荡，披着的头发在背后如同海藻一般，遮挡住了半露的肩膀。

她的背影窈窕姣好，走起路来带着风，乔特助默默心想巴黎的顶尖秀都比不上这几步。

他又偷偷看了一眼自家老板。早在倪大小姐说话的时候，他们就路过这里，可以说是基本上从头听到了尾，傅总还说没听见，怎么突然骗起小姑娘来了？

倪健安抹了把额头，叫道："傅总。"

刚刚的事不是他说的，都是倪思喃说的，和他可没有关系，有事找倪思喃去。

他本想让倪宁嫁给傅遇北，但压根儿没可能。得知最近京际的事，倪健安的想法直接烟消云散，把目标放在了傅成川身上，谁知道倪思喃的话被傅遇北听了个正着。

"刚才的话都是随口说的，随口说的，您不要放在心上。"倪健安笑道，"我这个侄女被宠坏了。"

"是有点。"傅遇北想起倪思喃的两副面孔，眉梢轻抬。

倪健安没想到他会附和赞同，估计他也不喜欢这种娇纵过头的名媛，哀叹

第14章

一声:"都是老爷子平时太——"

傅遇北的手指停在腕表上,视线漠然,声音不咸不淡:"倪经理有时间和小姑娘纠结,不如把精力放在公司,让倪老爷子一把年纪少操点心。"

倪健安瞪着眼,眼睁睁地看着男人离开。

包厢门被推开,傅遇北踏着走廊灯光走进来,修长挺拔的身形立刻吸引了所有人的目光。

见人来了,等了半天的王东立刻给一个女孩使眼色,斥道:"还不过去?"

室内灯光并不是很亮,但能看清一切。

傅遇北坐在中央,穿得一丝不苟,此刻却带了些慵懒,再加上深邃的容貌,女孩的目光都搁在他身上,让她们心生妄想。

王东一看所有人都在看他,心头不快,但又无可奈何。

一个身穿抹胸裙的女孩连忙过去,娇声道:"傅总。"

傅遇北眼都没抬,倒是一旁的乔特助伸手挡住,笑意不达眼底地说:"我来。"

对方呆在原地。

几个女伴低低笑起来:"江柔,你回来吧。"

乔特助说:"我们傅总对香水过敏。"

王东心道说的什么鬼话,怎么可能对香水过敏,一看就是说出来骗人的,但又不敢反驳,打哈哈道:"傅总什么时候对香水过敏的?"

傅遇北手上把玩着玻璃杯,修长的手指映出琉璃色,慢条斯理地说:"今天。"

王东只好转移话题,露出他请宴的目的:"傅总,您今天的做法是不是不太合适?"

今天京际开会,他才知道自己现在已经远离公司核心。原本傅遇北不在国内的时候,自己想做什么就做什么,他一回来,就差直接退休了。

傅遇北神色淡淡道:"你说。"

"我王东好歹也在京际待了这么多年,没有功劳也有苦劳。"王东倒豆子一般地说,"傅总您这么卸磨杀驴不好吧?"他仗着资历,越说越得意。

"王董受累了。"傅遇北低笑一声。

王东被笑得背后发毛,看向对面的男人,清隽的容貌下是不容置喙的冷冽。

乔特助在桌上放了一份文件。

傅遇北往后靠了靠,模样慵懒道:"王董辛苦做了这么多,该好好奖励一下。"

目光触及那份文件,王东整个人呆住。这么多年他做了什么自己最清楚,一直以为自己收尾干净,此刻却被摆得明明白白。

五年来傅遇北都在国外,是什么时候发现的?又是什么时候找到的这些证据?王东盯着眼前的男人,觉得他深不可测,忽然想起傅老爷子去世后不久,他出现在京际的那一次,看上去谦逊有礼,却杀人不见血。

乔特助适时出声:"王董这么多年做了这么多事,辛苦劳累,傅总都看在眼里,所以已经给您准备好了退休……"

接下来的话王东一个字都没听清,他手脚冰凉,一直到脚步声响起,才模糊地看到傅遇北顾长矜贵的背影离开了包厢。

在场的女伴怕触霉头,也知道是什么情况,对视几眼,很快就散了个干净。

宁园今晚的人并不多。

"经过今天的事,明天的会议王董应该会主动引咎辞职。"乔特助一边按下电梯,一边说。

"等等!"

身后有人叫了一声。

电梯门被她伸手挡住,傅遇北眉头浅显地拧了一下。

江柔鼓起勇气:"我……我也要下去。"

电梯那么大,乔特助瞅了她一眼,又看了下自家老板的神色,知道他压根儿没将她放在心上。

江柔没听到男人的声音,有点失望。

她今天穿的抹胸裙,进入电梯转身站好时,背后一半露在外面,连带着上面的一只蝴蝶。

江柔余光看见傅遇北视线从自己身上掠过。很多男人都夸过她这文身好看,所以她才特意以这个角度站在电梯里。

傅遇北一眼就瞧出了她的目的，问："文身？"

江柔眼睛一亮，答道："是，大家都说很好看。"

"不适合你。"

江柔脸上的惊喜一下子消失得无影无踪，没想到傅遇北这么直白地说出来，还带着点"不好看"的意思。

等回过神，电梯里已经空无一人。

回四季湾的路上，乔特助安安静静，傅遇北靠在车上闭目休憩，眼前浮现出碰见倪思喃的那几次，她也这么背对过他，从小娇养的皮肤自然是如珍珠般莹润，尤其是背后那对蝴蝶骨。

他见过最天然的，不必再看假的。

傅遇北蓦地睁开眼，深邃的眼眸中情绪不明，幽如深潭。

倪思喃一路心跳异常，回到包厢里时还不平静。

"怎么了？从你进来到现在就没回过神。"周未未坐到她旁边，"难道是退婚出幺蛾子了？傅成川那不要脸的又搞事了？"

"不是。"倪思喃长出一口气，"我好像惹事了。"

周未未说："等等，你倪咩咩还有怕的事吗？"

倪思喃仔细想了一下，有啊，她和傅遇北见过好几次面，但从来不敢在他面前放肆。

她问："你说你要是开一个长辈的玩笑，会怎么样？"

周未未想了想，说："看人吧，那种幽默的自然不会怎么样，但要是古板点的，估计要发火。"

倪思喃一本正经地思索起来，傅遇北应该算是古板的那种吧，重礼仪，又严苛，穿衬衫都是系到最上面一颗扣子的。

"别想了，你爷爷在，没人敢给你气受的。"周未未随口说，"只有你气别人的份。"

"说的也是。"倪思喃扬眉,转头将这事抛到了脑后。

晚上回到倪公馆,因为今天和倪健安的事,她要和老爷子说说,免得到时候他多想。

老爷子正在书房,倪思喃过去撒了会儿娇,才把宁园的事和盘托出。

"他的意思我清楚,但我觉得太过分。"倪思喃笑嘻嘻的,"所以我就故意逗了逗大伯。"

老爷子摇头道:"你啊。"

倪思喃又问:"傅叔叔应该不会在意的吧?"

"你以为人人都像你一样小心眼吗?"老爷子笑骂了一句,"傅遇北不会在意这种小事。"

"我哪里小心眼了?"

"哪里都,我还不了解你。"老爷子盯着没心眼的倪思喃,说起正事来,"下周两家一起吃个饭,这婚就退了。"

倪思喃说:"好。"

吃个饭而已,虽然要见到傅成川让她很不爽,但这种面子和利益上的事,她还是能忍忍的。

周一,各大品牌送来的礼盒都堆在客厅。

倪思喃一年四季都不缺衣服穿,除了自己去看秀买的、私人定制的,剩下的就是别人送的。

没人不喜欢拆礼物,这些都是多年来品牌方摸索了她的喜好送来的,倪思喃挑了几件最近可以穿的,剩下的都放到衣帽间最里面落灰。

周三是和傅家见面的日子。

倪思喃选了一件红裙子,张扬又热烈,配上她白皙的皮肤,可以说是艳丽绝美。

她一下楼,客厅都安静了。

老爷子眼皮一跳,问:"你怎么穿这么红的?"

第14章

"不好看吗?"倪思喃转了一圈,说起话来一套一套的,"退婚可是喜事,我穿得喜庆一点。"

倪老爷子头疼道:"换一件换一件。"

好看是好看,自己的孙女穿什么都好看,但是太嚣张了,这还是去人家家里吃饭,万一把人家气出病来怎么办?倪老爷子可不想被碰瓷儿。

倪思喃很善良:"好吧。"

她回到楼上笑了一会儿,哼着歌换了件浅绿色的小礼裙,红的不成,绿的总行吧?

倪老爷子终于没再发话。

倪思喃走到半路突然想起来,问:"今天是傅家人都在吗,那傅遇北也在?"

"没大没小。"老爷子点了点她的额头,"他是傅成川的叔叔,怎么可能不在?"

加上还有京际股份的事,作为京际的掌权人,傅遇北肯定得在场。

自从宁园一事之后,倪思喃再没和傅遇北见过面,毕竟有点尴尬,她也心虚,不禁叹了口气。

倪老爷子笑道:"小小年纪叹什么气?"

他们到傅家时已经临近中午,老爷子是长辈中的长辈,自然是所有人出来迎接。

倪思喃扶着他,又乖又有礼貌。

傅成川还是第一次看见这样的她,安静时的倪思喃真不是一般的令人心动,和老爷子说话时,声音都是娇娇的。

"成川。"身旁响起叔叔冷冽的声音。

傅成川猛地回过神来。

倪思喃路过他身边时还不忘得意地笑了一下,把傅成川刚刚生起的旖旎心思刮得一干二净。

老爷子一路都在和傅遇北说话。

傅成川不禁想起上周回家,傅遇北神色淡漠,突然提起京际还有退婚的事。他知道自己做的都是无用功,但没想到就连退婚的事,叔叔都要插一手,让他不要拖延。他这么帮着倪家的吗?

倪思喃坐在那儿,看上去像是在认真倾听,不时点头,其实早已思想放空发呆去了。

傅遇北视线掠过她,觉得好笑。

半天,倪思喃终于收回心神,又装出乖巧的样子,找了个借口离开,和周未未聊起今天的事,周未未说要给她订一束花庆祝。

回去的时候和傅遇北迎面撞上,倪思喃打招呼:"傅叔叔。"

傅遇北"嗯"了一声。

见他看着自己,倪思喃也低头看了一下,琢磨着自己穿的应该没什么不对劲吧?

傅遇北问:"退婚开心吗?"

当然开心啊。倪思喃警惕起来,不会是来给侄子找回面子的吧,但是现在两家已经没关系了,她无所谓。

"我本来想穿红裙子,但是爷爷不准。"倪思喃露出可惜的表情,脸上明明白白写着"便宜了傅成川"几个字。她仰着脸,一对漂亮的眼里盛着星光。

傅遇北淡笑道:"你爷爷想得周到。"

面前的女孩皮肤白得发光,绿色显嫩,穿红的必然是鲜明对比,他的眼神逐渐变得幽邃。

"这件就很好。"傅遇北望向她。

倪思喃一点也不心虚地收下夸奖,过了一会儿,忍不住悄悄打听:"傅叔叔,你知道傅成川怎么这么快答应退婚的吗?"

明明之前还一直拖着,傅成川看起来就不想错过倪家。

她正猜测着其中的原因,耳边响起男人醇厚磁性的嗓音:"我让的。"

倪思喃忽地愣住。

傅遇北嘴角弯起一点弧度,凝视着她,慢条斯理道:"我从不做亏本的买卖。"

他问:"倪思喃,你要怎么谢我?"

第15章

倪思喃总觉得他意有所指,思索了半天也没想出来自己有什么是傅遇北这个有钱又有势的人想要的。她不过才开了家小店而已,总不至于是看上自己了吧?倪思喃虽然很有自信全世界她最好看,但也没有自恋到这种程度。

她试探性地问:"傅叔叔要什么?"

傅遇北屈指在一侧的栏杆上叩了两下,不动声色地说:"看来你还没有想到。"

倪思喃秀巧的下巴一抬,说:"您去找我爷爷要吧。"

她很有大小姐范儿地将老爷子搬出来,一点也没有独自承担的意思。

傅遇北居高临下,瞧着她的脸,漂亮、精致又傲气,肆意得像朵带刺的玫瑰,听说她最喜欢的花就是玫瑰。

他眼神一深,道:"也可以。"

倪思喃真没想到他这么好糊弄,想到了另外一件事,故意说:"不过退了婚,以后怕是不能叫傅叔叔了。"

真是太好了,她心想。

和这个男人打交道,是真的不简单。倪思喃二十二年的人生里,多的是对她言听计从的人,少有和她作对的,但从没有过傅遇北这样的。

站在她对面的男人漫不经心,若有似无地笑了一下,说:"没事,还有别的称呼。"

话是这么说没错,但倪思喃怎么听都有点奇怪,又说不出来哪里有问题,半天才叫了一声:"傅舅舅?"

傅遇北的动作稍顿。

"好像有点不太好听。"倪思喃给出点评,又浅浅一笑,"还是算了吧。"

她潇洒地离开,留下傅遇北靠在那儿,半晌低笑一声,点了根烟,烟雾缭绕中目光直直落在客厅里。

中午在傅家吃饭,老爷子坐在上首,倪思喃坐在傅成川对面,从头到尾没有给过对方一个眼神。

傅成川心中阴郁。

两家后面还是有合作机会的,不可能现在直接撕破脸,老爷子三言两语就化解了矛盾。

傅母半天冒出来一句:"思喃这么优秀,我原以为会是一段佳话,都是成川的错。"

倪思喃假惺惺地说:"没那个缘分。"

傅遇北淡淡说:"的确是他的错。"

倪思喃忍住笑意,瞥了一眼斜对面的男人。对自己的侄子都这么冷酷无情的吗?

这事再提也不太好,话题很快就转到了傅遇北身上,老爷子之前就对他赞赏有加,现在更是欣赏至极。

傅遇北眉宇平静。

老爷子问:"遇北没怎么见过我这孙女吧?"

"之前在外面偶遇过傅叔叔几次。"倪思喃没多想地说,"傅叔叔帮了点忙。"

"嗯。"傅遇北没有否认。

老爷子眯了眯眼，开玩笑道："她呀，肯定是惹了事，才想着要找人帮忙的，从小就被我宠坏了。你看，还挑食。"

傅遇北瞥了一眼，说："小孩子挑食很正常。"

当着这么多人的面说她是怎么回事？倪思喃疑惑了，自己哪里挑食了？再说她是小辈，但也不至于被说成小孩子吧？

她嗔道："我二十二岁，不小了。"

倪老爷子笑着摇了摇头。

傅遇北的目光从她身上掠过，嘴角微勾道："是不小了。"

话题很快转移到商场上的事情，傅成川食不知味，目光不由自主地落在对面的人身上。倪思喃虽然娇纵，但该有的礼仪都有，并且动作优雅大方，赏心悦目。

察觉到视线，她抬起头，傅成川就看见倪思喃原本明艳的表情变得清淡，明晃晃地写着几个字：再看挖了你的眼睛。

这是摆明了欺软怕硬吗？

一顿饭宾主尽欢，唯一不快乐的可能就是傅成川一家了，倪思喃一身轻松，陪着老爷子来得迟，走得快，傅家瞬间冷清下来。

蒋谷和周未未已经准备好给她办个小宴会去去晦气，当然这么高调的名头不宜摆出来，怎么说都太刻薄了点儿。

蒋谷已经等了好几分钟，等倪思喃推门进来，调侃道："要不要给你整个火盆跨一跨？这样傅成川可就又要上新闻了。"

上次打他一巴掌的事到现在还被一些人暗中谈论，傅成川差点没被气死。

倪思喃颇为大方道："退了婚，不要再提他。"

周未未把手机递过来，说："喏，都已经出新闻了。"

倪思喃低头一看，新闻里只简单地提到退婚的事，因为倪思喃平日里没什么照片流出去，所以就只放了傅成川的单人照。

吃瓜群众操心的就更多了。

"我还以为他们会为了家族利益结婚呢。"

"上次傅成川不会就是被倪家大小姐打的吧？"

"万一这两个人以后的结婚对象都不如对方，怎么办？"

"豪门的新闻最好看了。"

"反正丢脸的又不是我。"倪思喃似笑非笑，转移话题，"说点别的，上次未未和我坐你舅舅的车回来，要怎么谢谢你舅舅比较好？"

"蹭长辈的车，还要给谢礼吗？"小迷糊周未未发出疑问，"傅总这么抠门？"

"我这个外甥还在这儿呢。"蒋谷举手，"当着我面说我舅舅坏话不好吧？"

"你要去打小报告吗？"

倪思喃敲敲桌子道："谈正事。"

蒋谷说："请吃饭？送礼物？"

倪思喃又问："要是帮了更大的忙呢？"

蒋谷摸摸下巴，问道："什么大忙？没听说啊，再说我小舅也不是这么热心的人啊。"

周未未一边给司机发消息，一边说："你一个吃喝玩乐样样精通的纨绔子弟，对你热心什么？"

这可就是人身攻击了啊。

结束的时候，他们在门口碰上了刚好过来的孟芯闵，她上下打量倪思喃两眼，笑问："真退婚了啊？"

"孟小姐也是来恭喜我的？"倪思喃微眯起眼，"不过你怎么空着手，连贺礼都没有？"

谁来恭喜你？她来是落井下石的。

倪思喃摇了摇头，长腿一迈，路过她身边的时候还不忘感慨："孟小姐也忒小气了。"

孟芯闵差点没把鼻子气歪。

同行的几个女孩连忙拉住她："别冲动别冲动，倪思喃一向喜欢嘲讽人，别放在心上。"

"对啊对啊，她就是纸老虎。"

不过她们也觉得无语,孟芯闵每次嘴上都说不过倪思喃,偏偏还要过去说两句,这不是给自己找气受吗?

倪思喃先回了一趟Muse工作室。

工作室已经步入正轨,才刚进办公室,辛禾就敲门进来,脸上是抑制不住的惊喜。

"老板,最近有个设计师比赛。"

倪思喃来了兴趣:"可以参加?"

辛禾点头:"我觉得咱们工作室里的几个人都可以参加,如果得奖了还能免费宣传一下。"

"好。"

倪思喃清楚自家员工的水准,辛禾给她看了一下参赛须知,无非就是一些很正常的要求。

半小时后,全体开会,她提了这个比赛的事。

倪思喃转了下笔,微微勾唇道:"今天心情好,你们这次都公费参加。"

"真的假的?"几个人差点跳起来。

"倪总您也太大方了!人美心善好老板!"

"希望您每天都心情这么好。"

辛禾突然有一种古代陪伴昏君的感觉,她们好像是那种不干事光拍马屁的大臣。

倪思喃听得开心,说:"今天早点下班。"

她带头,会议一结束就离开了工作室。

最近几天,南城豪门圈的热门八卦就是倪傅两家退婚的事,公子哥聚会的时候也会提这事。

"说起来,倪思喃长得是真好看。"

"是啊,成川退了婚还有点可惜呢。"

提到这事，傅成川原本的笑容渐渐消失，说："性格不合适，无福消受，我喜欢乖一点的。"

"傅少喜欢自由恋爱嘛，我懂我懂。"

"倪思喃那大小姐脾气出了名，不好相处啊。"

有人凑过来问："之前不是说不退的吗？"

傅成川喝了一口酒，吐出一口郁气，捏着酒杯，笑了一下："这种事朝令夕改都是很正常的，我们都还小。"

其他人不知情，好友却早就知道来龙去脉，低声问："你叔叔怎么会干涉这个事？"

是啊，傅成川也想问，明明之前都不过问的。他眉头微皱道："可能是他觉得不好吧。"

"你们两家不联姻，我真想不通倪思喃想嫁给谁，她心气那么高，总不至于嫁给不如倪家的吧？"好友又说，"不过我最惊讶的是，你居然不喜欢她。"

傅成川想起前两天见到的倪思喃，惊艳，又张扬热烈。他的确是不喜欢她的，他心想，这么恶劣的性格，自己怎么可能喜欢？

傅成川回到家里的时候，乔路也在。

作为傅遇北最得力的一个助理，他来自然是说公司里的事，大概率是云和天境的项目。

"傅少。"

傅成川点头，问："叔叔在里面？"

乔特助说："在。"

傅成川叫住还没走远的他，试探道："这么晚来，难道是公司那边出了事吗？"

乔特助面不改色："怎么会，就是一些琐事。"

其实他也没说错。

傅成川并不相信，但也没有表露出来，笑着看他消失在视线内才推门进去。

客厅里有微弱的动静。

傅遇北懒散地倚在沙发上，衬衫解开两颗扣子，灯光明亮，无端地透出一点放肆风流。

　　傅成川第一次看到这样的他，不禁愣了一下。往常的叔叔都是严谨有序，要求甚高，穿的衣服连一丝褶皱都找不出来。这还是同一个人吗？

　　傅遇北抬眼问道："发什么呆？"

　　一句话让傅成川猛地回过神来，点了一根烟回道："没什么，就是在想最近退婚的事大家都知道了。"

　　他偷偷看了一眼对面的人。桌上摆着一套很精致典雅的茶具，还能闻到茶香，傅成川心跳加速，他现在一看到这些就想起上一次喝的苦茶。

　　傅成川坐在一旁，给傅遇北倒了一杯茶，又说："我以为他们不会随便登傅家的新闻。"

　　傅遇北转了一下茶杯，停在桌面上，声音低沉却又清晰："不开心，那就撤了新闻。"

　　傅成川只能接话："还好。"

　　说不高兴就显得自己一个大男人有点小心眼。

　　"是吗？"傅遇北说。

　　傅成川心中警铃大作，故作轻松道："退了婚也好，以后少见面，免得出现之前在倪家的情况。"

　　这话一半假一半真。其实叔叔不插手，以倪思喃的果决，这婚迟早都是要退的，现在不过就是提前了一点而已。

　　叔叔也并没有苛待他，还让他参与京际的事宜，他只是心有不甘而已，毕竟已经尝过了权力的滋味。

　　傅遇北垂眸轻笑一声，指腹停留在杯壁上，灯光笼在他的脸上，衬得五官越发深邃，轮廓鲜明，只是表情有些难以辨别。

　　"不怪叔叔插手就好。"

　　傅成川呼出一口气，冷静道："当然不会，还要多谢叔叔。"

第 16 章

傅家的事倪思喃并不清楚。

倪宁去学校之后,她被老爷子叫回了倪公馆。

上次倪思喃说的话让倪健安气到吃不下饭,现在对这个侄女也是没什么好脸色。

倪思喃也不想和他吵,吃早餐的时候她转向老爷子:"过几天我工作室就开业了,爷爷您打算送什么礼啊?"

"没开业前要投资,开业后要送礼。"老爷子说,"你上辈子是只貔貅吧?"

"说不定还真是。"倪思喃一点也不羞。

倪宁早在几天前就回了学校,倪健安和张婉一向爱面子,在家里顶多摆摆脸色,并不会嘴上吵架,所以倪思喃可以说是目中无人。

周末那天是周未未的生日,她是独女,周家给她办了个小宴会,来的人不少。

临近开始,周未未看了一眼手机,和一个人打完招呼就直奔外面而去。

有人问:"周小姐现在出去干什么?"

"你是新来的?"

旁边有人端着酒杯搭腔道:"想也知道,怕是倪家那位大小姐过来了,去接的吧。"

还真是。

倪思喃一露面,基本上就都认出她来了。虽然这段时间她和傅成川一直是圈子里的头条,但基本没人敢小瞧她。

小寿星亲自去接,自然是重视。而且所有人都知道,周未未和倪思喃是好友。

南城很繁华,但上流圈子里总共有多少人还是数得出来的,大家之间也更为熟悉,甚至家里都有过合作。当然,今天来的并不只是名媛公子,还有一些被带进来的网红模特,甚至还有明星。

倪思喃的传闻一摞一摞的,在社交场合却是女王,架子端得比谁都好看,从头到脚,还有手上拎的包,都让人羡慕不已,浓颜艳丽,站在那儿就是视线中心。

周未未挽着她:"思喃。"

人多的时候她还是叫大名的。

倪思喃和她一路往里走,遇到的千金公子哥都笑着打招呼,也有长辈点头示意。

"你妹妹也过来了。"周未未小声说。

"过来就过来呗。"倪思喃随意瞄了一眼,就找到了和小姐妹在一块聊天的倪宁,打扮得倒是精致,算是不丢倪家的脸。

察觉到她的视线,倪宁转过头来,高兴的表情一顿,不太情愿地走过来说:"思喃姐。"

面子上的功夫上流圈子里人人都会。

倪思喃嘴角翘起:"嗯。"

倪宁在心里翻了个白眼,招呼一打完就迫不及待地离开了,生怕又惹她不高兴,自己又吵不过她。

"把你当鬼了。"周未未忍不住调侃。

"胆子小,没办法。"倪思喃悠悠道。

名媛们坐在一起聊天,内容基本都是穿搭日常,什么自己喜欢的美容院,还有最新买的衣服珠宝。

"哎,我记得思喃的工作室是不是要开业了?"

倪思喃看向对方:"下周。"

那人笑道:"那到时候可要去捧个场。"

接下来又是一番恭维,倪思喃习惯了,偶尔回应两句,漫不经心的模样让不少人咬牙切齿。

等倪思喃和周未未去见长辈时,这边的气氛终于轻松下来,有人出声:"她和傅家的婚约真的解除了?"

"这还能有假,新闻都上了。"

"我早就猜到了,她和傅少两个人都没怎么同过框。"

"咱们这儿'塑料夫妻'又不少见,我当初还以为这件事不会闹到这样的地步呢。"

一看就知道和傅家解除婚约的事闹得不怎么愉快,不然倪思喃之前怎么打了傅成川一巴掌,谁不知道她眼里不容沙子,肯定是气到了。

过了一会儿,有人忍不住询问:"你们说开业那天,傅少会捧场吗?"

道行浅,话里幸灾乐祸的意思显而易见。

身旁几个人立刻坐得离她远了点,真没脑子,想看倪思喃的热闹也不看看自己是什么身份,孟芯闵都斗不过倪思喃。

倪思喃回来时,几个千金的话题已经转到了其他地方。

有人感慨:"傅总果然是傅总。"

"上次我爸跟我说的云和天境你们知道吧?特别好,也不知道好成什么样。"

倪思喃眉毛一挑,傅遇北现在都成名媛的话题中心了吗,下一步岂不是要成梦中情人?

果然,有人说:"你们说傅总怎么不谈恋爱?"

"这还不好猜,没找到合适的呗,时候到了就找个家世相当的女孩联姻结婚生子。"

提到家世相当四个字,众人齐刷刷地看向倪思喃。虽然不怎么愿意承认,但南城确实只有倪家能和傅家相提并论,不然也不会有之前婚约的事了。

"看我做什么?"倪思喃明知故问。

"当然是你好看啊,哈哈哈。"

"对啊对啊,思喃真是我们这儿的时尚风向标,哎,下个月的时装周你要过去吗?"

话题很快就被转移。

倪家和傅家是差不多,但人人都知道两人年纪相差大,这么一想,傅遇北怕是要找比傅家差一点的了。思及此,众人的心思难免活跃开来。

吹捧听多了也觉得无聊,倪思喃玩起手机。她不怎么玩微博,但有个账号,前段时间还让辛禾帮她打理了一番,怎么说她都是工作室的老板。

刚登上微博,就看到了热搜第一"傅遇北"三个字。

傅叔叔这么快就有绯闻了?倪思喃手一顿,点了进去。

她本来以为是有什么绯闻才上的热搜,看过后才知道是个财经会议的视频片段。

原来是今天在帝都开的财经论坛会议,发布视频的是个金融账号,之前发的都是一些枯燥的科普,今天也是照常发了个财经会议片段,没想到一下子火了。因为镜头拍到了坐在最前面的傅遇北。

令倪思喃意外的是,他戴了眼镜。她和他见过几次,但从来没见过他戴眼镜,当然好看的人戴眼镜也是好看的。

男人正襟危坐,手搭在腿上,西装革履,面无表情的模样看起来既严肃又克制,金丝眼镜又给他增添了几分斯文。

倪思喃不由得多看了一会儿,可想而知他有多好看,所以微博评论直接爆表。

"傅遇北!"

"这个斯文的样子我喜欢了!"

"我已经沦陷了!"

"不能忍,我已经脑补出一本小说剧情了!"

"姐妹们!我搜到了,傅总还是单身,冲啊!"

真是不矜持。倪思喃心想,然后点开视频津津有味地看了起来。

视频片段不长,几分钟而已,傅遇北并没有发言,但镜头偶尔扫过他,藏在镜片后的目光锐利。

很快,微博上就把傅遇北公开的信息宣传了一遍,兴奋到一半,有人想起前段时间的解除婚约一事,这才发现原来他跟傅成川是叔侄关系。

叔叔单身,侄子也单身。

"看什么这么入神呢?"周未未的声音突然从背后冒出来。

倪思喃下意识地锁屏,反应过来后又疑惑自己干吗这样,没做亏心事,显得心虚。她撩了下头发,眼波流转道:"没看什么。"

周未未说:"你下周开业,我给你订一打花篮怎么样?一溜摆在工作室门口。"

"可以但没必要。"

"怎么没必要,给你捧场呢。"

倪思喃认认真真地说:"那天送的人很多,你送一个还有地方放,其他的没地方放。"

好吧,她低估了倪大小姐的人缘儿。

开业那天,天气正好,不冷不热很舒服。

倪思喃换了一身衣服,今天走的职场风,高调又冷艳,很有精英女性的范儿,让来凑热闹的千金们看直了眼。

没见过这样的她,一边惊艳一边又忍不住感慨,好看的人穿什么都好看。

隔壁是一家珠宝店,平时来往的有钱人不算少,但还是第一次见到这样大的动静,停在那儿的都是豪车,还看到了几张新闻上才会出现的脸。

经理忍不住说道:"你去悄悄打听打听,隔壁是谁。"

员工应了,很快跑到隔壁,但是没挤进去,好在人多,关注不到她,最后还是听到了一点内容。

刚巧辛禾正在指挥:"那边是周小姐的花篮……这个是蒋少的……你们都给我安排好了,千万别搞坏了,要拍照的。"

"这个是老爷子送给大小姐的。"

一听老爷子三个字,辛禾连忙亲自上前:"老板正在里面,我这就过去。"

员工偷偷咋舌,这么多人,还有什么老爷子,听起来就很豪门,她往玻璃门里瞅了一眼,几个南城人尽皆知的富家千金公子都在。被围在中央的女孩唇角弯弯,游刃有余,明艳不可方物,脖子上戴的项链她见过,价值好几百万呢。

谁家大小姐来这儿开店玩的?

"今天怕是半个南城都过来给你贺喜了吧?"周未未笑嘻嘻道,"孟芯闵要面子,送花篮了没?"

倪思喃挑眉道:"喏,最豪华的那个。"

众人纷纷看过去,那花篮确实很豪华,一看就是孟芯闵送的。她这个人和倪思喃爱面子的程度不相上下,虽然和倪思喃不和,但这种事还是会送礼的,而且还要送最豪华的。

尤其是上次被倪思喃提了一句"小气"之后,她回家愣是气得花了好几百万才神清气爽。第二天,这事就传开了。

得知倪思喃的工作室开业,她心里不爽但也要来恭喜一番。

说来就来,孟芯闵打来电话。

"收到我的花没?"

倪思喃云淡风轻:"孟小姐可算大方一回。"

真是一说话就呛人,孟芯闵眼睛一转,夸张道:"不会你倪大小姐的工作室开业,我送的最好看吧?"

倪思喃唇角一勾:"那可不,谁比得上孟小姐?"

孟芯闵脸色好看起来,神采飞扬,然后就听见电话里传来其他人的声音:"老板,老爷子的花太大了,放不下。"

"给我吧。"

女人的嘴，骗人的鬼，她居然信了倪思喃。

这边热热闹闹，京际集团总公司严阵以待，一行人从电梯里出来，傅遇北走在前方，身后跟着乔特助和其他人，很快就进了办公室。

乔特助一本正经地汇报行程，从会议到晚上的饭局应酬，一应俱全，快速而精准。

忽然听到前面的人问："今天是什么日子？"

乔特助在脑海里搜索了一番，从节假日到农历节气，最后只留下一个结果："应该是个好日子。"

傅遇北看他一眼："去准备花。"

他屈指叩在桌面上，那节奏仿佛敲击在人心上，半分钟后才说："送到南山路18号。"

乔特助偷瞄了一眼自家总裁的表情。这地址……没记错的话是倪大小姐的工作室吧？难道今天是工作室开业？

他眼皮一跳，心中隐隐有了猜想。乔特助没有询问，应下来后就出门打电话订花去了，刚好被傅成川听得一清二楚。

他乍一听还有点惊奇。虽然他和傅遇北好几年没见面，回来之后相处得也是暗潮汹涌，但他很清楚叔叔这人没给谁送过礼，唯一一次好像还是送给倪思喃的。但那也是没解除婚约前，作为长辈送的。现在是要给谁送花？送什么花，求爱还是别的？

傅成川好奇地询问乔路："乔特助，我叔叔怎么想起来要给人送花？"

乔特助有意没说具体："开业道贺的。"

毕竟如果自己猜测的是真的，那总裁惦记上的就是……

傅成川"哦"了一声，没想起谁家开业，随意笑了一下："谁家有喜事？我也该恭喜一下。"

乔特助默默心想，还是别了吧，那是你前未婚妻呢，上次还打了你一巴掌，送你上新闻呢。

第 17 章

午后三点,南山路依旧热闹。Muse工作室坐落于最繁华的一条街道上,路人大多从众,看见人多就凑过来问,不多时就知道了个大概,一看就知道不是自己消费得起的。

"那辆车看起来是不是有点眼熟?"

忽然有人说了一句,紧接着一辆宾利映入众人眼帘,有认识的人已经睁大了眼。

乔路从车上走下来,又拿出来花篮和礼盒。

离得近了,大家终于认出他的身份——傅遇北的助理。

辛禾推了一把员工:"快去叫老板。"

虽然她不认识,但看这些客人的表情和眼神,就知道不是普通人,也不是她能应对的。

还在和小姐妹们聊天的倪思喃一脸茫然地被叫出来,疑惑道:"乔特助?"

乔路笑着说:"傅总今天有事不能来,让我代为送礼。"

周围有些安静，只有小声的议论。

倪思喃有些惊讶，很快弯了弯唇："好，我知道了，那你帮我谢谢傅叔叔。"

乔路点头离开。

等那辆车消失在街道尽头，工作室门口的一圈人才回过神来，气氛有些胶着。

"思喃，你和傅总关系很好吗？"有人忍不住打听，"我还以为解除婚约后，你们两家就没什么交集了呢。"

看她傅叔叔三个字叫得那么熟稔，之前婚约的事明明闹得那么不愉快，难不成是傅遇北打了自己侄子的脸？

"挺好的啊。"倪思喃心思婉转，撩了下耳边的碎发，吩咐道，"辛禾，找个好位置放，你知道重要性的吧？"

这副做作的模样偏偏好看极了，就是明着炫耀的。

乔路一路畅通无阻地回到京际，又直奔顶楼办公室，先交代了自己过去的事情，然后想了想，又将倪思喃的反应描述了一遍。

"倪小姐看起来很高兴的样子。"他偷看一眼办公桌后的男人，复述了倪思喃的原话，"还说要谢谢您。"

傅遇北手上正拿着文件，听完后翻页的动作停了一下，说："行了，你出去吧。"

乔路默默离开办公室。

他能一路做到特助的位置，又能留在严苛的傅遇北身边，自然是有能力的。乔路没见过傅遇北对谁这么上心，连工作室开业都要送个礼，虽然之前是侄子未婚妻的身份，情有可原，但如今已经解除婚约，还能这么记着，能普通吗？

乔路默默地看向傅成川的办公室，幽幽地想，怕是不久后傅总经理就该改口了，真可怕。

Muse这边因为一份京际傅总的礼物而变得更加热闹起来，大家明里暗里地打听着，不到三分钟，孟芯闪就得知了一切。

她在家百思不得其解，疑惑道："不是都解除婚约了吗，傅遇北还给倪思喃送什么礼？"

倪思喃倚着工作台，瞅着来来往往的人，偏过头道："你舅舅联系方式你有的吧？"

她是没想到傅遇北还挺给面子的，开业的事情自己好像没提过，他都能送礼，果然是一个做事周到缜密的男人。

"当然。"蒋谷说，"你要哪个？"

"你说呢？"

"我这儿有电话，有微信，还有邮箱。"蒋谷一点也不虚，"所以才让你选啊。"

倪思喃睨了他一眼。

蒋谷摆手道："给你给你，都给你。"

然后把三个方式都给了她。

微信是直接推名片的，头像和名字都很冷淡，一看就是傅遇北本人。倪思喃没有加，毕竟加了就要打招呼。

电话自然不是名片上的那种，而是一个私人电话。

倪思喃盯着那行数字。她好像欠了傅遇北三次了吧？被他明着提过的两次，还有这一次的撑场面，倪思喃手叉在腰上，第三次不是她要的……可以赖账吗？大不了以后云和天境成功了，她也去送份礼。

晚上八点，倪公馆内灯火通明，张婉坐在客厅里，看似镇定却不时看向楼上的方向。

"妈，你说傅先生和爷爷谈什么要这么久？"倪宁定力不够，低声询问。

自从成人礼之后，她就对傅遇北一见钟情，偏偏又没有机会接近对方。得知今晚傅遇北要来家里，她直接翘了两节课，又精心打扮一番才回的老宅，结果到现在连人都没看见。

两个人已经在书房谈了将近一个小时，她们在客厅什么都不知道，更是焦急。

"应该是重要的事。"张婉说。

她也不确定，但倪家和傅家现在还没有合作的项目，傅遇北作为小辈可以看望老爷子,但不会用这么久,除非是很重要的事。

倪宁问:"妈,怎么我们不能主动提……联姻的事?"说到后面四个字,她脸色一红。

"不能。"张婉冷静道,"因为没弄清楚之前会被拒绝。"

傅遇北拒绝的人太多了,不差他们,所以他们之前才会暗示,想让他主动提,或者来个换人联姻,结果倪思喃压根儿不搭理,还直接解除了婚约。

张婉看向今晚妆容精致的倪宁,年轻的女孩胶原蛋白满脸,心下有了猜测,他来会是为了联姻吗?不管是不是,这都是一个表现的机会。

张婉握住倪宁的手,慎重叮嘱道:"待会儿他们下来之后,你要好好表现,小宁,你应该知道轻重。"

倪宁"嗯"了一声,眼睛亮晶晶的。

楼上书房。

倪老爷子感慨道:"我本来以为我们两家会成为亲戚,没想到世事无常,咩咩不乐意。"

孙女不喜欢,他能怎么办?

傅遇北眉梢动了一下,说:"自然是她的喜好为重。"

这话一听,倪老爷子心里就很舒坦,毕竟孙女是他最疼爱的,就是主动要求退婚,那也是别人的错,倪思喃在他这里是什么错都没有。再说了,本来就是傅成川不知轻重,才订婚没多久就在外面拈花惹草,这是不把他们倪家放在心上。

倪老爷子对傅成川并没有好印象,整个傅家,他看好的也就傅遇北一个。

"可能是两个人气场不合吧。"倪老爷子转了话题,"你回来也快有一个月了,怎么样,没遇到难题吧?"

虽然已经慢慢把公司的权力交出去,但他对南城的风向还是一清二楚,知道京际集团之前的内部争斗早就结束。

"公司的事都还游刃有余。"傅遇北稍顿,垂下眼睑,不动声色地开口,"别的事倒是需要老爷子的帮忙。"

"你还有事需要帮忙？"老爷子一听，乐呵呵地说，"你说，能帮上我就帮。"

"这件事只有您能解决。"傅遇北给他戴上一顶高帽子，笑着说，"我打算和倪家联姻。"

倪老爷子还没转过弯来，说："倪宁才刚成年！何况你是长辈。"

他二孙女可才刚成年，他又不是那种刻薄的爷爷，怎么可能答应？

傅遇北按了按眉心，见老爷子看自己的眼神都不对劲了，叹了口气道："不是她。"

书房安静下来。倪家总共就两个女孩子，除了倪宁，那就只能是倪思喃。

老爷子质问："你这说的是人话吗？"

傅遇北双手交叠在膝盖上，一派认真淡定的模样，让他更是气不打一处来，一本书砸了过去。

"算起来你长了咩咩一辈，你一个做叔叔的怎么好意思到我面前说这种话？"

倪老爷子是真没想到，比刚才还要气。之前和咩咩订婚的傅成川，那可是他侄子。

"又不是亲的。"

"不是亲的就可以了？"

傅遇北接过那本书，放在腿上，指腹擦过坚硬的书脊，说："老爷子别急，您考虑一下。"

"不用考虑，我不同意。"

"年龄上几岁的差距应当不是问题。"

"你都不害臊吗？咩咩和你侄子才刚解除婚约，你这个做叔叔的就这么打他的脸？"

老爷子真是想不通了。

傅遇北嘴角翘起一点弧度，没有隐瞒："算起来，这么快解除婚约也有我的功劳。"

倪老爷子瞪大眼，快速回忆了一下，还真是他的手笔。

"是我心思不纯。"傅遇北主动承认错误。

"你知道就好,这件事就到此——"

"老爷子,说句不好听的。"傅遇北将书放回桌上,徐徐开口,"您百年之后,还有谁能护她?"

说的是大不敬的话,动作却恭敬。

倪老爷子一愣。小儿子意外去世,大儿子不仁,整个倪家只有他还能护着倪思喃,让她千娇百宠。他坐在书桌后,有些浑浊的眼睛望向对面淡笑的男人,一眼就瞧出他的势在必得。

傅遇北微微一笑,道:"自然,我可以。"

老爷子神色复杂,嘴硬道:"不行,我要先问问咩咩,你现在想也别想。"

咩咩从来也没怎么提过这事,以孙女和自己的关系,要是有什么事早就说了,估计是他一厢情愿。

傅遇北点头,表示了解。他既然能直接提出这事,就有解决的方法,不同意也会同意的。

咔——

门被打开的声音很轻,但客厅里的几个人都听得见。

楼梯上终于响起脚步声,陪在老爷子身边的男人身形挺拔,今天一身休闲装,却遮不住严谨的气质。

倪健安连忙站起来,叫道:"傅总。"

站在母亲身旁的倪宁呼吸都停了一下,她前几天在热搜上看见了傅遇北,周围同学都很羡慕。

傅遇北淡笑,和他握手。

倪老爷子面无表情,看得倪健安一家都很心虚,怕不是自己的打算被知道了吧?但这事早晚都要被人知道的。

张婉推了推倪宁。倪宁开口:"傅先生,您好。"

傅遇北只淡淡看了她一眼,点头示意。

"不久前傅总参加的论坛会议我看了视频,傅总真是见识远大。"倪健安说。

第17章

"过奖了。"傅遇北挑眉。

老爷子眼看着自己的儿子问来问去,旁观者清,对于之前在书房里的那一句话,认识得更清楚了。

过了许久,倪健安终于忍不住打听道:"不知道您今天过来是有什么重要的事吗?"

提到这个,傅遇北坦然开口:"和倪家联姻的事。"

倪健安怔愣之后,眼里迸出惊喜。倪思喃和傅成川的婚约都解除了,自然不会是她和傅家的联姻,那就是自己女儿了。

他压着激动问:"是您和倪家吗?"

傅遇北颔首。

一旁听得一清二楚的倪宁心跳都漏了几拍,用力地抓住母亲的胳膊。是联姻!果然猜对了!

倪宁从来不觉得和比自己大的人结婚是有问题的,况且傅遇北沉稳,有魅力,又掌权偌大的京际集团,对她来说,有着致命的吸引力。

倪宁有自信,相信自己对他来说也是有吸引力的。

三个人心思各异,但目的相同。

倪老爷子看得清楚,在心里冷哼一声,又看向把他们带进沟里的傅遇北,神色复杂。不得不说,他说的都是对的。

倪宁忍不住上前一步,想要亲耳听到自己最想要的答案:"傅先生是要和谁联姻呢?"

她想听他说出自己的名字。

倪宁想起解除婚约的倪思喃,心里的嘲讽几乎要跃出来,不说解除婚约了,就算没解除,那也不怎么样,自己总算是压过她了!

傅遇北看了一眼倪老爷子,见他冷着脸,轻笑一声,不紧不慢地开口:"当然是你姐姐,倪思喃。"

他的声音低沉,清晰悦耳,却让倪宁震惊到失神。

第18章

客厅里安静了半晌,倪健安率先反应过来,看一眼倪老爷子的表情,心沉了下去,看来傅遇北说的是真的。

他挤出一个笑容,道:"原来是思喃啊。"

自己的父亲尚且能够镇定下来,但倪宁完全冷静不了,怎么什么好事都摊到倪思喃身上了?她这辈子就比不过倪思喃了吗?傅家叔侄,就连结婚的人选都是一模一样的。

倪宁把张婉的胳膊抓得生疼。

张婉咬牙出声:"这……老爷子也同意的吗?"

被点名的倪老爷子冷哼一声,看着自己的大儿子一家,说:"我以为你们到现在都把我当空气呢!"

他心里也在茫然,大儿子这一家的表现,就差没把傅遇北当成自家人了,自己也老了,不知道哪天就走了,到时候咩咩一个弱女子,又没有父亲,他们又是长辈,留下再多遗产说不定都会成为别人的。而傅遇北手握京际,又掌权傅家,的确是最好的选择。

"哪儿的事,爸你想多了。"

"我没有想多。"倪老爷子冷静下来,沉声道,"这件事暂时只是跟你们通知一下。"

傅遇北"嗯"了一声。

"这——"

"你觉得不行?"倪老爷子目光锐利。

倪健安脖子一凉,摇头道:"不是,就是儿子没想到,刚刚有点反应不过来。"

何止是不行,简直是出乎意料。

接下来的一顿饭,倪健安一家可以说是食不知味,原本以为板上钉钉的事不仅飞了,还变成了自己最没想到的结果,让他难受又无可奈何。

总不能说倪思喃不行吧?那头一个发火的就是自己的父亲。

晚饭过后,倪老爷子已经平静下来,甚至还能理智分析这件事的利弊,看傅遇北的眼神就更有深意了。果然是年轻人的天下了。

傅遇北没留多久,和老爷子告别,才踏出玄关,身后就有人叫道:"傅先生!"

男人动作稍顿。

张婉拉着倪宁,忍不住开口:"我有点不太明白,您为什么要选思喃作联姻对象?"她越说越觉得气恼,"她刚刚和傅少解除婚约,怎么说之前都是您侄子的未婚妻,这样传出去……怕是不太好吧?"

倪宁也是这么想的,紧跟着补充:"而且姐姐上次还打了傅少一耳光。"

"这些我都知道。"傅遇北眉目清淡,笼着夜色的脸上情绪不明,只说了这么一句。

直到那辆车离开倪公馆,倪宁才控制不住地大声问:"他知道就没了?"

"估计是已经打定主意了。"张婉也是惋惜,"这么好的机会,可惜你还小。"

倪宁甩开她的手,气道:"我已经不小了,你之前说让我好好准备,结果呢?"

她都做好回去炫耀的准备了。

倪宁越说越气,往家里跑,路过客厅时倪老爷子叫住她:"小宁,你过来。"

第18章

她一抹眼泪,停在原地。

"爷爷你不就是偏心吗?"倪宁大叫,"从小到大,什么好事都是倪思喃的,我还是亲孙女吗?明明今天晚上应该是我的才对,又变成了倪思喃!倪思喃倪思喃,全是她!"

她一跑开,老爷子气得脸红。什么叫什么好事都是倪思喃的?家里大多数东西都是双人的,倪宁有父亲,有些东西倪思喃没有他才会补上。

张婉是最后进来的,倪老爷子问她:"你也这么觉得?"

她吓了一跳,忙说:"没有。"

倪老爷子看着她,又想起倪宁刚才跑开前说的话,长长地叹了口气。傅遇北那小子,把他家看得透透的。

被所有人惦记的倪思喃还在工作室里。今天来的人实在是太多,几个人忙不过来,干脆雇了不少人过来打扫。

员工们凑在一起聊天。

"有个有钱的老板就是好。"

"要搁在以前,不仅要我们打扫,而且还没有奖励。"

"我今天搜了一下过来的人,你们要是知道了,眼珠子都得瞪掉下来。"

"不知道也已经掉下来了。"

摆放的花篮已经被辛禾处理好,现在整个工作室的注意力都在不久后的设计比赛上。

"这个设计比赛是海选,前三轮都在线上进行,到了决赛才会去现场。听说请了卫视来直播这次的决赛,到时候还会有网络观众投票,加上评委的票,得出总冠军。"

辛禾一下子说完了全部规则。

"听起来还挺不错的。"倪思喃转了转笔,"正好最近没什么事,你们就都去参加。"

"那今天下的单?"辛禾问。

"不用急。"倪思喃摆手。

今天的单子都是看在她的面子上订的,别人都是小单,周未未的才是最诚心的,所以倪思喃打算亲自给周未未设计。

辛禾离开办公室后,她给周未未打电话问:"你要是有空,咱们聊聊你礼服的事?"

周未未语气有点丧:"我刚相完亲。"

倪思喃好奇心上来,直接忘了正事,问道:"结果怎么样?对了,你和谁相亲的?"

"去宁园见面说。"

倪思喃挑眉,看来是有点情况啊。她又给老爷子打电话:"爷爷,我今天晚上迟点回去。"

倪老爷子正在客厅被用人伺候着喝药,等着她回来说傅遇北要和她联姻的事,闻言警惕道:"这么晚了要去干什么?"

"未未请我去宁园吃饭。"倪思喃也没怀疑。

"哦,那你去吧,注意安全,从宁园回来给我打电话。"倪老爷子放下心来,不是傅遇北就行,他现在觉得傅遇北能干出很多事来。

挂断电话,他丝毫没有注意到楼梯上偷听的倪宁。

倪宁小心翼翼地上了台阶,回到自己房间,想起傅遇北轻飘飘地说出倪思喃三个字,就不甘心。她换了一件衣服,等老爷子回房后,悄悄出了门。

"你说他是不是脑子坏掉了?我妈给我发微信之后,我想着不撕破脸,先说清楚我不想相亲,结果我还没说话,他就先发来了一大段。"周未未一口气说下来都不带喘的,"他说他未来的妻子不能个子矮,不要太胖……我一看就问他多高多重,你猜他怎么回答的?"

倪思喃摸摸下巴,说:"不高很胖?"

"这要是去微博投稿,分分钟能被骂上热搜。"周未未狠狠点头,继续嘲讽,"神经病啊这是,我看巴黎铁塔就很适合他。"

第18章

倪思喃听得乐不可支。周家那对父母是真的不靠谱，周爷爷去世得早，两个人又没什么本事，就在吃老本，眼光还不行。

周未未气得喝了一大口可乐，道："唉，还是快乐水适合我。"

"我让人加了根吸管。"倪思喃和她碰了下杯，发出清脆的声音，"忘掉烦恼。"

下一秒，电话响起。

看到倪宁两个字，倪思喃挑了挑眉，这个一向和她互相看不惯的妹妹居然会主动打电话？

她点了挂断，几秒后又重新拨了过来。

"说不定是有什么事呢。"周未未凑过来。

倪思喃这才接通："喂？"

"倪思喃，你现在很开心是吗？"倪宁本来就气，被挂断电话后更是火大，"你马上就要嫁给傅遇北了！"

倪思喃皱眉道："你半夜发什么疯？"

说完直接挂了电话。

周未未听得很清楚，也觉得匪夷所思，说："她是不是把梦当现实了？"

倪宁对倪思喃的讨厌是很明显的。

倪思喃觉得有道理，感慨道："恨我的人那么多，第一个不对劲的居然是我的堂妹。"

她怎么可能嫁给傅遇北？倪宁做梦居然都不做点好梦，怪不得一天到晚气呼呼的，不像她这么快乐无忧。

晚上家里的司机过来接人。

倪思喃和周未未告别，上车后脱了高跟鞋，问："今天二小姐有什么不对劲的地方吗？"

司机犹豫了一下："今天傅先生来家里，二小姐和老爷子吵了一架。"

倪思喃动作一顿，问："来家里干什么？"

司机摇头，这种事他当然不清楚。

倪思喃又想起倪宁在电话里说的话，倪宁性格冲动，不是个能藏住事的人，之前觉得她那句话莫名其妙，有了这句铺垫，就变得合理起来。

可对象是傅遇北，她不怎么相信。

倪思喃思来想去，给蒋谷发消息："你舅舅今天去我家干什么，你知道吗？"

蒋谷："去你家干什么？"

等于白问，倪思喃翻了个白眼。

蒋谷："我舅舅没去你家吧，你是不是看错了？他今晚不是和朋友在宁园吗？我都见到了。"

他本来今晚是想和周未未一起来的，后来被自己的狐朋狗友叫住，这才没有去成。

倪思喃指尖轻点："哪个包厢？"

蒋谷回了个数字。

倪思喃抬头道："回宁园。"

司机又掉头回去，还好没开多久。十分钟后她就拎着包站在了包厢门口。

倪思喃很有礼貌地敲了敲门。

很快门被打开，来人看见明媚生姿的倪大小姐，显然吃了一惊，问："倪大小姐来找人的？"

里面有人不清醒，迷茫发问："还有人查傅总的岗？"

原本的谈笑声突然安静下来，傅遇北身边从来没有过女人，怎么可能会有人查岗。

"这酒喝的今晚醒不了了。"

"赶紧给他搞点醒酒茶。"

倪思喃摆出标准笑容，道："我有事找傅叔叔。"

陆运叫道："快进来快进来。"

里面人不多，有几个倪思喃并不认识，她的目光看向最里面的男人。

傅遇北半个身子隐在黑暗中，面容一半露在光下，似乎料到她来的目的。

倪思喃一脸冷艳。

第18章

男人的声音不疾不徐:"陆运,你们先回去。"

陆运看看他,又看看倪思喃。其他几个一头雾水的还想问两句,被陆运三两下拽着出了门,还贴心地关上了门。

倪思喃坐下时想起倪宁的话,选了个很远的位置。

傅遇北失笑道:"看来你已经知道了。"

"知道什么?"

"联姻的事。"

倪思喃没想到倪宁说的居然是真的,那联姻人选,估计也是真的了。她又往后退了一点,问:"傅叔叔说笑呢。"

"你觉得我逗你有什么好处吗?"傅遇北推了一盘水果过去,"之前也没见你这么怕我。"

倪思喃回过神来:"傅叔叔您没昏头吧?"

她站起来摸了摸他的额头,没发烧啊,甚至还有点冰,夏天摸起来很舒服。

细腻柔软的触感挨上皮肤,傅遇北心下一动,拉下她的手。

男人的掌心带着薄茧,可以覆盖住她整只手,漆黑的眼眸盯着她,让她心头一跳。倪思喃瞬间想起第一次见面的场景,让她无所适从,如同被抓住。

倪思喃猛地抽走自己的手,加重语气:"我和您外甥差不多大呢,还是您侄子的前未婚妻。"

她就差明说他是禽兽了。

"我想,这不是问题。"傅遇北嗓音低沉,"不用把我当成洪水猛兽。"

倪思喃坐下来,认认真真地问道:"傅叔叔,实话实说,您是不是想报复傅成川?"

傅遇北被逗笑了,反问:"我为什么要报复他?"

倪思喃心想,这我怎么知道?

傅遇北往后靠了靠,修长的手指把玩着一张扑克牌,漫不经心道:"你爷爷已经同意了。"

倪思喃说:"信你的鬼话。"爷爷才不会不经过她的同意就同意这件事。

"倪思喃。"傅遇北叫她的名字,"这件事于我有益,于倪家也有利,我想你没有拒绝的理由。"

"对我哪里有好处了?"倪思喃警惕地看着他,"你是不是哄骗我爷爷了?"

傅遇北将扑克牌放在桌面上,指尖点在数字上,望着她说:"你应该很清楚,如果你愿意,以后你就是傅太太,京际的老板娘,白得一份财产,南城的一切你是头一份。首饰、包包、礼服……你想要的当天就可以出现在你房间。"

一连串话说下来,将倪思喃砸蒙了。她思路转得飞快,傅遇北说这么多就是想用金钱收买她,可她又不缺钱,自己像是会被轻易哄骗的人吗?

倪思喃的眼睛在光下很明亮,眼尾上翘,瞳孔里星光点点,熠熠生辉,连带着睫毛都似乎被染上了颜色。

红唇乌发,肤白貌美。

"你还可以让别人叫你婶婶。"傅遇北偏了下头,唇角含笑,"当然,小舅妈也可以。"

第19章

叫小舅妈和婶婶有什么好处吗?倪思喃冒出这个疑问,紧跟着联想到未来会有的一些画面,竟然有些心动,好像这样更有理一点。

"我觉得……"倪思喃清清嗓子,一本正经道,"我需要好好考虑,和我爷爷商量一下。"

她说这话时很尴尬,毕竟刚刚才严词拒绝。倪思喃来的时候想过各种情况,从没想过傅遇北这男人居然话这么多,还句句说在点子上,甚至还能为她做好打别人脸的准备。

听见她的回答,傅遇北眉峰一动,淡笑道:"好。"

男人低笑的模样很好看,声音也勾人,倪思喃坐的并不远,只觉得耳朵痒。她捏捏耳垂,心想他一定是故意的,知道她是个爱美的,还这样暗自引诱她。

倪思喃抬了抬下巴,一脸矜持骄傲道:"事先声明,就算我没答应,你也不准强迫我爷爷答应。"

"当然。"傅遇北颔首。

强迫老爷子有什么用?主人公是她。

话说完,室内安静下来,只有丝竹声回荡在包厢内。倪思喃难得坐下来这么久,还要保持矜持的坐姿,毕竟在人前她是家教优秀的千金大小姐。

"要不要尝尝?"傅遇北推了个小碟过去,是宁园刚出的新品。

倪思喃有点心动,但看到对面男人的目光,立刻移开视线道:"不要。"

她坐在这儿吃,他在旁边看,就跟老师看她写作业似的,她最不喜欢被束缚。

傅遇北说:"送你回家。"

倪思喃本来想说有司机在下面,但是一想他都要娶自己了,送她回家也是理所应当的,就浅笑道:"好,谢谢傅叔叔。"

叫顺口了,这称呼一时半会儿改不了。

闻言,傅遇北多看了她两眼,并没有提醒,反正以后有的是机会改口。

倪思喃率先起身,拉开包厢门。

门外走廊的窗边站着三个大男人,一见里面的人出来,立刻装出闲聊的样子,回头尴尬笑着。

"倪小姐要走了?"

"不多留一会儿吗?"

陆运瞄了一眼站在倪思喃身后的男人,心想他是不是早该发现自己好友的狼子野心了?

"不了,我要回家了。"倪思喃后退一小步,压低声音问,"都是你朋友?"

看上去个个人模狗样的,凑在一桌刚好够打麻将,也不知道都是什么性格,她只见过陆运,知道他比较活泼。

傅遇北"嗯"了一声,介绍道:"陆运你见过。他是林氏的小公子林乐尧,这位是帝都中乾的秦总秦世越。"

倪思喃默默地打量一下。林乐尧长了一张娃娃脸,看起来很友好,倒是秦世越,和傅遇北有点类似。

她露出完美的笑容,打招呼:"你们好。"

倪思喃只是听说过帝都中乾,好像很厉害,与京际相差无几,秦世越现身南城是要拓展业务吗?

她点头故作了解,再怎么样,自己也要留下最好的印象。

半分钟后,倪思喃和傅遇北一起离开。

陆运在后面摸着下巴道:"咱们这位傅总上次还说不喜欢年轻女孩,这才几天,就打脸了。"

林乐尧说:"所以你还没结婚。"

"说得好像你结婚了一样。"陆运幽幽道,"起码我有过前女友,而你什么也没有。"

秦世越面无表情地看着两个人拌嘴。

回到倪公馆已经是半小时后。

倪思喃从车窗就能看到二楼亮着灯,一眼就分辨出那是爷爷的书房,知道他还没睡,估计是在等她。

她连忙下车,走出两步又退回来,敲敲车窗。

等里头的男人按下车窗,俊秀的面容缓缓出现在视线内,她扬起乖巧天真的笑容:"谢谢傅叔叔。"

傅遇北不动声色道:"早点睡。"

这还用你说?倪思喃心想,头也不回地进了倪公馆的大门,裙摆在夜色下荡开撩人的弧度。

进门后,用人上前拿包。

"爷爷睡了没?"倪思喃问。

"还没有。"用人回答,"让您回来之后去书房。"

倪思喃点点头,趿着柔软的拖鞋上了二楼,路过一间房门时,里头传来说话声。

"有人今晚在宁园看见你姐姐和傅遇北一起离开的,你知道这事吗?"

"不知道。"倪宁声音僵硬。

她怎么可能不知道,她还知道他们两个就要结婚了!

倪宁在外人面前一向装作天真可爱，在学校里也营造出自己家氛围好，只是姐姐和爷爷不喜欢自己的假象。

"和傅总这样成熟的男人比起来，学校里的那些公子哥都是花架子，也不知道傅总喜欢什么样的……"

喜欢脾气不好的？倪宁恶狠狠地想着，听到走廊的轻微声音，她连忙挂断电话，小心翼翼地跑到门边，打开一条缝，看到倪思喃的背影在走廊前方。

应该没听到刚刚自己的话吧？倪宁又想到今晚让自己难堪不已的事，大声呵斥道："这么晚回来还让不让人睡觉了？"

前方的身影停都没停。

倪宁将门猛地关上，发出巨大的响声。

倪思喃没想到她气性这么大，转而一想就想通了，这个堂妹一直想压过自己，现在机会溜走心里肯定不爽。

回到房间的倪宁打开手机，微信里还有好友刚刚发来的照片，虽然模糊但能大致看清照片里的人是谁。

"这么看，身高差好像还挺配的。"

倪宁："哪里配了？"

好友被她这一句话砸得有点蒙，自己只是随口一说而已，而且有点委屈……看照片两个好看的人站在一起就是配啊。

书房里，老爷子正在看书。

倪思喃进来后坐在椅子上，柔柔道："爷爷这么晚不睡，明天早上起不来，又要赖床了。"

"起得来。"倪老爷子放下书，摘下眼镜，"咩咩你是怎么想的？"

他问的什么两个人都很清楚。

倪思喃瞬间想起半小时前傅遇北摆在她面前的那些条件，答道："我暂时没同意。"

"暂时？"老爷子听得眉毛一扬。

第19章

"他说的理由我是很心动的。"倪思喃噘嘴,在自己爷爷面前也没隐瞒,"但他是我的长辈。"

"现在是新世纪了,这些也不是问题。"老爷子没想到这事到最后,居然还是自己用这个理由来开导孙女,"京际集团你也知道,现在情况一切稳定,傅遇北说一不二,在整个南城很有分量,他的地位是摆在那里的。他既然来说这件事,就不会简单对待。"

"您要是觉得没有问题——"倪思喃眨了眨眼,语气颇有点不情愿,"那就这样吧。"

"你要是不喜欢,当然是拒绝。"老爷子严肃道。

"不是。"倪思喃耳朵发红。她就是想矜持一下,毕竟自己妥协得有点快。

老爷子听出她是什么意思了,干脆挥手道:"行了行了,你回去睡觉吧,不然明天要不好看了。"

孙女的美容觉也很重要。

倪思喃被赶回房间。

今天工作室开业,乔路送来了傅遇北准备的礼物,她在工作室忙了一下午,晚上又得知这样的劲爆消息,还没来得及打开看。

礼盒早就被放在桌上,倪思喃洗了个澡,擦干头发,这才有时间去拆,将它扔到床上,趴在那儿打开。

里面是一枚雾霭蓝的胸针,整体设计奢华又不显庸俗,嵌了一颗漂亮的红宝石,张扬又高贵,显然很衬她的身份。

倪思喃戴过无数价值不菲的胸针,第一眼就知道这是自己喜欢的。她垂眸深思,他这么懂她的喜好吗?还是女人见多了就知道了?

倪思喃打住第二个想法,她好像没听说傅遇北有绯闻,连助理都是男的。

不可否认,这礼物她很喜欢。倪思喃迅速下床,飞奔到衣帽间,从琳琅满目的橱窗里挑选了好几套高定礼服——对比。

"这件太花了点……"

"好像这个可以……不行太素了。"

最后终于挑出来一件合适的,她换上衣服,又将胸针别好,对着镜子看了半天。

说是上天偏爱也不为过。倪思喃心情绝佳,欣赏了半小时,自拍了半小时,挑了其中两张绝美的发给周未未,一张是上半身,一张是锁骨下的特写。

很快,消息振动不停。

周未未:"这高贵的礼服、典雅的胸针,配上倪大小姐天赐的美貌,凌乱却饱含设计感的头发,走上T台就是时装周最美!"

倪思喃的唇角上扬,直到看到倒数第二句话——她刚刚擦干头发忘了吹,被胸针吸引了所有注意力,只随手捋了下,确实有点凌乱。

周未未显然深谙重点,从头说到脚,非常明显地知道她要秀的是什么东西。

这样夸赞技术高级的选手果然是做朋友的最好选择,试问谁不喜欢呢?

当然,周未未也不是随便瞎吹,说的都是实话,和倪思喃做朋友这么久,她照片好看,本人更好看。

照片只拍到了一半下巴,足够吸引人猜想如果整张脸露出来该是怎么样的美貌。

周未未:"买了新胸针?"

倪思喃回复:"别人送的。"

周未未:"我走了。"

倪思喃觉得自己很虚荣,但她最爱这样的情况,对傅遇北的好感提高了一个度。

过了一会儿,她翻出蒋谷推的名片,盯了足足一分钟,终于伸出指尖,点击申请添加好友,至于理由是什么也没写。

她去梳头发,回来时发现申请通过了,对话框里除了系统提示添加好友成功,剩下的就是两分钟前傅遇北发的:"早点睡。"

倪思喃坐在床边腹诽,你要娶我,还这么冷淡,这合适吗?深夜不聊会儿天增进感情吗?果然是为了联姻而联姻。

倪思喃将他的备注改了,然后"哼"了一声,在对话框里敲出来的一行字却很有礼貌:"傅叔叔睡了吗?"

她又将发给周未未的照片拖出来,思索几秒后加了滤镜,很有心机地发了第二张,也就是周未未喜欢的特写,然后乖巧道:"谢谢傅叔叔的礼物。"

倪思喃发过去后,静静地等着男人的夸奖。

傅遇北正坐在书房进行一场视频会议,澳大利亚分公司的经理有条不紊地汇报着近一周的情况。

手机响了两声,傅遇北偏过头,点开——聊天记录里多了一张照片,还有倪思喃的那句话,小图只能看到一片纯色。

"你继续。"傅遇北说了一句,点开大图。

图片并不难认,手指很随意地放在胸针上方,指甲上的豆蔻和宝石相得益彰,衬出锁骨一片雪白。

他眼神一深,退出图片。远在另外一端的人见傅总似乎出了神。

傅遇北回了一句:"很适合你。"

不枉他花了高价。

倪思喃等来这句简单的话,虽然不满,但考虑到他的词汇量可能就这么一点,也不想再为难他,却没想到她还没想好怎么回复,对面先来了消息。

傅遇北:"考虑得怎么样了?"

倪思喃猝不及防被问,立刻思索着该怎么回答比较合适,不能太快,不然显得不够矜持。

五分钟后,傅遇北收到了答案。

"好吧。"

看起来很勉强的样子,他溢出一声轻笑,敛眉发出一句新消息:"明天几点下班?"

蓄谋已久,终如他所愿。

倪思喃:"啊?"

今天才刚提出要联姻,她都还没说同意,这么快就进行到接送上下班的程度了吗?而且她有车啊。

倪思喃很快打好了"不用啦,我可以自己去,不用麻烦傅叔叔"的假惺惺的腹稿,没等发出去,就收到了男人令她意想不到的回答。

傅遇北:"民政局五点半下班。"

第20章

倪思喃看见这一行字更想发个问号过去,顾及自己的形象,还是算了。

这是催她早点下班吗?倪思喃皱着眉想了一会儿,恍然大悟,说不定他不是等着接她下班,是为了赶民政局的时间。

这么急的吗?

事情既然定下来,没什么意外那就是板上钉钉的事,所以她没想这么快,而且她几分钟前才同意这件事,到明天晚上也才整整二十四小时,这都等不及?

不过,这好像也是对自己魅力的一种肯定。

换个思路一想,倪思喃瞬间明媚起来,在床上笑了两声,悠悠道:"那可真是不巧,我六点下班。"

她胡诌了个时间,自己是工作室的老板,当然是随心所欲,想什么时候下班就什么时候下班。

倪思喃:"而且是不是有点太快了?"

女孩子要矜持一点。

怕他不高兴,她补充道:"很多事都还没商量好,我还没和爷爷说,傅叔叔你别急。"

倪思喃发出去后没忍住笑了起来,怎么感觉以后自己在他面前就能胡作非为了。

倪思喃想起之前的装模作样,还有以后见到蒋谷,高兴的时候让他叫自己大小姐,不高兴的时候就让他叫小舅妈。很好很好,第一次发现傅遇北的身份这么好用。

倪思喃心里那点关于辈分的不自然很快就消失殆尽,非常迅速地适应了未来的身份。

她的心思不难猜,尤其是对傅遇北来说。作为最擅长把握人心的京际傅总,目光掠过屏幕里那两行字,最后定在"傅叔叔"三个字上,垂眸回道:"也好。"

事有轻重缓急。

倪思喃将胸针放好,躺在床上准备睡觉,但今天的事着实给了她很大的刺激,一时半会儿睡不着。

她在南城受所有人讨好,大部分原因是倪家,是因为爷爷。她很清楚。

想得多了就很容易睡着。倪思喃这下不是梦到别的,而是直接梦到了离婚,还是自己净身出户,一毛钱都没有分到。

对面的傅遇北面无表情、冷漠至极,推过来一份文件,说:"你自己签的婚前协议。"

倪思喃低头一看,上面是自己的名字,条款写得清清楚楚,什么都不要。

她肯定不会签这个,肯定是被逼的。傅遇北这个没心没肺的资本家!

倪思喃骂着醒过来,发现自己躺在柔软的大床上,落地窗前的纱帘被风吹起,飘飘无依。她眯了眯眼,适应光线。

还好只是一场梦,倪思喃坐起来揉了揉头发,一转头又看到放在床头柜上的胸针。

这个价值几百万来着?他应该不至于那么小气吧。

洗漱后,倪思喃下了楼,老爷子和倪健安一家正在吃早饭,她坐下来,问候道:

"爷爷,大伯,大伯母。"

面子上的礼貌还是要有的。

倪宁狠狠地盯着她,见她云淡风轻,更是气都不打一处来,凭什么她什么都不用做就能得到一切?

"我吃饱了。"她扔下勺子跑上了楼。

倪思喃眉头都不皱一下,"嗯"了一声,又道:"今天张妈的粥做得好,果然还是住在家里有口福。"

张妈笑道:"那大小姐多吃点。"

等倪健安他们走了,倪思喃才悄悄打听:"爷爷,那个……傅家那边有没有给什么东西?"

"什么东西?"

"就……之前傅成川订婚都拿股份的,傅叔叔不会什么都没给吧?那我可不愿意的。"

倪老爷子笑骂道:"小财迷。"他放下汤匙,往书房抬了抬下巴,"想知道自己去看。"

倪思喃立刻一本正经道:"我相信爷爷。"

原来傅遇北昨天就带了东西过来,能让爷爷这么说,必然是很大方也很令人动心。

Muse工作室正热闹着,因为有了昨天下的几单,现在几个设计师都有工作要做,而且还有半个月后的设计比赛,现在就可以提交海选作品了。

倪思喃一到店里,辛禾从一张张图纸里钻出来,问:"老板,咱们店里的衣服价格都是这样的吗?"

太高了,她害怕。

辛禾是之前的员工,不是设计师,因为被倪思喃看中而留下来,从前这里的价格是几千,最多几万,现在一下子在后面多加了个零,她心慌,一眨眼,自己也要做几十万的生意了?

倪思喃捏捏她的脸，她年纪不大，脸上有点肉，捏起来手感好极了，问："怎么，多赚钱不快乐吗？"

"不是。"辛禾认真道，"就是怕没人来。"

"这有什么？"倪思喃毫不在意道，"别人店里可能没人，你还担心我的店里没人？"

她可是倪家的人。

辛禾一想也是，就算没有真顾客，也有捧场的"白富美"。昨天那订单一打一打地下，加起来都有好几百万了，果然都是有钱任性的大小姐。

倪思喃知道她在担心什么，可自己开店就是为了兴趣，当然也有母亲是设计师的缘故，只要不亏就行，能赚更好。

门口出现两道人影。

倪思喃将辛禾的脸扭过去，笑吟吟地说："小裁缝，你看，这不是来新客人了吗？"

辛禾还没反应过来，老板叫她什么？小裁缝？

当初倪思喃来看这家店的时候，辛禾正在缝一件衣服，所以此时心思一动就叫了。虽然听起来很普通，但被美艳的老板这么叫，声音又动听，辛禾的脸一下子就红了。

倪思喃已经转身进了自己的办公室。

辛禾拍拍自己的脸，清醒过来，连忙走上前："您好，请问有什么需要的吗？"

第一次有路人进来呢。

高个女打量了一下，问："这里是卖衣服的还是定制的？"

"现在挂在橱窗里的几件是可以卖的。"辛禾解释道，"主要是定制，您可以选择。"

矮个女说："你和她说，我去看看。"

她走到橱窗边，随意看起来。这些衣服有的是小礼服，可以日常穿，但有的设计很繁复，正式场合穿才合适。

倪思喃爱的品牌很多，好看的她都喜欢。这些衣服都是之前把设计图交给那些品牌然后定制出来的,就为了这家店,甚至可以说是限量联名款。

刚才她们路过店门口就喜欢上了。没有女孩子不喜欢漂亮的衣服,这里有简单的设计,也有奢华高调的设计,正好戳中她们的喜好。

矮个女往下看了一眼,发现价码牌,别的没仔细看,就看到了那几个零,吓了一跳。她连忙退回原地,说:"太贵了。"

高个女问:"多少钱?"

矮个女比了个手势,就摆在那儿的一件鹅黄色小裙子就要八万多,旁边的更夸张。

两个人说得很小声,但辛禾还是听到了。其实她也觉得价格很高,但后来得知来源,就觉得这价格说不定都低了。

"不是吧,这么贵!哪个来买哦?"高个女转了一圈,嗤道,"又不是香奈儿,这么宰客。"

辛禾认真道:"我们这里是明码标价,如果两位客人不满意,那我们也没有办法。"

"我还不想买呢。"高个女嗤了一声,"这么贵,当我们是傻子?"

"不凑巧,你看的那件刚好是合作定制款。"倪思喃倚在办公室门口,"全球一件。"

"骗谁呢?"高个女不信。

显然这两个人没有买的意思,而且还要说来说去,要是个好好说话的,就算买不起,倪思喃也不觉得有问题,偏偏她们还要故意挑刺儿。她伸了伸手,示意送客。

这下高个女不乐意了。

"我们是客人,你们就是这么对待客人的吗?还是你看不起我们?我要投诉你们。"

"你要投诉谁?"倪思喃好整以暇地问。

"投诉你们两个。"

全工作室的设计师都在探头看热闹,听到这里脸色怪异。

倪思喃开口道:"不巧,我就是老板。"

高个女表情一僵,拽着朋友飞快地离开了。

"以后遇到这样的不用多说。"倪思喃回头漫不经心地叮嘱,"不用担心什么,有我解决。"

"好,知道了。"

等倪思喃进了办公室,辛禾揉揉脸,老板是真的一点也不担心店里的营业额,但她不行,她要给老板赚钱。

一工作起来就很容易忘记时间。倪思喃决定给周未未设计一件出色的礼服,想了一下午,否决了好几个想法,等敲定主题时,窗外夕阳无限好。

倪思喃伸了个懒腰,慢悠悠地出了办公室,说:"下班了,下班了,赶紧回家。"

她才不喜欢加班。

辛禾说:"老板你还没定下班时间呢。"

倪思喃"哦"了一声,看了下时钟,现在是六点十分,随口说:"就四点半好了,以后准时关门。"

"这么早呀?"

"我还以为五点呢。"

其他人亮着眼讨论起来。

倪思喃笑眯眯道:"我们和别人不一样。"

她是个善良的老板。

倪思喃接过辛禾递过来的包,在众人亮晶晶的眼神下,踩着细高跟推开门。

"对了,老板,外面好像有人在等你。"辛禾想起什么,追到门口。

这个店的地理位置是倪思喃自己选的,特别好,而且自带停车场,这也是她一眼看中的缘故。

"倪小姐。"

倪思喃走到一半,右侧方响起一个声音。

她扭头,看到乔路站在那儿,迟疑道:"乔特助?"

乔路指了指自己身后,说:"我们先生在等您。"

倪思喃往后一看,是傅遇北的车,半开的车窗露出半张脸。

来接自己下班的?去领证的?

"不上来?"傅遇北问。

"傅叔叔,你怎么在这儿?"倪思喃站在车窗边,没上去,认真地问。

傅遇北轻飘飘道:"不是你说六点下班吗?"

倪思喃没想到自己昨晚胡诌的事他居然记了下来。

乔路自然听得一清二楚,心想自家老板真是神速,昨天才定的事,今天就想着领证。

车里有清淡的檀香,倪思喃其实对这一类香不感冒,她更喜欢那些花里胡哨的香水,但每次走近傅遇北,这个味道让她莫名心安。

倪思喃歪头打量傅遇北,据说他的母亲有二分之一的英国血统,所以他五官深邃,天生的绅士气质。

此刻,车窗缓缓升起,原本落下来的晚霞红光渐渐消失,也将他一半的轮廓隐在昏暗中,留下精致的下颌线。

"好看吗?"

耳边忽然响起男人低哑斯文的嗓音。

倪思喃回过神来,清清嗓子,装作什么事都没有发生,说:"刚刚窗上有蚊子。"但她的耳朵还是不可避免地红了,不知道是尴尬还是害羞。

傅遇北也不戳破,目光从她微红的耳垂上一掠而过,放在膝上的手指点了点。甚少看见她这样,很动人。

倪思喃做好心理建设,又想起来正事,提醒道:"傅叔叔,民政局已经下班了。"

"我想我比你更清楚。"傅遇北看了她一眼,唇角含笑,"这件事先放放。"

倪思喃眨眨眼,说的也是,都研究过几点下班了,肯定知道现在去晚了,那就是单纯来接她下班的?

这么一想好像还挺好的,倪思喃喜欢这种被捧着的感觉,一边想一边感慨,看来和他结婚还是很好的。

倪思喃往外看了一下,猜测傅遇北忽然来接她应该是为了培养感情,大概率是请她吃饭,说不定是烛光晚餐。

倪思喃转过头,不经意地问:"傅叔叔,我们要去哪儿?"

"去你家。"

倪思喃被这个答案惊了一下,不是去吃烛光晚餐的吗,去她家干什么?

她和他对视上,目露询问。

傅遇北仿佛没看到她的惊讶,眼眸一敛道:"不是还没有和老爷子说吗?我想一起说更好。"

男人的嗓音很好听,如果内容也让她喜欢就好了。

倪思喃觉得一点也不好,漂亮的眸子睁圆了,下意识地就想拒绝这事,因为昨晚她扯了个自己还没和爷爷说的谎,当时是为了拖延去民政局的时间,现在过去,一说起来岂不是马上就被戳破了?

倪思喃思绪转得飞快,开口道:"傅叔叔,我……"她撩了下耳边的碎发,放柔声音,并不介意这时候撒娇一下达到自己的目的。

然而却被打断了——

"你不用担心。"傅遇北轻笑一声,似是蛊惑又像安抚,"如果觉得害羞,由我来说。"

倪思喃一脸茫然。啊?我不害羞啊?

第21章

看样子好像是没有挽回的余地了,但倪思喃还想挣扎一下,说不定就成功了呢。

"傅叔叔,我还没有吃晚饭。"她摸摸肚子,给出暗示。

傅遇北的视线下移,看到她纤长的手指按在肚子上,抬头时,她还不忘冲他眨眼。

他掩下眼中的笑意,说:"老爷子已经准备好了。"

倪思喃泄气。就知道这男人铁石心肠,自己这么个大美人说饿,难道不该马不停蹄去一家最好吃的餐厅吗?唉,她不该相信老男人。

倪思喃本来想着去餐厅吃个晚餐,然后自己再给家里发消息,这样就能缓和一下。算了,破罐子破摔吧。

过了几分钟,倪思喃才问:"今晚去就只谈这事吗?"

傅遇北"嗯"了一声。

见他不多说,倪思喃眉心皱了皱,巴掌大的脸上就差明摆着"不高兴"三个字。

"不是不和你说。"傅遇北看向她。

"哦。"倪思喃一本正经道,"傅叔叔重视,我很高兴。"

正说着,前面的乔路忽然扭头说:"先生,孟家想约您今天晚上一起吃饭。"

傅遇北语气平静:"推掉。"

倪思喃来了兴趣:"孟芯闵家?"

乔路想着过不久她就是自己的老板娘了,点头道:"对,是孟小姐的父亲。"

别人不知道,但他清楚,孟家邀傅总吃饭,大概率是为了参与云和天境的项目,又或者是推销自己的女儿。京际集团就像一块蛋糕,没有不动心的。

傅总身边从来没有女人,先前是在国外,不太方便,现在回了南城,对他们来说就是机遇。

"孟家要不高兴了呀。"倪思喃挑眉。

身旁的男人闭目养神,闻言启唇:"等我们结婚的消息传出去,很多人都会不高兴。"

干什么都要提到结婚,倪思喃彻底不想和他聊天了,甚至连自己的形象都不想管了,闭上眼靠在那儿装睡。

工作室距离倪公馆将近半小时车程,再加上又是下班时间,更是拥堵。

许久,倪思喃睁开眼,悄悄看了眼身旁的男人,他闭着眼,好像睡着了,从她这个角度能看到他棱角分明的轮廓,还有长长的睫毛,而且还很翘!

倪思喃摸了摸自己的眼睛,有点不高兴,怎么她这人人夸的眼睛居然睫毛还没一个男人的长!

她小心翼翼地倾身过去,才刚伸出手指,男人猛地睁开眼,倪思喃猝不及防撞进一双漆黑的眼眸,就像陷入深潭。

男人的声音依旧低沉:"怎么了?"

倪思喃瞬间回过神,手指转了个方向,搭在他的外套上,装作自然道:"我冷。"

对,她才没有嫉妒他的睫毛。

傅遇北淡笑,温声吩咐:"乔路。"

早在听到的时候,乔特助就调高了温度,然后又继续充当隐形人。

倪思喃将外套盖在自己腿上。她从来没碰过男人的西装,这衣服似乎沾了傅遇北的味道,闻着很舒服。

倪思喃清清嗓子:"还是傅叔叔的外套暖和。"

增强一下刚才那个借口的可信度。

傅遇北眉梢轻抬,松了松领带,很平常的动作被他做出来却有一种恣意的慵懒感。

"嗯。"他闷笑,"我知道。"

这敷衍的语气表明他肯定看到她刚刚的动作了!

车内气氛微妙,一路安静地开到倪公馆。

"我猜今晚我大伯他们也在家。"倪思喃将外套递给他,忽然想起来一件事,"傅叔叔以后怕不是要跟着我叫大伯?"

倪思喃笑吟吟地看着他,有点幸灾乐祸的意思。

"如果他们想的话。"傅遇北不急不缓地开口,嘴角上扬,"既然和你结婚,叫也是应该的。"

倪思喃耳朵红了一下,故作镇定道:"也是。"

明明听起来很正常的话,但她就是觉得不对,又想了想,大伯应该是不想让傅遇北叫的,她这个大伯恨不得自己成为傅遇北的岳父。

客厅里安安静静,张妈笑眯眯地看了一眼傅遇北,眼里全是满意,一点都不掩饰道:"老爷子在看报纸。"

"大伯在家吗?"倪思喃问。

"不在,要很晚回来。"

倪思喃很惊讶。

两人一起进了客厅,倪老爷子从报纸中抬起头,说:"我还想让你接一下咩咩,没想到你就给了我一个惊喜。"

傅遇北笑道:"刚好顺路。"

他虽这么说，但没人相信。虽然是同一条路，但是京际在倪公馆和Muse中间，所以是相反的两个方向。

倪思喃还没忘了今晚的正事，要和老爷子说结婚领证的事，可能会尴尬到脚趾抓地。

"我先上去换衣服。"她头也不回地上了楼。

傅遇北和老爷子面对面而坐，并不觉得拘束，反而很随性道："咩咩很可爱。"

老爷子傲娇地"哼"了一声。一想到以后他会成为咩咩的丈夫，咩咩这个称呼也会被他叫，又是欣慰，又是嫉妒。唉，做爷爷真难啊。

傅遇北只笑着听他说话，被他瞪了也不恼。

没过两分钟，老爷子要去楼上处理公司的事情，他就留在客厅喝茶。

"傅先生！"

听到身后的声音，傅遇北转过身。

倪宁站在不远处，脸上带着一点红，问："傅先生今天晚上是来商量结婚的事吗？"

男人平静地看着她。

"其实，"倪宁见状，立刻加快语速说道，"整个南城很多人都很崇拜您，也想和——"

"和我结婚？"男人嗓音低沉地问。

倪宁没想到他这么直接说出这四个字，不禁面上一红，小声地"嗯"了一下。

"所以你也是吗？"傅遇北又问。

"是。"倪宁承认。

从她这个角度可以看到楼梯，自然就能看到刚换完衣服下来的倪思喃，但傅遇北背对着那边，看不到。

"可惜。"

"是啊，我也——"倪宁忍不住附和。要是这婚事能直接作废，或者把倪思喃换了，她今天晚上会兴奋得睡不着。

"可惜我只想和你姐姐结婚。"

男人用最温柔的嗓音说着最伤人的话。

倪思喃停在台阶上,把这句话听得一清二楚,耳后有点热,心里的高兴不停地往外冒。她默默想着,都是因为话太好听了。

倪思喃压住上翘的唇角,袅袅地下楼,走到傅遇北身旁,仰着下巴说:"我也是。"

她这副骄矜的样子很漂亮。

傅遇北偏过头道:"很荣幸。"

倪宁丝毫没想到他一点面子都不留,而且自己还站在这里,两个人就一唱一和,只好咬着唇跑开。

吃晚餐时,她借口减肥,死也不下楼。

倪思喃懒得戳破,有了傅遇北之前的夸赞,其他的尴尬事她都不在意,甚至在爷爷和他讨论到领证的日期时,还俏皮地眨眼道:"我都可以呀。"

"你刚刚听了吗?"老爷子问。

"当然。"倪思喃挺胸。

"那就定后天吧。"倪老爷子心里泛酸,自家孙女居然同意这么快领证,他还想以她不愿意为借口推迟呢。

倪思喃这才回过神来,后天?她立刻看向对面,男人慢条斯理地吃着晚餐,丝毫不急。

结吧结吧,早晚都要结。倪思喃木着脸想道。

领证确定在后天,第二天醒来,一直到工作室,倪思喃才后知后觉,她真的要结婚了?和一个才认识几个月、还大自己好几岁的男人结婚?

辛禾见她出神,以为是小事,结果到下午发现她还在出神,忍不住问:"老板,你今天一整天都在发呆,是不是发生什么事了?"

"没事。"倪思喃挥挥手,"不用管我,我要静静。"

"要是需要我帮忙的话,尽管叫我。"辛禾说。

"嗯。"

倪思喃坐在自己的办公室里，想起两天前自己还是个无忧无虑的单身女孩，觉得这一切不太现实。在过去的二十二年里，倪思喃想过自己早晚会结婚，和一个自己不喜欢又不讨厌的男人。

她生在倪家，当然想过追求真正的爱情，但傅遇北是她从没想过的人选。

倪思喃胳膊撑在桌上，捧着脸出神道："难道我明天就要变成已婚少妇了……"好突然。

倪思喃回过神来，给周未未发消息："晚上有时间？"

周未未回得挺快："有啊，宁园？"

少几个字也不影响倪思喃理解这句话的意思，回复她："可以，八点见。"

周未未："OK，我叫下蒋谷。"

倪思喃本想拒绝，毕竟蒋谷是傅遇北的外甥，但想了想还是同意了。

晚上，三人准时在宁园碰面。

蒋谷和周未未心情很好，还准备玩牌，输了在对方的脸上贴纸条。

"咩咩你也来啊？"

倪思喃摇头道："你们玩。"

周未未说："你怎么一副心事重重的样子？"

倪思喃当然心里有事了，她在想怎么和自己的两个好友说自己要领证结婚的事，尤其是蒋谷，难道说"蒋谷，我成你小舅妈了"吗？好像太直接了一点。

"我要好好想想，你们先玩。"

倪思喃这一想就是很久，等想好打算直接宣布时，游戏都玩了好几回合，周未未一脸的纸条。

周未未运气并不好，但她会赖账，这让蒋谷很无奈，他才不和女孩子计较。

"你肯定是出千了吧！"周未未伸手撩开额头上的纸条，"不然你怎么一次也没输？"

"我堂堂蒋少至于吗？"

"我不听，蒋谷你让我贴一次贴一次，好谷谷，咕咕……"

"我要结婚了。"倪思喃在周未未使计耍赖即将成功的时候，开口说了这句话。

两个人的动作都停了下来,齐刷刷地看向她。

蒋谷吓了一跳:"什么?"

周未未震惊道:"你再说一遍!"

他们刚刚听错了吗?

倪思喃看着两个好友一脸不可置信的样子,轻咳两声,将他们的神叫回来。

"好吧,那我就再说一遍。"

两个人分别坐到她两边,同时道:"来吧,你说。"

倪思喃反倒没那么紧张了,甚至还悠悠地喝了口茶,这才弯唇道:"我说我要结婚了。"

包厢里陡然静得可怕。

"哑巴了啊你们?"倪思喃晃晃手。

周未未反应过来,一把撕掉纸条,盯着她问:"什么时候?和哪个?是被逼的还是怎么的?"

不可能啊,她没听说啊?倪家大小姐结婚这事居然连她都不知道!这种爆炸新闻,要不了几分钟就能传遍整个南城,居然等到当事人和她说?

"不是吧,你不是这个性格,你和谁结婚?傅成川被你踹了,这南城还有比我更好的人?"蒋少打死不信。

"我有必要说假话吗?"倪思喃睨了他一眼,"真要结婚了,明天就去民政局。"

周未未摸摸心口,问:"谁?"

她倒要看看是哪个居然背着她想娶走倪咩咩。

"这个人你认识。"倪思喃看向蒋谷。

"我认识的……不会是我那群狐朋狗友吧?"蒋谷掏出手机,要去群里揪出那个叛徒。当兄弟可以,娶兄弟的姐妹不行。

倪思喃眨眼道:"不是,是你小舅。"

蒋谷冒出问号,这可信度还不如他的狐朋狗友。

周未未惊呼:"傅遇北?!"

"嗯。"倪思喃点头,还不忘提醒,"还有,蒋谷你记得到时候改口叫我小舅妈。"

蒋谷沉思了将近一分钟，从手机里翻出一张之前朋友发给他的T台走秀照，问："你看她眼熟吗？"

倪思喃看了一眼，是个享誉国际的顶尖模特，长得漂亮，身材性感，是很多人的偶像，走一步就价值连城。

"当然认识，我又不是不上网。"

"没错。"蒋谷"哎"了一声，认真说，"你如果成了我小舅妈，我就能和她吃烛光晚餐。"

你看着她和别人吃烛光晚餐还差不多，不要做大梦想家。

第22章

听着两个人的话,周未未也看向照片,没忍住笑道:"哈哈哈,我觉得咩咩成为你小舅妈的可能性比这个大。"

倪思喃被逗乐了,安慰道:"别怕,万一实现了呢?"

蒋谷收了手机,强行转移话题:"所以你刚刚说的事我不相信,还有,你怎么突然要当我小舅妈?"

"不信,你去问你小舅。"倪思喃直接甩锅,懒得多说。

蒋谷当然不敢,难道直接打电话过去问"小舅你要把我姐妹娶了吗"?

周未未问:"咩咩,你跟我说实话,是真的假的?"

倪思喃说:"明天你们就能看到我的结婚证,运气好的话,说不定还能看到我出现在新闻头条。"

傅遇北还是有很多人关注的,这么一想,以后说不定自己要经常上新闻了。

这对倪思喃来说不是什么大问题,作为一个社交女王,她早就对抛头露面习以为常。

"那以后岂不是傅成川要叫你婶婶?"周未未忽然反应过来,"他会气死吧?"

前未婚妻这么快结婚就算了,对象还是自己的叔叔。

倪思喃挑眉道:"对啊。"

周未未语重心长地拍了拍蒋谷的肩膀,说:"蒋少,如此看来,最惨的还不是你。"

蒋谷摸着下巴问:"过年我会多一份红包吗?"

还没结婚就惦记上自己的过年红包了?

见倪思喃看自己,蒋谷笑嘻嘻地说:"如果是真的,那我多拿一份红包应该是没问题的吧?"

"没问题。"倪思喃扬眉,认真地看着他,"红包当然有,谁让你是我小外甥呢?不过你记得先给份子钱。"

好家伙,账比谁算的都明白。

"咩咩,你告诉我,"周未未小声问,"我相信你的话,你为什么和他小舅结婚啊?没记错的话,他大你八岁?"

"八岁不算什么吧?"

"重点不是八岁。"蒋谷左看看右看看,跟着问,"我要仔细听听,你怎么会想和我小舅结婚?"

"我懂你们的问题。"倪思喃弯弯唇,"没有坏处不是吗?比起傅成川之流,他是最好的选择。"

周未未恍然大悟:"也是。"

南城里最让人趋之若鹜的单身男人,傅遇北绝对排在第一位,成熟有魅力。她的姐妹是位娇纵的小公主,没有比傅遇北更好的人选了。

"而且傅叔叔挺年轻的呀。"倪思喃眨眼。

"我听说他身材特别好。"周未未交流起小八卦,"不知道从哪儿传出来的,腹肌什么的。"

两个人的方向瞬间拐了个弯,倪思喃在别人面前谈论这个话题会害羞,但在好友面前无所顾忌,还能赞叹。

第22章

蒋谷面无表情地听着两人聊天,偷偷拨通了一个电话:"小舅,是我。"

傅遇北正在车里,按按眉心道:"怎么,有事找我?"

蒋谷犹犹豫豫半天,终于深吸一口气,问:"小舅,我听说您要结婚了?"

"嗯。"傅遇北没问他从哪儿听说的,想来也是倪思喃说的。

"真的啊,那小舅妈我认识吗?"蒋谷不动声色地打听,"是不是我见过的?"

"你认识。"傅遇北笑道,"也很熟悉。"

蒋谷秒懂,这事居然是真的。他一边觉得好像没问题,一边又觉得倪思喃退婚才几天,居然转头成了自己的小舅妈,成年人结婚都这么快吗?

倪思喃听到说话声,扭过头问:"你和谁打电话?"

蒋谷说:"没什么。"

倪思喃才不信,眯着眼睛问:"不会是你小舅吧?"

"不是。"蒋谷淡定地扯谎。

可他没想到,下一秒手机里传来自家小舅严肃的声音:"蒋谷,不要对长辈撒谎。"

蒋谷欲哭无泪,一朝天下变,自己的姐妹成了自己的长辈。

倪思喃听到这句话,眼尾一扬道:"傅叔叔,你不要吓唬他,我可不想有个傻外甥。"

当初傅遇北提的条件最后一句就很令人心动,现在她完全体会到了乐趣,笑眯眯地说:"来,蒋谷,叫人。"

蒋谷挣扎道:"你还没结婚呢。"

倪思喃饶有兴致地说:"提前练习一下,明天就要改口了,你不适应怎么办?"

手机里娇俏的女声传出来很动听,傅遇北轻笑一声,说:"有道理。"

蒋谷宛如被逼迫的良家少男,没想到自家舅舅居然就这么放弃了他这个可爱的外甥。

"小舅妈……"

"哎,再叫一遍。"倪思喃说。

"倪思喃你够了啊!"

大约是傅遇北帮着调戏了一番蒋谷,倪思喃那一点别扭消失了不少。

第二天,周未未给她发消息:"单身狂欢,要不要?"

倪思喃窝在被子里,问:"怎么狂?"

开个派对?她对这个没有兴趣。

周未未回复:"Shopping!"

这个提议显然很对倪大小姐的胃口,直接将她从被窝里唤了出来,洗漱到换衣一气呵成。倪思喃在衣帽间转了几分钟,选了一件方便的连衣裙,又挑出搭配的高跟鞋、首饰、包,光鲜亮丽地出了门。

倪老爷子看到她打扮得漂漂亮亮地下楼,抖着报纸,酸里酸气地说:"是要和遇北一起出门了?"

爷爷这是吃醋了啊。倪思喃嗔道:"不是,我要和未未去购物。"

老爷子一听,欣慰道:"好好好,缺钱了告诉爷爷,卡不够再拿一张。"

倪思喃说:"知道啦。"

她在国内购物的时间不多,往常去法国、意大利的时候最喜欢和姐妹们一起买买买,回来后很多东西都是直接送到家里的。这种感觉和自己去挑去选去试是完全不同的,她向来挑剔,但碰上喜欢的就很大方,南城的几家店都盼着她过去。

"乖乖,这是去炸街的吧?"周未未趴在车窗上,感慨道。

戴着墨镜的倪思喃活像是巴黎街头街拍的模特,硬生生将马路走成了T台,难怪是南城名媛的时尚风向标。

倪思喃倚在车旁,摘下墨镜道:"哟,司机是蒋少啊。"

蒋谷说:"倪大小姐就别调侃我了吧。"

倪思喃上了车,笑吟吟地说:"怎么,又想叫小舅妈了?"

蒋谷这下没话说了,周未未笑得就没停下来过,道:"以后蒋谷再噎我,我就这样治他。"

他蒋少大方,不和女孩子计较。

到达目的地后,倪思喃和周未未就戴着墨镜,踩着高跟鞋,挽着手进了高奢店。

"我在外面等你们。"

"知道知道。"

她们先去看包。店里摆得琳琅满目，大多是新品和经典款，柜姐立刻亮着眼上前。

"快去告诉经理，倪小姐来了。"她说着连忙迎上去，"倪小姐、周小姐，有什么需要介绍的吗？"

倪思喃问："未未，这个怎么样？"

周未未仔细看了看，答道："还不错。"

倪思喃看中几个包后，电话响起。

看着屏幕上的名字，她将手指放在唇上，才接通，乖巧地问好："早啊，傅叔叔。"

"已经醒了？"傅遇北问。

"我正和未未在逛街。"倪思喃也没隐瞒，然后问，"怎么，有什么事吗？"

"你们在哪儿？"傅遇北问。

倪思喃疑惑道："问这个干什么，难道你要过来陪我逛街吗？你们男人不是最讨厌逛街吗？"

"我是要去，不过理由不是这个。"电话里男人的声音格外磁性，点出目的，"我记得今天我们是要去民政局。"

沉默是金，也是此时的倪思喃。

"你不会忘了吧？"他问。

倪思喃见他质疑自己的记忆力，连忙强调："我没忘，这么重要的事我怎么会忘呢？"

"那就好。"

倪思喃将地址发过去，又说："傅叔叔你路上注意安全。"

挂断电话后，她摸了摸跳动的心，自己还真是买得太快乐了，忘了今天要领证的事。

她一扭头，对上周未未促狭的目光。

收到地址后，傅遇北似曾相识，他叫来乔路，点了点桌面，问："这是不是京际旗下的？"

乔路看了一眼，点头道："是，六年前被京际低价收购，目前算是南城最大的购物城。"

这是和倪小姐的聊天记录啊，他没敢多看，退回原地。

傅遇北颔首道："你给负责人打个电话。"隔了几秒，又说道，"推掉待会儿的会议。"

乔路心领神会，一出门就联系那边的负责人，提醒他倪思喃正在那里买东西，待会儿傅总要过去。

负责人还没从倪大小姐的消息中回过神，得知第二个消息，差点没把手机摔了。傅总居然要来！他们这购物城也就是当初收购的时候傅总过来露了个面，今天他是转运了吗？

"乔特助，傅总来……您知道要做什么吗？"负责人悄悄打听，"我需要准备什么？"

"不需要，一切如常。"乔路木着脸，总不能说自家老板过去是为了看老婆吧，又补充道，"倪小姐的账，记在傅总的卡上。"

"啊？"

"没听懂吗？"

"了解了解，记在傅总那里。"负责人点头说好，心下疑惑倪小姐和傅总关系很好吗？

挂断电话后，他离开办公室直奔倪大小姐所在的店面而去，这位也是要好好伺候的主。

倪思喃逛完包店，又兴致颇高地转至一家鞋店。

倪思喃问："这双怎么样？"

"颜色很衬你。"周未未说。

别的不说，倪思喃的审美是真的好，周未未有些出彩的搭配都是听了她的意见。

第22章

负责人姗姗来迟,看到倪思喃看完鞋子又去了不远处的一家店,叮嘱道:"倪大小姐的账记在傅总卡上。"

"啊?"

"啊什么?京际集团傅总,别忘了。"

此刻楼下,傅遇北收的消息就没停过,从包到鞋,一更新就是一大笔,尤其是刚刚更新的那条。

饶是明白女人购物的疯狂,他也怔了一下。由此可见,未来,他和倪思喃的家里恐怕是要变成一个超级货场了。

傅遇北垂眼,掩下无奈。

负责人早早等在外面,等乔路打开车门,走上前道:"傅总,倪小姐正在楼上试衣服。"

他故意这么说的。他之前还在想傅总怎么突然过来,想到把账记在傅总卡上的事,负责人恍然大悟,非常知趣。

一路畅通无阻地到了楼上,店里灯光明亮,周未未正从一个试衣间出来。

"就这个。"她说完话,抬头看到不远处走来的男人,乔路和负责人站在一侧,伸手为他开路。

"傅、傅总?"周未未下意识地看了下身后的试衣间。

一道阴影从头顶落下,傅遇北停在她面前,语气温和却神色淡淡道:"思喃在里面?"

话音刚落,倪思喃的声音就从试衣间里模糊地传出来——

"未未,我头发被拉链卡住了。"

周未未还晕着,手上拿着自己刚刚试完的衣服,迟钝道:"傅总帮个忙?"

说完,她反应过来,这两人还没结婚,她在胡乱说什么。

第23章

可周未未还没开口说挽回的话,傅遇北就已经走到了试衣间门口。

试衣间的门开了一条缝,傅遇北推开一点,他个子高,轻而易举就挡住了所有来自身后的光,他看见倪思喃正背对着自己,裙子的拉链卡在腰上一点,皮肤雪白无瑕,还有性感的脊柱,零星几根头发垂落下来。他的视线不可避免地停在肩下几寸,试衣间的灯光照在上面,仿佛溢着光。

倪思喃头也不回道:"帮我啊。"

她还以为是周未未。

傅遇北将试衣间的门关上,垂目弯腰,原本想将头发拉出来,但卡得太紧,就只能掐断发尾。

离得近,她身上的香味钻入鼻尖。傅遇北不喜欢那些女人身上奇奇怪怪的香水,此刻却眯了眯眼,香味像在引诱他。

他缓缓收手,掠过蝴蝶骨时停了几秒。

"这种卡头发的衣服我最讨厌了。"倪思喃抱怨着,又笑道,"你放心,我给你设计的衣服肯定不会这样。"

身后没有人回答。倪思喃问:"怎么不说话,好了吗?"

男人的声音从头顶落下:"好了。"

倪思喃原本正在整理头发的手停下来,不知道是回头还是不回头,有点慌乱。他什么时候进来的?刚刚是他帮自己扯出头发的?

"我不是叫的未未吗?"倪思喃找回自己的声音,轻轻问道,"你什么时候进来的?"

"很早。"傅遇北说。他的声音很平静,也很坦然,仿佛刚才就是签个名。

倪思喃脑袋里飘过好几个想法,好像刚才也没有丢脸的地方,自己这么好看,后背也是好看的,算起来还是傅遇北赚了呢。

这么一想倪思喃就觉得自己亏大了,她都还没看到传闻中傅遇北的腹肌。

她转过身说:"那……"

试衣间原本就不大,这样一来一回,就贴得很近,倪思喃仿佛都能感觉到他身上的气息。她耳后发热,故作镇定道:"我要换衣服了,你出去。"

傅遇北"嗯"了一声,说:"小心再卡住。"

倪思喃瞪了他一眼,心说真是没好话,嗔怪道:"放心,不会再有第二次的。"

傅遇北抬眉,大步跨离试衣间。

负责人正在和店长叮嘱一些事,乔路目不斜视,周未未心里有点慌,自己待会儿不会被倪咩咩灭了吧?

听到关门的动静,周未未抬头看过去,愣了一下,下意识地小声嘀咕:"这么快?"

傅遇北看她一眼,很快收回视线。

没过几分钟,倪思喃换回原来的衣服,将那条裙子扔在台上,叫道:"周未未。"

周未未眨眼道:"咩咩。"

倪思喃递了个"待会儿好好收拾你"的眼神,然后转向店长说:"我刚试的几套都包起来,这条算了。"

店长"哎"了一声,然后又问:"好,送到倪公馆吗?"

以往都是这样的,但她刚刚看到傅总进了试衣间,差点没把自己的眼珠瞪掉下来。这两个人是不是快要有好事了?店长不禁想起之前的新闻,好像倪大小姐和傅少刚解除婚约没多久吧?看起来傅少得改口了。

倪思喃点头道:"对。"

傅遇北同时开口道:"送到四季湾。"

负责人率先反应过来,笑眯眯地说:"好嘞。"

倪思喃感觉到店长和负责人的眼神,扭过头小步走到男人身旁,仰头说:"送到那儿去干什么?"

傅遇北气定神闲道:"你想婚后异地?"

倪思喃反驳:"为什么不是你住到我那儿去?"

一旁的几个人看着两个人明目张胆地谈论着婚后住他家还是她家,眼观鼻鼻观心。

傅遇北抬眼环视,他们立刻当作无事发生。

他低头和她对视,压低声音含笑道:"你确定要继续在这里讨论这件事?"

倪思喃猛然回过神来。虽然他们结婚的事很快就会宣布,但这样被公开还是怪尴尬的,当然是羞赧居多。

"周小姐,我和思喃要去民政局。"傅遇北转向周未未,"需要安排——"

"不用了。"周未未连忙摆手,"蒋谷在楼下。"

"那就好。"傅遇北颔首。

什么事都被安排得明明白白,倪思喃只有跟着上车的份。

店里恢复安静。

"将倪小姐看上的衣服都整理好,不要弄乱了,送新的过去。"负责人叮嘱道,"千万不要落下。"他转头看到柜上的那条裙子,"这件也包起来。"

店长"啊"了一声,说:"倪小姐说不要这件。"

负责人恨铁不成钢道:"这你就不懂了吧?动脑子想想,倪小姐不喜欢是倪小姐的事,万一傅总喜欢呢?"

店长恍然大悟。

蒋谷在楼下等得快睡着了，好不容易打完一局游戏，听到敲车窗的声音，他扭头只看到了周未未一个人。

"她呢？"

"和你小舅去领证了。"周未未没隐瞒。

饶是昨晚已经知道了，蒋谷还是感受到了暴击，说："完了，我以后真的要叫倪咩咩小舅妈了。"

周未未说："你昨晚就应该有这个觉悟的。"

蒋谷心情复杂道："怎么回事？我还是不明白，怎么她和我小舅结婚？"

这是他从来没想过的事。两个人年纪不同，也不熟悉，甚至连相识都是因为傅成川……难道说有什么他不知道的内部消息？

周未未不知道他的胡思乱想，问："我问问你啊，你小舅之前有过女朋友吗？有过喜欢的人吗？'白月光'什么的。"

"你问的都是啥啊！"蒋谷无语，"没有没有。"

"我当然要问清楚。"周未未理直气壮，"万一哪天冒出来一个人让她不开心怎么办？"

"我小舅相当清心寡欲。"蒋谷说。

"那你得向傅先生好好学习学习。"周未未煞有其事地点头，"免得找不到女朋友。"

"我会缺女朋友？"蒋谷不可置信。

周未未盯着他，一点也不虚，过了一会儿蒋谷败下阵来，说："谈恋爱又没什么好玩的。"

蒋谷心想，像小舅一样直接结婚也不错。

蒋谷虽然看似玩乐放浪，但要求并不低，又不喜欢那些贴上来的莺莺燕燕，所以他的女性朋友只有两三个合得来的大小姐，周未未和倪思喃算两个，剩下的只能说勉强熟悉，没想到现在其中一个还变成了小舅妈。

民政局此刻正是热闹的时候，一辆豪车停在不远处，吸引了不少新人的目光。

外面阳光明媚，倪思喃坐在车里，认真问："咱们要不要做个伪装，万一被认出来被偷拍了怎么办？"

"早晚都是要公开的。"傅遇北淡淡开口。

"我担忧的不是这个。"倪思喃一脸他不懂的表情，"路人的拍照很奇怪的，拍丑了怎么办？"

她从包里掏出小镜子，结婚证上必须要完美才行。倪大小姐不容许别人的手机里出现自己的丑照，甚至还可能被发到网上导致人手一张，那可是很可怕的事情。

倪思喃可是见过一些路人拍的明星照片，那叫一个天崩地裂，她再美也怕那种"死亡拍摄"。

傅遇北抿唇，没料到这个回答。

倪思喃被镜子里的自己美到，拿出墨镜戴上，巴掌大的脸惹人怜爱，红唇微张道："傅叔叔，我这样能认出来吗？"

傅遇北很配合："很美。"

虽然答案和自己的问题不匹配，但倪思喃很高兴地接受了夸奖，说："那我们走吧？"

"好。"

乔路先下车打开车门，两个人并肩走进去。

民政局的人并不少，一对一对的，当然也有来办理离婚的，如此气质非凡的一对男女走进来，大家都看了过来，男人西装革履，女孩一袭收腰连衣裙。

"好高好帅啊。"

"他女朋友更漂亮啊，身材真好。"

有女生忍不住拍照发给了自己的姐妹。

倪思喃在心里给自己点了个赞，还好戴了墨镜，不然这种角度，谁知道会被拍成什么样？

两人坐在角落等候，傅遇北拿着乔路准备好的材料。倪思喃来的路上一点都不紧张，现在真正坐在民政局里反而感觉有点不真实，待会儿就要和傅成川的叔叔结婚了。

倪思喃扭过头,悄悄打量起身旁的男人来,见惯了他穿西装一丝不苟的样子,严谨又克制,不论是容貌气质,还是家世地位,他都相当出色。

察觉到身旁的视线,傅遇北偏过头,看着她明艳的脸,低声询问:"怎么了?"

"没事。"倪思喃总不能说自己就是觉得他太好看吧?

一对刚出来的小夫妻拿着结婚证看了半天,又抬头看到这么般配的高颜值情侣,不禁问道:"你们也是来领证的吗?"

"嗯。"傅遇北很温和地回应,"恭喜二位。"

小夫妻喜滋滋地从包里掏出一把糖,说:"这是我早上带过来的,你们也尝尝吧。"

糖是红色包装的,很喜庆。

倪思喃伸手接过,轻轻弯唇道:"谢谢。"

等小夫妻走后,她剥了一颗塞进嘴里,挺甜的,吃了一会儿想起吃独食不好,便问:"你要吃吗?"

她好心给他剥了一颗。

倪思喃忧郁地想,糖算什么呢?结婚之后,就连床也要分一半。

傅遇北没拒绝,低头含进嘴里,面前的女孩正在发呆,就连自己的手指被碰到了也没有察觉。

没过多久,里面有人出来叫人。

倪思喃和傅遇北一起进去,她的心扑通扑通地跳,等到拍照时更觉得恍惚,她还是第一次和一个男人离这么近拍照。

出来后,手里捏着一张结婚证,她低头打开看了看,自己的名字和傅遇北的名字排在一起,右上方还有一张合照。

还怪好看的,倪思喃心想,她往傅遇北那边看了一眼,明明是同样的证,但她就是想看。

"很漂亮,不用看。"傅遇北低声说。

"你不懂。"倪思喃白了他一眼,伸手拿过来,"等我拍一张照纪念一下。"

出去时,乔路恭敬地叫道:"太太。"

倪思喃还不太适应身份的转变,乍一听到这个称呼扑哧一下笑出了声,嫌弃道:"不好听。"

听起来很老的样子。

乔路换了一个,叫道:"夫人?"

倪思喃点头道:"这才好点。"

坐到车里,她拍了一张照片发到群里。

周未未:"真快真快,祝百年好合。"

蒋谷并不想发言,但还是说道:"恭喜恭喜。"

倪思喃发了一个红包,耳边忽然落下男人沉稳磁性的声音:"乔路都改口了,你是不是也要改口了?"

改口?倪思喃怔愣一下,这才反应过来他话里的意思。一直以来她叫的都是傅叔叔,顶多是那天叫了一次舅舅,还觉得不好听。改叫什么,老公吗?

倪思喃心口一跳,不知道是什么感觉,对上傅遇北的眼睛,话到嘴边换成了:"想听要付出代价的。"

她可真是个天才。

傅遇北挑眉道:"改口费吗?"

倪氏的重心是房地产,昨天在倪家,老爷子说了,应该会给倪思喃几套房子,至于用来做什么,那是倪思喃决定的。不过他觉得以倪思喃小财迷的性格,恐怕会拿去赚钱。

傅遇北的聘礼自然也不会少。倪思喃倒是没问过嫁妆的事,这些事老爷子一手包办,压根儿就不用她去操心。

改个口还真不容易。傅遇北笑了笑,说:"你已经是傅太太了,想要什么都可以。"

倪思喃眨眼道:"好的。"

听起来自己权力很大嘛。她深呼吸两下,清清嗓子,招招手道:"你过来。"

傅遇北依言倾身过去,两个人靠得很近,呼吸都交缠在一起,垂眼就能看见她流光溢彩的星眸。

"你再过来一点。"倪思喃不满。

"是不是想听我叫老公呀?"她伸手挡在他耳朵边,凑过去作悄悄话状,十分小声道,"老公。"

第24章

倪思喃一贯是这样的性格，她叫这两个字的时候虽然觉得有点害羞，但也不是不能叫，毕竟已经结婚了。

"怎么样，好听吗？"叫完倪思喃还要求夸奖。

车内气氛陡然暧昧起来，傅遇北侧头，擦过她还没来得及退开的唇，触感柔软。

倪思喃也愣了一下，耳朵染上绯红。

瞧着面前星亮的眸子，瓷白的皮肤如同顶尖的花瓶，细小的绒毛浅浅的，傅遇北嗓音有些过低，斯文道："挺好。"

还太早，他想。

这么淡定的？倪思喃对自己的魅力感到怀疑，往常自己要是这么撒娇，还不是什么都手到擒来，难不成老男人真的不吃这一套？这可就麻烦了，以后怎么相处呢？

"那你叫我什么，名字、小名、老婆？"倪思喃说了几个，起了鸡皮疙瘩，"算了,你别那么叫。"

要是从傅遇北嘴里听到老婆两个字,她觉得世界观得崩塌,很影响他在自己心里的形象,叫思喃和咩咩都比老婆好。

傅遇北不置可否。

倪思喃问:"我们现在去哪儿?"

不会领完证大白天就去住的地方吧……她感觉有点惶恐。

"去你家。"傅遇北看出她的想法,挑眉道。说完又笑了一声,倪思喃松了口气,又被他笑得羞恼。

老爷子今天特地在家等着,两个人一进门,张妈就笑眯眯地说了一连串好话。

倪思喃听得挺高兴,脱了鞋,快步走进客厅,娇声道:"爷爷。"

"都结婚了还这么毛毛躁躁的。"老爷子摘下眼镜,"你能学到遇北的一分稳重,我就烧香拜佛了。"

傅遇北凝眸道:"爷爷。"

倪老爷子那点不满在这一声问好后消失殆尽,应道:"哎。"

早前他还想着这么优秀的后辈要是自己家人就好了,可惜不行,没想到短短几天,自家孙女就给了他惊喜,果然是他的好咩咩。

"健安他们要半小时后回来。"倪老爷子看向倪思喃,"咩咩你跟我过来。"

倪思喃看了傅遇北一眼,和爷爷去了书房。

这个书房她来去自如,并没有什么避讳的地方,书架上的书她基本都翻过。

"结婚了就不能没规矩。"老爷子说。

"我是最知礼的。"倪思喃昂着头,颇为骄傲,"谁见了不夸我两句?"

老爷子:"你们婚后应该住四季湾,你想去那边住吗?"

倪思喃坐下来想了想,说:"先试试吧,应该不讨厌。再说了,就算不喜欢,家里那么多房子,换一套就行。"

老爷子点头,正是这个道理。他拿出一样东西,罕见地严肃起来:"你父亲去世时你还小,就没跟你说,这是他们给你留的。"

是两份厚厚的文件。

第24章

倪思喃打开第一份,前几张上面写的是南山路那边的两幢高档公寓里所有房子的产权都是她的。

这两个小区她有点印象,南山路那边是市中心,上班族居多,所以是出了名的热租小区,环境好,安全性高,里面有将近一百栋楼呢。

倪氏产业遍布全国,有普通的住宅小区,也有豪华别墅,当然也有高档公寓,有的是合作开发,有的是私人开发。

倪思喃没往后翻,一见到文件上写的东西,就惊讶地睁大眼:"居然留了这么多房子给我啊?"

她没想到自己的嫁妆是这样的。

老爷子"嗯"了一声,说:"这是你父母留给你的,这边这个是爷爷给你的,你一定要好好处理。"

倪思喃不用看都知道,爷爷那份必然也十分丰厚。以倪氏的资产,这些算不上多,但也并不少。

倪思喃放下文件,感动道:"爷爷。"

倪老爷子见她这样,笑道:"干什么叫我,不要在我这儿哭啊,免得遇北以为你不嫁了。"

"什么啊。"

被这么打趣,倪思喃着实脸红。

领证的事除了亲近的人,基本没人知道,倪老爷子也没提前和倪健安他们说,免得中途生事,只告诉他们今天中午回来吃饭,就连在学校的倪宁也要回来。

当然,京际集团的傅总回国之后可是媒体追寻的目标,早上从公司离开后就有人跟着偷拍,由于乔路甩开了,所以什么也没拍到。

流传出来的是路人拍摄的一张背影照,连民政局都没入镜,传了几手之后变十分模糊,这就导致传闻变得十分离奇。

"我听说京际傅总有老婆,只不过是个植物人。"

"啊这……"

倪宁刷到这些评论时，阴暗地想着倪思喃最好真的是个植物人。

回去的路上，她给自己的母亲打电话询问："今天爷爷让我们回去是有什么事吗？"

"没说，应该还是那件事。"

想到这儿，倪宁一点也不高兴。傅遇北连着两次当着她的面说要和她姐姐结婚，仿佛是在打她的脸——他应当不会这样，应该就是正常回答。

倪宁胡思乱想着回到了倪公馆，她回来得最晚，自己的父母已经坐在了客厅里。

父亲笑着，母亲倒是看了她一眼。

倪老爷子见到她进来，说："小宁，这是你姐夫。"

倪宁睁大眼。距离她知道两个人要联姻的事不过两三天，前几次都没让她叫人，这次叫他们回来还这么说，情况显而易见。

倪宁愣愣地说："姐夫好……"然后沉默地坐在旁边。

人到齐了就开饭，倪健安知道无法挽回，干脆就认了，反正娶的是倪家人，不是别人。

倪老爷子直入主题："婚后打算住哪儿？"

对于自己孙女住的地方，他当然要求苛刻，四季湾只是他的猜测。

傅遇北温声开口："四季湾，如果思喃不喜欢，可以换。"

四季湾是京际开发的，出了名的精致典雅，每栋别墅里还有人工中心岛，再加上花园，当属南城头一份。倪思喃很喜欢那个环境，但是四季湾刚一开盘就被订完了，她想起来的时候压根儿没有了，只能作罢，没想到能因为结婚住进去。

"四季湾挺好的啊。"倪思喃轻咳两声，"这还早呢，而且我的东西都没有搬过去。"

她对自己卧室的要求很高，四季湾那边必然要重新布置一番，不说别的，就衣帽间这一项，恐怕就要耗费一段时间，家里的衣帽间她都嫌小了。

当然，倪思喃也是有一点忐忑的。结婚这件事她并不害怕，但对于未来的婚后生活她是相当期待又担忧。

婚后住在一起就代表要有夫妻生活，倪思喃没谈过恋爱，但没吃过猪肉总见过猪跑，而且他这个男人，和传闻中有一点不一样，确实严谨，但偶尔也会笑，更多时候还是老古板的。

以后过日子会不会也这样？倪思喃思绪转得飞快，这么一想，瞬间没了旖旎心思。

傅遇北早有预料，抬眼和倪思喃对视上，倪思喃抿唇笑了，仿佛刚刚迂回婉转的人不是自己，况且结婚不住一起她也心虚啊。

然而落在倪健安一家的眼里，就是"才结婚就这么明目张胆地秀恩爱，真是气死人了"，倪宁更是差点把勺子咬断。

领证是领证，婚礼是婚礼。倪思喃是倪老爷子的掌上明珠，婚礼自然不能草草了事，所以就定在秋天，这样还有几个月的时间可以准备，比如婚纱的定制、婚礼的举办地，以及要准备的伴手礼还有邀请的客人，都是需要考虑的。

倪思喃也是这么想的，一件婚纱的设计需要不短的时间，制作又是一段漫长的时间，她自然要成为最漂亮的新娘。傅遇北肯定也不会简单对待。

住进四季湾的那天是领证的几天后，倪思喃起了个大早，先让人将自己喜欢的、常穿的衣服打包送到了四季湾，然后去和周未未喝了个下午茶，精致得一如往常。

咖啡厅的老板亲自将咖啡端过来，又送了好几碟水果零食。

"以后再见面得叫傅太太了。"周未未调侃道，"你这声势浩大的，不要两天，恐怕整个南城都该知道你们结婚了。"

"知道就知道吧。"倪思喃不在意。

"待会儿你是不是要去四季湾？"

"是啊，估计那边现在都是大箱子。"倪思喃呼出一口气，"搬家真麻烦。"

她打开自己的衣帽间时，什么都想带过去，平时穿一下就觉得不喜欢的裙子这时候也干脆扔了进去，来运行李的人都惊呆了。

喝完下午茶，倪思喃拎着包上车，到了四季湾中心别墅后，噔噔噔走了进去。

傅遇北还在公司，现在这边只有她在。

被提前安排帮她整理的十来个用人，一等她进门就齐刷刷地叫道："夫人。"

倪思喃差点被吓得后退一步，连忙装作无事般温婉一笑道："你们好。"

用人们很是热情，帮着她将行李打开，把一件件光鲜亮丽的礼服、珠宝首饰等放进衣帽间里。

"夫人真是漂亮。"

"而且打扮也很好，品位真好。"

倪思喃一个人去了卧室，入目是偏冷的色调，但不让人反感，反而很喜欢。她转了一圈，周未未的电话来得刚好。

倪思喃干脆开了视频，抱怨道："太难了，东西太多，搬过来好多，你看到没？还有一半在路上。"

"这不很正常吗？"周未未自己也爱购物，只不过没那么夸张，"快点，让我看看你的婚房。"

"那你可看好了啊。"倪思喃笑了。

她上了顶楼的一个空中花园，居高临下，可以看到整个别墅的构造。周未未想过会很大，但没想过是这样的。

四季湾是京际的，最好的一栋自然留给了傅遇北，室内设计也出自全球知名设计师之手，每一处都充满设计感。

"好家伙，从没想过在一个别墅里还能谈异地恋。"周未未发出由衷的感慨，"羡慕了。"

倪思喃莞尔道："说不定你以后也是。"

挂断电话后，她去衣帽间整理自己心爱的小东西，原本空荡的房间瞬间变得丰富起来，如果拍个视频，分分钟能上热搜。

傍晚太阳落山时，傅遇北回到四季湾，用人往楼上看了一眼说："夫人在上面的衣帽间里。"

"嗯。"

"晚餐已经准备好了，您看什么时候——"

第24章

"几分钟后。"傅遇北留下一句话上了楼。

衣帽间在二楼的里面,靠近走廊窗户,一打开门,里头被射灯照得亮如白昼,玻璃橱窗和珠宝的光交叠相应,绚丽夺目。

倪思喃正站在衣柜边,苦恼怎么收拾,除去自己穿的,还有品牌方送的礼盒,拆开的没拆开的,满满当当。

原本宽敞的衣柜被她的礼服挂了大半,至于傅遇北的西装衬衫就缩在角落里,很是可怜。倪思喃的脚边,好几件衣服裹在一起,就这么落在地上,一点也不心疼。

难怪当初着重说了衣帽间。

"都好了吗?"

听到男人的声音,倪思喃手一顿,然后装作若无其事般将衣架往旁边扒拉了两下,给他腾出那么一丁点地方。

她理直气壮道:"傅叔叔,我东西太多了。"

傅遇北眉梢轻抬道:"应该的。"

明明是这么说,倪思喃却有点不好意思,于是又挑出两件不常穿的礼服扔到一边。

"好了。"她转过身指了指中间那块玻璃柜台,"这里是我放胸针的,你也可以放袖扣。那边是我的首饰,对了你的领夹……"

耳边是女人的絮絮叨叨,傅遇北的视线却落在她脚下,他将袖口翻折挽起,打算替她整理。他是一个有点强迫症的人,看不得这么乱,在公司里,所有的文件都是整齐的,以前他一个人住,东西不多,也是整洁如新,像这么乱,还是第一次。

傅遇北按按太阳穴,轻轻叹了口气,估摸以后这样的场景会经常出现。

他弯腰拎起几条裙子,被它们裹在其中的内衣跟着掉在地上。

"这衣帽间勉强够用吧。"倪思喃说完长篇大论,吝啬地点评着,转头看见傅遇北和他手里的东西,翘起的唇角停住,然后在几秒之内迅速将他手里的内衣拽出来,扔进衣柜,合上柜门,动作一气呵成,行云流水。

倪思喃转过身,微微一笑,应付起这种情况来游刃有余,说:"差不多了,我们出去吧。"

只要她不尴尬,尴尬的就是别人。

傅遇北不置可否道:"晚餐应该好了。"

两个人的话题截然不同,说的话也牛头不对马嘴,目的却相同,都是为了转移话题。

倪思喃"嗯"了一声,上前两步要从他身旁走过。

傅遇北侧过身,视线从她胸前一掠而过,虽然不太明显,但倪思喃能看出他眼里的意思。显然,对于她实际比看上去更"有料",他有点出乎意料的惊讶。

倪思喃要炸了。

第25章

说起来,真正让倪思喃尴尬的事并不多,很多时候她都可以直接无视或者装作若无其事,但在衣帽间里傅遇北的视线让她深吸一口气,怎么会这么惊讶呢?

倪思喃下楼时悄悄看了一下自己,好歹这也是一个优势啊。

两人一路无话,到餐桌前也是分外沉默。

用人是感知情绪变化最快的人,看着新婚小夫妻距离隔得那样远,这才第一天就吵架了吗?以后还怎么得了!

傅遇北察觉到倪思喃的情绪,他本来没把这事放在心上,直到他说话没得到回应,才反应过来,这是生气了?

趁着倪思喃去拿手机,用人小声提醒道:"夫人不高兴,先生可以哄哄的。"

大多数女孩子都喜欢被哄。

傅遇北沉吟片刻,颔首示意自己知道了。

等倪思喃回来,男人往她碗里夹了一块糖醋肉,说:"多吃点。"

倪思喃认真问:"我胖了怎么办?"

傅遇北仔细看了一下，说："没有。"

她的身材足够纤细，匀称漂亮，再稍稍长点肉会更好看。

倪思喃一听心情就变好了，没有什么比说自己瘦更好听的了。心情一好，她的笑容也跟着娇艳起来，有来有往道："傅叔叔身材也很好。"

傅遇北挑了下眉梢。

倪思喃被他看得有点慌，回想起第一天见面的时候，干脆闭嘴吃饭。

晚餐结束后，傅遇北去书房处理公司文件。

现在才刚刚七点，倪思喃和周未未在聊天。

周未未很是吃惊："你住进婚房的第一晚，和我聊天？"

倪思喃百无聊赖道："他去处理文件了。"

周未未更觉得惊讶，这么美好的夜晚，一个男人居然放着自己的娇妻不管，去和公事相处，这还是男人吗？

周未未猜测道："也许是你老公过于克制，毕竟他年长你八岁，面子放不下。"

倪思喃心想有道理。

周未未："姐妹，你难道放着优秀的男人不管，结婚去过尼姑生活吗？多亏。"

倪思喃回复："说什么呢！"

周未未："你和他接过吻了吗？"

她和傅遇北还真没接过吻，连牵手都没有。倪思喃一边有点羞涩，一边又开始担忧未来的幸福生活。

倪思喃向智囊周未未虚心讨教，最后得到了"喝点酒壮壮胆去试试"的点子。

她行动力很快，找到了傅遇北的酒柜。大约这男人有收藏癖好，每种酒都有不同的年份，一排看下来既壮观，又奢华。

倪思喃挑了一瓶大众评价度数不高的红酒。红酒和美人，绝配。

用人要么在厨房，要么在各自房间，早就准备好让新婚夫妻度过一个美好的夜晚，所以客厅里空无一人。倪思喃摸出一个高脚杯，坐在椅子上给自己倒了一杯，先抿了一小口，发现味道很好，于是又多喝了一口，没几秒，又喝了两口。

男人在品酒这方面果然是有天分的，就像女人在买东西上一样。

第25章

倪思喃琢磨了一下,放了一首舒缓轻柔的小调。没人能在自我享受上比得过倪大小姐,她眯着眼,晃着酒杯,慢悠悠地品尝着。至于喝酒的本来目的,早就被她忘得一干二净。

楼梯上传来动静。

傅遇北下楼,率先遇见用人,用人犹犹豫豫地开口:"夫人在客厅里,喝了不少酒。"

倪思喃迟钝地扭过头,看到一个颀长的身形逐渐变得高大,最后停在自己面前。"傅叔叔。"她还没有完全醉,但眼前有点花,说话的嗓音仿佛含了酒似的,又软又腻,叫他的时候格外娇媚。

"喝了多少?"傅遇北眉头紧蹙,往桌上看了一眼,她一个人就喝了小半瓶,难怪脸红。

"就一点点。"倪思喃端着酒杯晃了晃,站起来,冲他挥挥手,笑起来眼睛发亮,"你看,我站得很稳,我没有醉。"倪思喃转了个圈,差点歪倒。

傅遇北不想和她讨论到底醉没醉的问题,伸手把她手里的空酒杯拎出来放好,弯腰道:"要不要去洗澡?"

男人的脸陡然放大,呼吸洒在她脸上,倪思喃皱了皱眉,小声说:"你不要这样说话,好热。"她推了下他,"我要去洗澡。"倪思喃绕过他往楼上走,可能是受酒精干扰,让她遗忘了自己已经不在倪公馆了。

傅遇北看着她歪歪扭扭地往储藏室走,眉心一松,拦腰将她抱了起来。

很轻,也很香。

倪思喃一点也没挣扎,甚至还找了个特别好的位置乖乖躺好,舒服地叹了口气。傅遇北都被气笑了。他本来以为自己处理完文件下来还能和她说说话,没想到看到了一个小醉鬼。

到了卧室后,倪思喃被他放下来,反而不太乐意,揽着他的脖子,蹭了蹭,头发在喉结上摩擦,傅遇北眼神深了深。他低头,看着她微张的红唇,从里面透出来些许酒香,清清淡淡,却让人沉醉其中。

傅遇北放任了自己。

倪思喃反应迟钝，就着他的节奏，下意识地揪住他的衣服，眼前晕得厉害，呜呜出声，好半天才呼吸到新鲜空气。

"没接过吻吗？"男人放过她，贴在她脸颊边，低声询问。

倪思喃好像没听见，脸蹭到他的下巴，感觉到扎人，没忍住笑道："好痒。"

她又一次伸手推他。傅遇北抓住她的手，手腕纤细又柔软无力，很容易就能激起男人的保护欲。灯光昏暗，连带着他的表情也模糊不清。

倪思喃说："我要洗澡。"

大约是真的不舒服，她一连说了好几遍，十分娇气。

傅遇北早在第一次见到她时就知道她有多娇纵，闭了闭眼，抱着她去了浴室，放好热水，说："你自己来。"

倪思喃"嗯"了一声，被雾气熏得清醒了几分，回想起刚刚的事，本来退去的红色又重新染上来。喝酒壮胆，壮别人的胆吗？倪思喃窝在浴缸里，整个人陷在玫瑰味的水中，泡了将近半个小时，又花了半个小时，这才慢吞吞出来。

从身体乳到其他，都是必要步骤，就算有点醉，也不能阻挡她保养自己。

倪思喃对着镜子拍了拍脸，捂住心口，说实话，有点忐忑也有点期待。

倪思喃换了一条新的睡裙，是绀蓝色的吊带裙，小腿一半露在外面，裙摆处有精致的刺绣，显出姣好的身材。

倪思喃走出浴室时，傅遇北早已经洗完澡，正在阳台上和乔路通电话，声音冷淡又平静地说："这件事明天会议上我会提到。"

挂断电话，他转身看到倪思喃站在床边涂润唇膏，身上似乎还携带着水汽，配上绀蓝色的睡裙，雾蒙蒙的很诱人。

倪思喃被他看得心头一紧，放下手中的东西，就近躺到床上，掀起被子盖住自己。"我困了。"声音特地软了起来。

好吧，有一件害怕的事情也没什么大不了的。

倪思喃很会给自己找借口，第一次总是会紧张的，这没什么，人之常情。

她想起周未未的话。

"男人也是分好几种的，有真正的清心寡欲，也有看上去正正经经，实则是个禽兽。你说你老公是哪种？"

倪思喃还记得自己是怎么回答周未未的："我这么个大美人在他面前，都叫老公了，他都没亲我。"

应该是前一种。

周未未并没有下结论，只祝她新婚快乐。

倪思喃当时是么么回应，现在看到傅遇北又动摇了，干脆侧过身背对着他。这个角度，后背的肌肤一清二楚，那双蝴蝶骨尤为显眼，让傅遇北眼神一深。

他不动声色地问："你在家都睡这么早？"

听见他问，倪思喃说："女孩子要睡美容觉的，不然皮肤变差了怎么办？你们男人不懂。"

这话倒不是假的，她平时作息虽然不太规律，但不会熬夜太久，毕竟美是第一，她对自己无瑕的皮肤相当引以为傲。

傅遇北不置可否，走上前关掉灯，只留下床头一盏昏暗的夜灯，然后慢条斯理地解开浴袍带子。倪思喃能听到细碎的声音，不知道是有意还是无意，她总觉得男人的动作过于慢了，好半天也没有躺上床睡觉。

脱个衣服都这么慢的？倪思喃腹诽，难道是不想和她睡在一起？

直到她明显感觉到床的另一侧陷下去，紧跟着，她的肩后有别样的感觉。

男人的吻轻柔缱绻，流连在一处，让倪思喃战栗，翻过身什么也没看到，面前就落下阴影。

"我想，现在睡还太早。"

醇厚低哑的嗓音自头顶落下，没有给她反驳的机会。傅遇北撑在她上方，将她整个人圈在身下，他的气息强势地扑面而来，包裹住她。

"我困了，傅叔叔。"倪思喃还想挣扎一番。

借着旁边的微弱光线，她看见他优越的轮廓线条，凸起的喉结上下滚动。她的呼吸瞬间被掠走，沉溺于此间温柔。

她恣意张扬二十二年，短暂地喜欢过一两个小明星，也毫不避讳地和周未未讨论有关男人的话题，只是对于男朋友的要求高到一个符合条件的都没有，唯

——个未婚夫还被她踹了。

倪思喃不知道是哪里来的想法,在他盯着自己看的时候,叫了一声甜甜的"傅叔叔",又轻狂地改口:"老公。"

很快,倪思喃就明白了放肆的下场。

男人的手掌有些粗糙,触及她娇嫩的皮肤时,她没忍住缩了缩,又被他压住,动弹不得。

这时,倪思喃放在床头的手机铃声响起来。

傅遇北顿了一下,伸手按掉,没过几秒又响了起来,倪思喃看他眉头紧皱,没忍住笑了起来。

他问:"好笑吗,嗯?"

傅遇北尾音抬起,低低的,带着微哑,性感得一塌糊涂。

倪思喃眨眼道:"不好笑。"

现在打电话过来可以说是着实没有眼力,傅遇北的忍耐力再好也有点不快。他盯着她,倪思喃的心开始怦怦跳,再一睁眼,撞进他毫不掩饰的眼眸。

不知道是刚刚前一个称呼过于挑衅,还是后一个让人丧失耐心,察觉到他的目光,倪思喃伸手挡道:"看什么看?"

她的手被拨开,恍惚间,听见傅遇北似乎笑了一下,声音有些沙哑,毫不吝啬此刻的夸奖:"很好看。"

当然好看。倪思喃下意识地扬眉,很快又反应过来,往常令她开心的夸奖这时更是让人羞涩。她掐了他一下,像是报复,又不敢用力,反而带了点引诱的味道。

明明几天前两个人还是普通关系,现在竟然成了夫妻,亲密异常,真神奇。

不知为何,对于傅遇北,她并没有真正作为晚辈的恭敬,好像从一开始他就不一样。从解除婚约到领证结婚,别人可能需要花费许久才能拥有的经历,她短短几天就做到了,到最后,倪大小姐唯一的一个想法竟然是,以后她再也不睡前喝酒了。

腹肌是真的,清心寡欲是假的!

第26章

清晨,阳光缓缓洒在阳台。傅遇北的生物钟让他准时醒了过来,一睁眼就看见身旁的女孩安静地睡着,睫毛长而翘,只不过睡姿有点不太雅观。

倪思喃是趴着睡的,一条腿搁在他的身上,长发凌乱地散在枕头上,肩上搭着薄被,可能是后半夜乱动滑下了不少,半个肩膀清晰地露了出来。

傅遇北伸手,指腹蹭过蝴蝶骨。

"干什么呀……"倪思喃嘟囔了一句,翻个身继续睡,仿佛还是以前一个人占据全部床的时候。

傅遇北起身去洗漱,大约过了几分钟,倪思喃才悠悠转醒,躺在床上看着天花板发呆。昨天晚上她不记得什么时候睡的,只记得最后是他抱着自己去浴室的,她好像睡着了?

听起来有点不争气,倪思喃不可置信,自己居然这么容易就妥协了?

他也会叫她咩咩,这个称呼很普通,却偏偏被他一叫,让人又羞涩又有点情动。倪思喃面无表情地想,大概是他人好看声音好听。

她深吸一口气想让自己不要再回忆昨晚，门突然被推开，倪思喃条件反射般看过去，下意识地坐起来。

"醒了？"傅遇北神色淡然，随后看向她，视线停留了一瞬。

倪思喃缓慢地反应过来，低头看了自己一眼，耳后一热，唰地一下把被子拉上去。

"衣服。"她皱了下眉，伸出胳膊。

傅遇北把衣服递给她，又问："需不需要帮忙？"

倪思喃瞪了他一眼，"哼"了一声，说："我自己可以。"

傅遇北理解她的小脾气，对别人来说这可能是缺点，对他来说，反而是他接受并喜爱的地方。

等他打完电话回来，倪思喃已经下了床，正赤着脚站在地上。

理智回笼之后，倪思喃才想起来，她已经结婚了。

阳台窗半开着，与此同时，男人的气息不动声色地充盈了整个卧室。傅遇北将电话扔在床上，从背后拥过去，吻在她的背上，引得怀中人轻颤。

倪思喃一惊，却挣脱不开他的胳膊。好在他并没有进一步的想法，等他一松手，倪思喃就往前走了好几步，迫不及待地进了洗手间。

傅遇北站在原地，目光停在被大声合上的玻璃门上。

洗手间里很亮堂，倪思喃昨晚进来时还不太清醒，现在认真打量一眼镜子里的自己，一下子捂住了脸。

这个男人真是一点都不知道怜香惜玉。倪思喃一边抱怨，一边又脸红得不行，把所有的过错都推到了那瓶红酒上，说不定她喝的是假酒！

倪思喃给自己做好心理建设，慢吞吞地洗漱、护肤，再怎么样，对她来说美丽是最重要的，她在里面磨蹭了四十分钟才出来。

房间里空无一人，床还没有整理，凌乱不已，倪思喃已经学会了无视，坐在床头打开手机。她记得昨晚有人打电话来。

未接电话里显示着"傅成川"的名字，倪思喃啧啧两声，估计他是知道情况了。

怎么办？我现在是你婶婶。倪思喃觉得自己下一步可能要成为童话里的"恶毒后妈"，而傅成川则是被虐待的"白雪公主"。

当然，他也不白。

一下楼，就闻到了餐厅里传来的香味。

过了一晚，倪思喃是真的饿了，噔噔噔地跑到餐厅，看到傅遇北坐在那儿慢条斯理地吃东西，于是放慢脚步，大方又端庄地坐在他对面。

早间新闻正在播放，播音员字正腔圆地播报着最新消息，听得倪思喃一愣一愣的。

傅遇北抬眼道："早。"

倪思喃故作淡定地抬起下巴，说："早。"

脱离了先前的羞恼，她此刻又成了骄傲自信的白孔雀，一举一动都精致优雅。

早餐很丰富，中式西式都有。傅遇北喝着粥，倪思喃则在给面包抹酱。

汤匙与碗碰撞间，响起男人波澜不惊的声音："还以为你早上不吃了。"

"养生嘛。"倪思喃轻轻弯唇，将一旁的水杯推过去，眨着眼关怀道，"傅叔叔，要不要给您加点枸杞？"

刚送东西过来的用人连忙低下头，这一大早就刀光剑影的，让人害怕。

傅遇北看了得意扬扬的倪思喃一眼，关掉新闻，不急不缓道："你觉得要吗？"

似在询问，却又不是这个意思。倪思喃觉得再说下去自己说不定要败下阵，吃完之后马不停蹄回了楼上，连个眼神都没留。

傅遇北倒是不慌不忙，十分钟后才上去。

倪思喃已经换好了衣服，正坐在沙发凳上和周未未聊天。

周未未："哦，我以为你早上起不来呢。"

倪思喃："啊？"

周未未察觉不对，赶忙撤回，安抚姐妹："我的意思是你一向爱睡懒觉。"

以为撤回就看不到了吗？倪思喃"哼"了一声，拿起手边的项链，顺手发了一条语音过去："你对我有什么误解？"

半天没有回应，直到倪思喃将项链戴好，周未未的消息才姗姗来迟："宝啊，我给你捎点金嗓子吧。"

倪思喃迟钝地反应过来她的意思，气得发了一句不要，然后又听了听自己的语音，好像是真的有点哑。怎么之前没发现？傅遇北也没发现，还是发现了没提醒她？

倪思喃正胡思乱想，见傅遇北推门而入，得益于昨天倪思喃的"大方"，他的衣服有了不小的地方可以放置。

他当着她的面开始换衣服。倪思喃一开始还想着避开，后来想通了，他自己都不害羞，她害怕什么？

他身材很好，精瘦有力，尤其是腰。倪思喃仿佛坐在T台下方的时尚评委，正大光明地打量起来。

男人站在镜子前整理衣服，神情淡漠，严肃地系上一个个纽扣，等最后一颗系好，又恢复了严谨斯文的样子，和昨晚判若两人，果然衣冠楚楚。

傅遇北从镜子里清楚地看到倪思喃的表情，一会儿赞赏，一会儿皱眉，很是生动鲜活。他转过身，垂眸看她。

倪思喃仰着头，故作坦然地询问："傅叔叔选的衣服不错，哪个牌子的？"

"忘了。"傅遇北从玻璃柜里选出一条领带，又重新站回去，毫不留情地给了两个字。

"哦。"

"你要是想知道可以问林妈。"

谁要去问啊，就是一个话题而已，怎么堂堂京际傅总还分辨不出来她的真实意图吗？倪思喃闭了闭眼，想起周未未的话，闭嘴护嗓，将唇抿成一条线，径直走到镜前整理，没有说话，用眼神示意他让开别挡着。

她皮肤白，这会儿因为生气又沾了些绯红，像天生的桃粉腮红，整张脸艳丽又明艳。

傅遇北居高临下，毫不掩饰地看着她。

视线这么明显，倪思喃怎么可能忽视得了，从镜子里看着他问："傅叔叔，你是不是觉得我很好看？"

傅遇北没隐瞒，颔首道："嗯。"

倪思喃下巴轻抬，虽然没说话，但透出来一个意思——就让你再多看两眼。

过了一会儿，她问："你怎么不去公司？"

傅遇北低头道："等你。"

不知道为什么，这两个字落在倪思喃的耳朵里，又像他昨晚叫她咩咩一样，性感又惑人。

等是真的等。

倪思喃最后拿了一条丝巾系在脖子上，她今天穿了衬衫和阔腿裤，倒是利落飒爽。和她相比，傅遇北就和往常一样。

乔路三分钟前到了别墅外，他不急，等了一会儿看到自家老板和新上任的老板娘一起出来。

"先生，夫人。"

倪思喃一脸温柔道："早上好，乔特助。"

她心想也要给自己安排一个助理，全程服务，像傅遇北一样只要享受就行。

京际偌大一个集团事务很多，再加上今天早上迟了一个小时，乔路汇报的东西更多。

倪思喃觉得这些很枯燥，所以在和周未未聊天。两个人不约而同地掀过了早上的话题，转向另一个很刺激的新话题。

周未未："傅成川昨晚半夜给你打了两个电话？我已经脑补一部电影了。"

一朝醒来发现自己的前未婚妻成了自己的婶婶，打电话过去又刚好是新婚夜，被挂断了，好一出狗血戏码。

倪思喃思忖着回复："你说下次见面，我是直接让他叫婶婶，还是干什么呢？"

这也是一种烦恼。

周未未没回答，而是问："对了，是你老公挂断的，他知道是谁打来的吗？"

倪思喃想了想，应该是不知道的。

两个人聊得兴起，乔路从后视镜往后看了一眼，自家老板在看文件，老板娘在玩手机，两个人中间还能放下一个小孩。

乔路赶忙收回视线。

"先前分公司举办的新风设计比赛海选结果已经出来了，总共入选五百人，那边将作品都发了过来，半个月后会进行初赛，您要看看吗？"

倪思喃耳朵尖，捕捉到新风设计几个字，这不就是之前辛禾告诉她的那个比赛吗？她还让员工参加来着，至于主办方她并没有在意，只让辛禾确定没问题就可以。

倪思喃扭头道："那个设计比赛是京际举办的？"

傅遇北偏过头道："怎么了，你有想法？"

倪思喃说："没有。"

现在他们结婚了，那不就是参加自己家里举办的比赛，如果得了第一，到时候会不会被说有黑幕？倪思喃胡思乱想着，没有说出来。

等她理清思路，看到傅遇北的目光停在一个地方，发现他不是在看自己，顺着他的视线看过去——手机屏幕还是和周未未的对话界面，因为消息频出，并没有息屏，聊天内容被看得明明白白。

周未未："倪咩咩，傅先生会因为小娇妻而冲冠一怒，将打扰你们的罪魁祸首外派吗？"

周未未："我觉得非洲挖矿很不错。"

周未未："美洲也是一个不错的选择，你觉得呢？"

她不喜欢傅成川，所以对他也不留情。

周小姐平时闲来无事喜欢看点霸道总裁小说打发时间，这会儿正是脑洞大开的时候，说得停不下来。

倪思喃顶着傅遇北的视线，思索着怎么回复才能挽回自己和小姐妹的形象。半晌，她垂眸打出一行字："未未，你一定是被那些广告毒害了思想。我老公是这样的人吗？"

一秒钟后，周未未缓缓发过来一个问号。

第27章

　　如果时间可以倒退，倪思喃觉得自己绝对不会和周未未聊起这个话题，或者一定记得把手机锁屏。当然，要是她没上傅遇北的车，就更不会有现在的情况了。

　　倪思喃看似在发呆，实则开动自己聪明的小脑袋，思考怎么才能显得她们的对话有质量一点，但好像怎么想都是不行的。

　　傅遇北将目光从手机上移到她脸上，淡淡地看着，没有开口，但倪思喃觉得他在询问自己——你小姐妹的提议你喜欢哪个？

　　倪思喃其实……两个都喜欢。

　　也许是多年来的默契让周未未在短短几秒间联想到了倪思喃转变之大的原因，她很快有了反应，老公在身旁是吧？

　　周未未："哎，我不就是小说看多了嘛，小说里总裁都是这么做的，傅先生比小说男主还男主。"

　　她快速找了个小说链接发过去，推荐道："这个很好看的，你看看。"

　　周未未："刚刚我错了，我错了。"

好歹挽回一下自己之前的形象。

周未未摸了摸额头，上午不是应该去各自的公司吗，怎么这两个人还在一起？难不成今天倪思喃要去京际摆老板娘的架子？

果然是自己的姐妹，倪思喃对她的救急能力感到十分满意，她露出无奈的表情，柔声解释道："未未平时就爱看这种小说。"

寂静片刻，傅遇北开口："我想，周小姐的第一句话应该是很清晰明了的。"

显然他是要追究的。

倪思喃瞪了一眼，难不成是真的对这件事不满？好像也是，要是购物被打断她也会不高兴，但这件事怎么说都有点尴尬。

"又不是我叫他打电话过来的。"倪思喃一点也不心虚，"而且是你自己挂的。"

可别想甩锅给她。

傅遇北垂眼道："所以是谁？"倪思喃还没开口，他又吐出两个字，"男的？"

这么问好像有点捉奸的感觉呀。

倪思喃点点头，正色道："要不你自己看，可能是你侄子打电话过来恭喜我们新婚快乐吧。"

傅遇北是真被逗乐了。

倪思喃"哎"了一声，也不知道是故意的还是无意的，说："怎么说都是你侄子，傅叔叔别在意。"

"嗯。"傅遇北漫不经心道，"我没那么小气。"

他当然不小气，他只是小心眼而已。

倪思喃狐疑地看他一眼。她只是口头委婉劝一下，又不是真的让他不在意，这男人也太不上道了，当然要在意啊！

车内只余下舒缓的音乐声。

倪思喃小声嘀咕："小气一点也是可以的。"

傅遇北听得清楚，挑了挑眉。

倪思喃这时才想起来关键点，问："你家里人都知道我们结婚了吗？"

"之前不知道。"傅遇北指尖点了点，看向她，"现在应当都知道了。"

第27章

不然也不会有打电话这一茬。想必是昨天倪思喃的行李从倪公馆搬到四季湾的动静过大,被注意到也是很正常的事。

倪思喃问:"那有家庭聚会吗?"

傅遇北说:"没有。"

倪思喃"哦"了一声,她还想摆婶婶的谱呢。

傅遇北慢条斯理地将文件翻过一页,不紧不慢地说:"会让他们过来的。"

倪思喃眨眼道:"是不是有点不好啊?"

"不然还要我去请?"

倪思喃认真思考了一下,觉得他说得有道理。不知道傅成川会不会来,应该会的,就是不知道他是什么心情。

车停在南山路,倪思喃迫不及待地下车,笑眯眯地挥了挥手,转身利落地进了Muse工作室。

第一天坐老公的车上班,经历不太美好。

玻璃门后好几个员工紧紧盯着那辆车,等到倪思喃下车往这边来,连忙退开。

倪思喃问:"你们在干什么?"

几个女孩对视一眼,问:"老板,刚刚是您男朋友吗?"

"还送您上班,感情真好。"

"对啊对啊。"

倪思喃不知道她们从哪儿看出来的感情好,她和傅遇北认识几个月,结婚才几天,甚至说闪婚都不为过。

"那是我老公。"倪思喃对于这个词并不排斥,说起来相当顺口,"行了,都赶紧工作。"

她推门进入办公室,走到一半停下来,说:"辛禾,把设计比赛的事整理好汇报给我。"

辛禾现在可以说是这个店的副店长,一应事宜都是她负责,倪思喃也很信任她,琢磨着要不要让辛禾当自己的特助。成功的人都该有这个标配,她有司机,有豪车,配上辛特助就非常完美了。

几分钟后，辛禾带着文件进来。

"咱们工作室的设计师都进海选了，初赛的时间是三天后，十天后是复赛，月底就是决赛。"

"听上去时间挺紧的。"倪思喃坐在椅子上转了个圈。

"是有一点，不过我们都习惯了。"辛禾抿唇笑道，"紧也可以督促我们不要拖延。"

倪思喃勾了勾唇角，问："辛禾，你要不要当我的助理？"

辛禾："啊？"

倪思喃将笔搁在桌上，说："你可要想清楚了，做我助理麻烦事多，但是工资也高。"

大话放出去，问题来了，她是第一次招助理，不知道多少工资合适。

倪思喃趁辛禾思考的时间，连忙给傅遇北发消息："乔特助的月工资多少？"

傅遇北回她："税后十万。"

倪思喃看到答案惊了一下，没想到乔路看起来好像没干什么，其实工资这么高。

傅遇北："不包括奖金。"

倪思喃："那乔特助是个有钱人啊。"

傅遇北唇角微勾，将乔路的学历还有主要工作内容简单总结了一下，发过去。

坐在一旁的几个经理看到傅总好像笑了，但又不是听汇报笑的，他们默不作声，陷入沉思。

倪思喃知道乔路优秀，但没想到他的履历这么好，果然能在傅遇北身边坚持下来还让他满意是一件不容易的事，这工资开得并不夸张。

倪思喃抬头道："辛禾，你愿意吗？"

辛禾握拳道："我愿意。"

倪思喃试探着出声："那你觉得工资多少合适？"

辛禾还真不知道，说："现在的就可以吧。"

"怎么这么没追求？"倪思喃可不是苛待自己人的性格，"要不给你八万吧。"

辛禾睁大眼，她幻听了吗？

要不是知道辛禾的性格，倪思喃还以为她嫌少，解释道："当我助理要做很多事的，比如……"

她干脆把傅遇北发的原话读了一遍，拿来主义果然很简单。

倪思喃大手一挥道："就这么决定了，等明天合同起好咱们就签，以后你就是辛特助了。"她递出去一张纸，"现在呢，我们的第一件事就是设计比赛，我想在决赛里看见我们工作室的人。"

京际集团旗下的比赛，她作为老板娘，要是一个设计师都没进，还开什么工作室？多没面子啊，倪思喃不允许。

等辛禾离开后，周未未的电话紧接着而来："哔哔啊，你应该从你老公车上下来了吧？"

"我在工作室。"

"那就好。"周未未松了口气，"对了，你结婚的事有几个人猜到了，都来问我你怎么突然搬去四季湾了。"

倪思喃不甚在意道："知道是早晚的事。"

周未未说："你昨天搬到四季湾的动静那么大，孟芯闵还在到处打听你是不是在四季湾买了房。"

两个人忍不住笑起来。以孟芯闵的性格，要是猜到她买了四季湾的别墅，恐怕下一步计划就是也要买一套了。

当然也有几个人看见那些箱子去的是傅遇北的房子，但他们不敢随便猜测，那可是傅遇北，而且还是倪思喃前未婚夫的叔叔，万一猜错了多尴尬。

其实，结婚之后倪思喃发现自己的生活没有多大变化，还是正常上班，只不过回的家变成了四季湾而已。

傍晚四点半一到，倪思喃这个老板比谁都积极，招呼道："下班了下班了，都回家去吧。"

她还要和周未未约会。

距离领证已经过了将近一个星期，蒋谷已经清楚认识到自己的身份，喊小舅妈三个字也面不改色，这让倪思喃觉得没趣。

蒋谷说："说是新出了几个菜品。"

倪思喃问："你请客吗？"

蒋谷皱着脸，苦大仇深道："要是我小舅妈请客，我也不介意，我最近好穷，我小舅那么富有。"

怪不得叫得这么好听，原来是卖惨来了。

蒋谷自然不可能让两个女孩子付钱，也就是随口一说。

周未未显然还对之前的事战战兢兢，嘀咕道："你晚上和我们玩，你老公知道吗？"

倪思喃说："不知道。"她拍了拍周未未的头，"我就是出来吃个饭，多大点事，说得我好像夜不归宿一样。"

就算夜不归宿，只要没做不好的事就没什么。

周未未没回答，倪思喃正奇怪着，就看见她指了指前方说："你看，那像不像你老公？"

她看过去，背影是很像。这才五点，堂堂傅总早退了吗？

蒋谷眼睛一亮，小舅在就好啊，他可以免费蹭一顿饭。

"小舅！"

不远处的男人转过身，露出清隽的面容。

宁园这条走廊在室外，灯是古典制式，朦朦胧胧的，像是古代的花灯，配上院里的花草很漂亮。傅遇北容貌清越，加上挺拔修长的身形，单单站在那里就足够吸引人的目光。

他向这边望了一眼，目光越过走廊，落在俏生生站在周未未一旁的倪思喃身上。

倪思喃心头一跳，踩了蒋谷一脚。

好家伙，新婚夫妻饭店相遇竟然毫不知情。

陆运看看倪思喃，又看看傅遇北，笑眯眯地邀请他们。现在还能怎么办？

当然是一起吃饭了。

倪思喃一派淡定，俨然一个优雅大方的大家闺秀，礼仪得体，为他们彼此做介绍。

"我还没来得及恭喜你们。"陆运举起酒杯，"没想到傅总比我们动作都快。"

饶是倪思喃再淡定，也有点脸红。

傅遇北早就清楚他们的脾性，漫不经心地开口道："说两句就够了，别得寸进尺。"

陆运立刻挤了挤眼，过了一会儿，又好奇道："说起来，你们到底哪天结婚的？我记得之前谁还传了一张照片。"

倪思喃很容易猜到可能是领证那天的照片，她是一个在外面精致到底的人，生活是必须要完美的。就算现在和傅遇北感情并不深厚，倪思喃也能装作恩恩爱爱的样子看一眼傅遇北，轻轻弯唇道："我们上周领证的。"

傅遇北和她对视，眉梢轻扬。

陆运露出了解的表情，说："那之前传的遇北陪你一起买衣服是真的，我还以为是什么人编排的。"

大家都看过来，傅遇北是什么性格他们都清楚，居然还能不上班陪着倪思喃去买衣服，着实让人震惊。

倪思喃觉得他们的脸上都写着"这对新婚小夫妻真是甜蜜呀，领证当天还一起逛街"，虽然好像没什么问题，但被他们这一看，倪思喃感觉怎么那么不对劲呢。

得益于新婚，吃完饭后傅遇北和她一起离开。

已经临近八点，夜色浓郁，车里开着冷气，外面很燥热。倪思喃想着今天陆运的话，盯着车窗发呆，回过神来正好看到男人的侧影。这么一看，鼻梁真挺。

倪思喃正悄悄和自己的鼻子做对比，猝不及防听到傅遇北的声音："今晚还好吗？"

"第一次以傅太太的身份出席，还好。"倪思喃给出最佳答案。

傅遇北解开衬衫的第一颗纽扣，单手松了松领口，一个寻常的动作被他做得风流诱惑。

　　倪思喃还要继续说，看到他的动作闭上了嘴，不禁想起网上那些追星女孩，看到自己偶像的照片，只能发出"啊啊啊"的尖叫。

　　傅叔叔比起那些明星也不差。

　　似乎是有感应，傅遇北的动作停顿一下，修长的手指搁在领口，忽地望向她。

　　快解啊，倪思喃心里蠢蠢欲动，好歹让自己一饱眼福，怎么说也不亏。

　　不过倪思喃面上很矜持，对他温柔一笑，准备说两句贴心的话，没想到男人的手覆上她放在腿上的手。

　　"别急，快到家了。"

第28章

傅遇北说这句话的时候,声音有点低,很平淡冷静,只是在车里这样的空间却暧昧起来。

倪思喃一时半会儿没反应过来,她急什么?直到几秒后,才惊醒,理解了傅遇北的意思,又是恼又是羞,立刻抬头看他,认真说:"我不急。"

真的不急。

傅遇北"嗯"了一声,说:"你不急。"

这下倪思喃觉得急了,误解自己的意思还敷衍她?她重复道:"傅叔叔,我真的不急。"

傅遇北看着她真诚的大眼睛,认真思索道:"我以为你刚刚一直看着我……"

剩下的话他没说出来。

倪思喃想起自己的手,毫不留情地抽走。赶紧解你的扣子去吧,话这么多。她就是想看看而已,没看到还被调侃了。

手机响起来,傅遇北看了一眼,接通,倪思喃没听见对面说了什么,只听到他淡声说："你知道怎么处理。"

乔路说："有人不愿意,想提价。"

傅遇北眯眼道："随他去。"

乔路心头一凛："好。"

倪思喃听得不明不白,轻咳一声,正大光明地打听道："怎么,有人做了什么吗?"

"被拍了。"傅遇北没隐瞒,言简意赅地总结。

倪思喃愣了一下,回过神来,估计是他们出宁园的时候被拍了照片。

"拍了就拍了,又不是见不得人。"倪思喃相当不在意,又问,"把我拍得好看吗?"

这才是她最关注的。

傅遇北侧过头看她,没有说话。

看他这样,倪思喃心下一沉,担忧道："是把我拍得很丑,还是把我拍成了一米五?"她越想越害怕,连忙加快语速,"要是这样,赶紧把照片买下来,多少钱都要买。"

再美的脸、再好的身材也怕差的摄影师,更何况是只追求爆炸新闻的记者。

她惊慌的样子很可爱,傅遇北低笑一声。

倪思喃瞪着他问："笑什么?"

傅遇北温声说："不用担心。"

倪思喃说："怎么不担心,这是天大的事,拍丑了以后孟芯闵见我就有了挖苦我的地方了。"

她才不容许这样。

傅遇北等她噼里啪啦说完,才耐心开口："乔路看到照片了,并没有什么。"

"哦。"倪思喃眨眨眼,想起自己刚刚焦急的样子,"嗯"了一声,莞尔道,"那就好,傅叔叔你真是的,不早说。"

这两副面孔转换得极快。

傅遇北幽幽道："毕竟你说话太快了。"

说话快也是错喽?

接下来的一路,两个人都沉默寡言,至于司机,就更装作自己不存在。

回到家里已经是八点半,倪思喃一下车就直奔家门,她觉得自己要离傅遇北远一点,说不定急的是他。

她越想越觉得有可能,都说自己在想什么的人看到的就是什么,更何况她这么优秀。傅遇北被落在后面,步调不急不缓,看着她远去的背影,嗤了一声。

用人连一句夫人都没来得及说出口,眼前就没了人。

她有点蒙,还没想清楚,后头的先生悠悠进了玄关,淡声吩咐:"准备两杯柠檬水。"

"是。"

楼上传来倪思喃的声音:"来个人放水,我要洗澡。"

十分钟后,她很惬意地躺在浴缸里,水上漂浮着她最爱的玫瑰花瓣,弥漫着浓郁的香气。旁边的窗户是玻璃的,可以看见外面的夜空。

倪思喃昨天没注意,现在才发现这里的风格她很满意,手往上抬了抬,撩水泼了一下,白皙的肩头从水中露出,一片绯红花瓣粘在上面。

倪思喃闭上眼,将傅遇北骂出地球,至于以前在他面前乖乖巧巧的样子,已经被她忘得一干二净。

洗完澡,倪思喃回到房间。

用人正好在整理,见状连忙将柠檬水端过去,轻声说:"先生让准备的。"

倪思喃心想还挺贴心,拿起手机,有好几条未读消息,是半小时前周未未发的,询问她到家没有,大概是没得到回复,就发了个表情。

看到那个表情,倪思喃发了三个点。

周未未大概在玩手机,秒回:"原来你还没睡呢,我以为你的夜生活已经开始了。"

倪思喃:"你看看时间。"

周未未:"天黑了就是夜。对了,金嗓子我买了但忘了给你,算了,说不定你明天还能用上。"

周未未:"我去洗澡了。"

她又发了一连串的哈哈哈,然后装作去洗澡,怕自己被倪大小姐深夜追杀。洗澡就是个万能的借口。

倪思喃清清嗓子,又低声嘀咕了两句,确定嗓子依旧动听之后,才心满意足。至于今晚,她要好好睡一觉。

说去洗澡的周未未十分钟后又偷偷出现,打电话说:"哞哞,有个人找上我,说拍到你和傅遇北的照片了。"

倪思喃来了兴趣,问:"照片怎么样?"

这是从傅遇北那里没搞到钱,转而找到她这边来了——当然也可能是想两边的钱一起赚。

"我没看见,他神神秘秘的。"

"那就别理他。"

周未未有些惊讶:"你不买下来吗?"

倪思喃不甚在意地开口:"回来路上他也找我老公了,我老公说照片没什么,不用管。"

"你叫得好顺口啊。"周未未的关注点向来与众不同。这才一星期吧,就能"我老公"地叫,她心情很复杂,这可以算作是明晃晃地秀恩爱吗?

倪思喃被她这么一说,反倒罕见地有点害羞,压低声音说:"那不然叫名字吗?被他听到了不好。"

周未未说:"懂了懂了。"

倪思喃确实不怎么担心,傅遇北总不至于骗她,她将这事抛到脑后,坐在梳妆台前精心地护肤。这是每天必不可少的行为。

涂完眼霜后,房间门被推开。

倪思喃都不用扭头看,能进卧室的也就傅遇北一个,或者换个称呼,她的丈夫。

一个人睡惯了,和另一个人住一起其实很容易不习惯,她以前最多也就和周未未旅游时一起睡过。

好像整个房间里都有傅遇北的味道。倪思喃呼出一口气,其实怪好闻的,就是有点容易让她脸红。

她从化妆镜里看向身后的人。男人身形颀长,即使穿着浴袍也透着慵懒。

"傅叔叔,你们公司那个新风设计比赛到时候决赛录节目,你会去看吗?"

"不会。"

"我还以为你会去。"

"这么小的一个比赛用不着我操心。"傅遇北说着,视线落在她身上,"怎么问这个?"

"就是好奇。"倪思喃随口说。

十分钟前,倪思喃站在衣帽间,流下悔恨的泪水,暗自发誓下次一定要买点非吊带裙的睡衣。

最后她选了一件白色的,带着蕾丝边,心想这么纯情的装扮说不定能让他有点负罪感。

当然,傅遇北对此一无所知。他只觉得自己的小娇妻衣服很多,一天换一件睡衣而已,并不稀奇,都很好看。

倪思喃做完最后一步,站起来,此时的傅遇北身上氤氲着淡淡的水汽,房间里一时间安静得有点可怕。

倪思喃主动打破沉默:"今晚不用处理文件吗?"

明明是纯白的睡衣,随着她的走动,裙摆在小腿上晃动,无端显出点风情来。

傅遇北凝视着她,眼眸漆黑,看不清里面的情绪,开口道:"不用。"

两个人之间的距离不过两步,倪思喃被他看得有点慌,转身要去关灯。

她的手才触到开关,另一只修长的手伸过来,不仅将她的手腕抓住,还将她圈入怀中,扑面而来的荷尔蒙裹住她。

"傅——"

话音未落,傅遇北的吻落在肩后,有些凉,让她不禁颤了一下,连话都止住了。

倪思喃觉得他似乎对自己的后背情有独钟,昨晚她就这么觉得了,她知道男人的手多次停留在她的蝴蝶骨上,难不成就这么喜欢她的蝴蝶骨?

倪思喃回过神,轻轻挣扎,想跟他好好说说,可男人压根儿就不给她开口的机会。

不过他的动作很轻柔。倪思喃最受不了这种,像温水煮青蛙一般,温柔又缱绻地逐步令她深陷。

倪思喃如坠云端,朦胧间睁开眼,看到傅遇北眼睛里自己的倒影,美得惊人。

傅遇北拉下她的手,唇贴近她的耳边,呼吸都洒在耳朵上,酥麻发痒:"看看。"

倪思喃羞恼地推他,樱桃红的指甲映在肌肤上。

翌日清晨,倪思喃迷迷糊糊地睁开眼。窗帘早就拉上了,整个房间昏暗得看不见其他东西,她意识没回笼,以为还是晚上。

放在床头的手机振动两下。倪思喃将脸埋在枕头里,头发散落,清醒了几分之后才伸出胳膊去摸手机。

是周未未发来的消息。

周未未:"你老公上热搜了。"

周未未:"好家伙,我是明白他为啥跟你说没什么了。"

第29章

可能是没等到回应,所以周未未没发链接。不过都上热搜了,倪思喃打开手机就能看到摆在第一位的傅遇北三个字。居然还能上第一?倪思喃忍不住转头看向身旁的男人,手机光映得不清楚,但轮廓非常分明。

倪思喃鼻子里哼出一声,飞快地点进热搜,是一条转发超三万评论过五万的热门帖,不仅有劲爆的文案,还有配图。

"京际集团傅遇北与神秘女子共进晚餐,结束后,二人一同乘车离开,疑似同居!"

还挺真实。倪思喃点开配图,因为是晚上拍的,所以照片里的人没有那么高清。她算是知道为什么傅遇北不担心了,因为照片里的傅遇北被拍得身形修长挺拔,俨然男模身材,气质矜贵无比。而倪思喃也是小脸细腰,长发挡住了一部分脸,白得似乎发光。最特殊的是两个人的站位。因为照片里他们离得不近,可以说是一点也不亲密,如果不是被拍到进同一辆车,恐怕看不出来二人有关系。

倪思喃回忆了一下,当时她好像还在因为自己和未未的晚餐却要和他们一起吃而生气,甚至还对着他的后背做鬼脸来着。

倪思喃放大照片来来回回地看,还好,没有把自己的面部表情拍下来。

其实两个人的脸都拍得很糊,她依稀能分辨出自己优越的五官,觉得很满意。她点开评论,想看看这种"高糊图"是怎么吸引来好几万网友评论的。

"同居?看不出来啊,女方是谁?"

"是不是已经结婚了啊?"

"上次不是有人说傅遇北结婚了吗,那这是出轨?"

"身材不错啊,傅总眼光很好。"

"我看着这腿像王茗。"

"是吗?被你这么说我看着也有点像。"

"怪不得王茗资源那么好,原来是傍上金主了啊!"

倪思喃很不高兴。她当然知道王茗,是个最近经常出现在娱乐新闻里,清纯出道,但演技一般的小明星。这能和自己比吗?倪思喃翻了个白眼,大清早地愣是被气清醒了,干脆打算直接关了手机。

只不过返回的时候手往下滑了一点,第二条热门帖是转发刚才那条的,说:"主要是他们离得那么远,出轨不太可能吧,说不定是'塑料夫妻'。"

这条帖子得到了一万多个赞。

倪思喃关了手机,躺在床上准备睡个回笼觉,倒是傅遇北醒了,动作轻缓地下了床。

倪思喃还在思考热搜的事,她知道他们不敢明说的缘故,她是出了名的脾气差,又有傅遇北在,他们肯定不想惹事。

五分钟后,倪思喃猛地坐起来。

傅遇北刚从浴室出来,看见她的表情,停住长腿,思忖着问:"不舒服?"

倪思喃问:"王茗和我长得像吗?"她还是觉得不快。

"不认识。"傅遇北淡淡开口。他换了家居服之后,整个人显得优雅随意了许多。

不认识?倪思喃惊讶道:"傅叔叔你不看新闻的吗?"

不过这个回答还是很让她开心的,对于自己的人,她还是很有占有欲的。

傅遇北望着她道:"我看财经新闻。"

倪思喃气鼓鼓地说:"那你估计不知道,你都上热搜了,还说照片里的女人是王茗。"

傅遇北一顿,算是明白她为什么不高兴了。以她对自己美貌的自信,被说和别人像,怕是能气到一夜都睡不着。傅遇北安抚道:"她不像你。"

倪思喃说:"没看就知道不像?"

傅遇北"嗯"了一声,说:"想来也没人能比得上你。"

不得不说,这句话倪思喃相当满意,瞬间扫去心头阴霾,这男人太会说话了。倪思喃一高兴起来,做什么都随心所欲,洗漱之后还邀请傅遇北一起下楼吃早餐,这副场景落在用人眼里,宛如一对蜜月期的恩爱夫妻。

当然,他们的确还在蜜月期。

等倪思喃到餐桌旁时,用人们连忙低下头,有点脸红。

倪思喃本来不在意的,被这么一搞,也有点尴尬。她偷偷瞪了一眼傅遇北,恰巧傅遇北也在看她,他说:"你们出去吧。"

用人们纷纷离开。

因为今天的热搜,乔路准时打来电话,言下之意是公关部已经准备好了,等着他说怎么处理。傅遇北舀了一口甜汤,淡声说:"稍后我会说。"

乔路说:"是。"

倪思喃坐在对面,光明正大地听着,反正结婚时傅遇北送了她京际的股份,怎么说她现在也是股东。当然她对参与京际的事没什么兴趣,只等着每年拿分红。

挂断电话后,傅遇北看向对面,清晨这样的时段,她吃东西时的模样就显得很优雅。

"看什么看?"

傅遇北没说话,低头吃早餐。

倪思喃回过味来,有点警惕,将睡裙往上拉了拉。餐厅里只剩下汤匙碰撞的声音。

吃完早餐，两个人一前一后上了楼，倪思喃在思考今天要穿什么，衣服太多，选起来也很艰难。最后她选了一件灰青色的裙子，这还是年前去米兰定制的，回来之后就没穿，颜色很显白。

周未未这时打来电话："咩咩看到新闻没？"

"看到了。"

"这一届网友都什么眼神啊，居然说你像王茗！"周未未终于找到机会吐槽。

娱乐圈里大大小小的八卦，她们基本都清楚，就那么点事。早上看到新闻时周未未就去骚扰了蒋谷，蒋谷半睡半醒间给她科普了那些八卦。

谷谷太难了。

倪思喃被周未未逗乐了，笑眯眯地夸道："未未你真可爱。"

"咩咩你怎么了？要是之前你肯定要不高兴的。"周未未嘀咕道，"难道结婚真能转性？"

倪思喃被这么说确实心虚，总不能说是傅遇北的夸赞让她驱散了那点不快乐吧，这样显得自己多没节操。

衣帽间门被推开。

倪思喃耳朵尖，温柔开口道："我这样大方的人，怎么会在意那么点小事？"

好在周未未之前经历过，已经清楚了状况，非常利落地挂断电话，不打扰新婚夫妻的交流。

倪思喃转身，男人正拿出一条领带。她想了想，发出礼貌的询问："要我给你系吗？"

爆料里说他们是"塑料夫妻"，虽然不至于恩爱，但也不到那个地步吧。

傅遇北多看了她一眼，语调平静："可以。"

倪思喃上前，将领带挂在他脖子上，其实她个子不矮，但在他面前还是要仰头才能看到他的脸。这身高差可真烦人。倪思喃腹诽着，准备打结时眼神瞥到喉结，手上动作下意识快了一点。

"我想你应该不至于要勒死我。"头顶有声音落下，傅遇北正垂眸看她。

她的皮肤是真的好，白皙细腻，妆容清透，鼻尖秀挺，从这个角度看，眼睫格外漂亮。这张脸好像都没有他手掌大。

倪思喃回过神来，发现自己系过头了，心虚地给他松了松，解释道："第一次，有点手生，傅叔叔不要在意。"

为免他再说，她贴心地给他理了理领口。两个人一高一低，此刻竟然意外和谐。

倪思喃仰起脸，眉梢洋溢着轻快，耳垂微红，问："怎么样，我的技术应该还不赖吧？"

傅遇北挑眉道："很好。"

倪思喃扬了扬眉，不客气地接受夸奖。

就在她要退开时，男人嗓音低沉，幽幽开口："如果你在其他方面的技术也能这样就更好了。"

上午九点，市中心人来人往。乔路等傅遇北上车后关上车门，还在思考今天为什么倪思喃没跟着一起，但他当然不会问出来。

因为傅遇北的那句话，倪思喃差点没气晕过去，怎么还会和他一起出门，直接开自己的车走了。

"新闻风向怎么样？"傅遇北打开文件，问道。

乔路立刻仔细说了一遍，然后总结道："倒也不是太负面，都是一些不知道情况的网友在胡乱猜测。"

傅遇北想起今天早上倪思喃坐在床上时说的话，忽然问："王茗和这件事有什么关系？"

乔路一怔，很快梳理清楚了。

"因为照片拍得不清晰，有人往娱乐圈的女明星身上猜，就猜到了王茗。"

"有人？"

听到傅遇北冷淡的两个字，乔路头皮一麻道："他们说是网友们自发猜测的，说很快就会出声明。"

距离爆料发出已经过去两个小时，傅遇北头都没抬，仿佛说的是一件再小不过的事,道:"那就让他们好好声明一下。"

乔路立刻明白要怎么做了。

快到京际大厦时,傅遇北忽然说:"新风设计比赛的名单复赛时发一份给我。"

乔路应声:"是。"

进入京际后,有人迎上来,一行人跟在傅遇北身后,大步流星地上了专用电梯。

此时,另一个当事人正坐在咖啡厅里,靠在椅子上,将杯子里的咖啡搅得不成样。

"你说他好意思说这话吗?明明享受的是他,还暗示我技术不好,瞧瞧这是人说的话吗?吃干抹净还不满意,我倪思喃从来没受过这种委屈!我都还没说他太过分,他倒反过来说我了?"

倪思喃被气得压根儿没去工作室,约了周未未出来,架着墨镜十分冷艳。

周未未面不改色地听着,给出相应的回答:"对,他说的不是人话。怎么能这么诋毁我们咩咩?"周未未义愤填膺,"像你这样的宝贝,能娶到是他的福气。"

倪思喃被说得扑哧一声笑了出来。

这时,周未未的手机响了两声。她吓了一跳,毕竟刚说过傅遇北的坏话。打开一看才发现是个偶尔一起喝下午茶的女生来邀请她。

"谁啊?"倪思喃问。

周未未答:"有人邀我去泡温泉。"

倪思喃兴致不高道:"你去吧。"

"说到这个,就是孟芯闵前段时间投资的那个温泉度假村,你还说她眼光不好来着。"

倪思喃尾音抬起,有些魅惑道:"好久没见孟小姐了,我也去看看。"

周未未迟疑了,暗示她:"那地方在山脚下,距离市区有点远,估计晚上回不来。"

"太好了!"倪思喃十分满意,"今晚不回来了。"

第30章

孟芯闵的温泉度假村距离市中心确实很远。

这个度假村是去年建的,上一任老板不会营销,再加上有破产风险,所以一直没什么人去。今年孟芯闵的投资倒是让它多了点客人。

周未未坐在车上问:"会不会我们过去了,她把我们赶出来?那可就尴尬了。"

倪思喃想也不想地回答:"想什么呢,孟芯闵那么好面子的一个人,给我们最好的汤池还差不多。"

周未未一想也是,不过她那么小心眼,恐怕都记着呢。

约周未未的是一个叫赵优乐的姑娘,圆脸,很可爱,性格很活泼。

看到第二个人下车,她惊讶道:"思喃姐也过来了呀!"

倪思喃弯唇笑了笑,她一般只参加自己感兴趣的社交,很多时候她都没什么兴致。

"怎么今天想起来泡温泉了?"周未未问。

"这不是又开发了两个汤池吗。"赵优乐一边介绍一边说,"我听说很不错,你们两个可以好好放松。"说着她看向倪思喃，眼神不经意间瞥到她锁骨上方的一点红印，想了想，关心道，"思喃姐，你家的蚊子好毒啊。"

倪思喃顺着她的视线看了看，深吸一口气，然后抬头微笑道："是啊，我也苦恼呢。"

赵优乐说："我家保姆有个秘方，等回去后我给你送点驱蚊药，可管用了。"

"好，谢谢。"倪思喃笑容扩大。

"不客气呀。"

周未未在一旁听着两个人的对话，憋着笑。要是傅遇北知道自己被当成了蚊子，还要被驱赶，不知道是什么感想。不过，首要的事应该是自己老婆今晚不回家吧。

三个人一起进入大厅，这里被重新修缮过，偏简单的设计，但一些小细节又透着古典的清幽，让人心旷神怡。

"这个月的业绩还可以，下个季度我希望更好一点，天气冷了就更适合温泉度假了。"

真巧，孟芯闵也在。她正背对着门口，和那边的人说话。

大约是听到动静，转过身看到她们三个人，注意力立刻被转移了，问："倪思喃你怎么过来了？"

不会是来嘲讽她业绩不行的吧？

倪思喃对她抛了个媚眼，说："好久不见啊孟小姐。"

孟芯闵可不想收这个媚眼。

倪思喃袅袅地走到前台，倚在台子上，与她相视道："孟小姐的温泉度假村怎么着我也得来体验一下。"

孟芯闵狐疑地看着她问："是吗？"

"当然。"倪思喃伸手拿了个小零食，眨了眨眼，"孟小姐应该会给我们安排个最好的套间吧？"

孟芯闵皮笑肉不笑道："有啊，价钱当然就高。"

倪思喃随口说："你还不知道，我这人大方得很。"

第30章

孟芯闵翻了个白眼。她今天一早就来了这边,视察到现在,手机调的振动,压根儿不知道网上的劲爆新闻。

孟芯闵直接给她们开了个最豪华的套间,汤池是半露天的,拥有一个漂亮的院子,里面是套房,还有一个小游泳池。

其实条件是真不错。倪思喃也是习惯性嘲讽,跟着进去还有点惊讶,这度假村确实可以投资。

"应该怎么泡不用我教吧?"孟芯闵故意说。

倪思喃笑而不语。

孟芯闵有心让她们好好看看自己的产业有多好,让人送了瓜果和一些玩的东西。

等服务员离开后,倪思喃说:"孟小姐要和我们一起泡温泉吗?其实也可以。"

孟芯闵的表情一言难尽,头也不回地离开了。她最气的还是自己的身材和脸比不过倪思喃,所以在其他方面就比较爱和她攀比。

"又被你气走了。"周未未摇头。

"她自己待在这儿也不会高兴的。"倪思喃十分了解孟芯闵的性格,"估计今晚她是不会回家了。"

泡温泉现在还早了点,倪思喃和周未未在度假村里逛了半天,甚至还体验了垂钓的快乐,只是三个人半天才钓上来一条鱼。

她们十分怀疑孟芯闵掏空了这片池塘,最后只好让厨师把钓上来的唯一一条鱼烧了。

孟芯闵离开后很快就决定不回去了,她打电话让人送了一些东西过来,打算好好秀一波,然后就接到了自己小姐妹的电话。

"芯闵,我早上打你电话一直没人接,你看没看新闻啊?倪思喃和傅遇北结婚了!"

"和谁?"

"傅遇北,傅成川他叔叔!"

孟芯闵感觉自己的脑子有点转不过来，疑惑道："她不是刚解除婚约吗？"

"不知道，你去网上看吧。"对方说，"京际刚刚发出来的声明，现在都沸腾了。"

何止是沸腾，简直就是爆炸。半小时前，网友还在讨论和傅遇北一起同居的神秘女子是谁，猜了好几个人，但谁也没想到京际集团会直接发声明。

倪思喃也才知道这事，是因为蒋谷的连续好几个电话："全天下都知道你是我小舅妈了。"

南城所有人都知道他和倪思喃是发小，这下好了，下次和狐朋狗友们见面，必定要被调侃，他该怎么找回面子？

"你老公速度好快呀。"周未未点赞。

赵优乐彻底蒙了，又想了想，好像倪大小姐做出什么事来都没什么稀奇的。

周未未拿着手机念："你看这条，说你们是有钱人和有钱人的爱情，嗯，很有道理，你们确实是最有钱的两个。"

倪思喃率先去看了京际的声明，以前都是发一些公司的事，还是头一回发这样的声明，此刻评论区已经爆炸。

"这不是刚好是联姻'塑料夫妻'？"

"我记得前段时间女方刚和傅遇北的侄子解除婚约吧……啊这？"

"女方好美！"

"照片在哪里？"

倪思喃在南城这么有名，现在又是网络社会，轻而易举就能被找到照片。

有人发了一张她的生活照，瞬间收到了无数回复。

"我一眼看过去，除了美貌就是金钱。"

"这身上穿的是绝版限量裙子吧？"

"呜呜呜，她这一对耳环就十几万了……"

"总裁文里的豪门名媛果然是真的。"

京际在声明里写了倪思喃和傅遇北已于日前领证结婚，网友们就顺势开始扒倪思喃的家世，知道很多人住的房子都是倪氏建造的。

"你们说这种顶级'白富美'会看新闻吗？"

"应该会吧。"

"可能看的新闻都是什么财经、股票、投资之类的吧。"

至于婚姻是不是真爱,都和他们无关,他们才不管这些。

"咩咩,那你今晚还回去吗?"周未未问。

"不回。"倪思喃关了手机,这份声明确实让她觉得很爽,但是这和她与傅遇北的矛盾是两回事,要冷一冷。

这一冷就冷到了傍晚。

四季湾的用人没等回来两个主人,干脆打电话给乔路:"先生在吗?"

乔路将电话递过去。

傅遇北声音淡淡的:"什么事?"

用人小心翼翼地问:"夫人和您都没有说今天晚上吃什么,所以我来问一下。"

傅遇北抬手看了下腕表,已经六点了。据他所知,倪思喃那个工作室下班时间尤其早,今天蒋谷也和朋友出去玩了。

"夫人没回去?"他问。

"没有。"

"今晚不用做了。"傅遇北很快做出决定。

挂断电话后,他放下手中的文件,拨通倪思喃的电话,半天也没有人接。

傅遇北捏捏眉心,过了一会儿,吩咐乔路:"查查夫人去哪儿了。"

十分钟后,乔路带着答案回来:"夫人今天上午和周小姐去了市郊的温泉度假村。"

可能是乐不思蜀了,他猜。

倪思喃和傅遇北结婚的消息一出,南城就热闹了。

这事之前没冒出来一点风声,顶多是倪思喃去四季湾时的动静有点大,但还有她在那儿买房的这一猜测,没想到真相居然是这样。本来倪思喃背后有倪氏就够嚣张了,现在又有了京际和傅家,那岂不是更目中无人?

孟芯闵简直惊呆了。她还在想着晚上怎么让倪思喃好好看看她的成就,结果自己先被吓了一跳,这就结婚了?

她消化了将近一下午,傍晚才琢磨着直接去倪思喃的套间里问问。

此时天色昏暗,临近七点。

夏天黑得迟,现在最后一点晚霞已经消失殆尽,温度下降了不少。而在不远处的一个温泉池里,倪思喃裹着浴巾泡在汤池里,温热的水停在胸口处,锁骨上方都露在空气里。她舒服地闭上眼,摸了一片哈密瓜来吃。

孟芯闵从长廊上往外走,看到进来两个男人。为首的男人容貌冷峻、气质清冷,她一眼就认出来是今天的话题中心之一,京际的总裁傅遇北。

倪思喃今天来了她这儿,他也来这儿,搞夫妻档吗?

孟芯闵连忙走过去招呼道:"傅先生。"

"孟小姐。"傅遇北点头示意。

明明是很正常的称呼,孟芯闵却联想到倪思喃也这么叫自己时的感觉。

之前她还以为倪思喃走后门在四季湾买了房,她也打算去找关系来着。想到今天的爆炸新闻,孟芯闵迟疑地开口道:"傅先生也是来泡温泉的吗?我马上安排……"

"不是。"傅遇北抬眼,"我来接我太太回家。"

"哦。"

"孟小姐应该知道她在哪里吧?"

孟芯闵很轻易地就给出了答案,一直到他们消失在走廊尽头,还回不过神来。

接倪思喃回家?回家还要接?倪思喃又不是巨婴。孟芯闵感觉自己被秀了一波恩爱,倪思喃真是每次都在想不到的地方让她无话可说。

人家老公都过去了,她还过去干什么。孟芯闵本来就是刚消化了这个消息,现在又看到傅遇北来找倪思喃,更觉得有点匪夷所思。

就在外面过一晚而已,傅总控制欲好强。孟芯闵幸灾乐祸地想着,不禁为倪思喃的未来生活担忧起来。担忧完又觉得自己真是善良,掉头去了洗手间。

这边洗手间的洗手台是开放的,还没到门口,就听见里面传来说话声。

长发女生对着镜子补口红,八卦道:"哎,你今天看新闻没有?倪思喃真的和傅遇北结婚了。"

"前脚才和侄子解除婚约,后脚就和有钱有权的叔叔结婚,是不是有点太拜金了?"

"我倒是觉得有点不知羞,也就她敢。"

"其实很好理解呀,倪家家大业大,和傅家强强联姻,出于利益也是最好的选择。"

"小点声。"长发女生嘘了一声,"怎么说她都是倪家的大小姐。"

"说到这个,今天早上新闻刚出来的时候,还有人说是女明星王茗,你知道王茗吗……"

话音未落,身后响起高跟鞋声。两个人正说得起劲,看到孟芯闵冷着脸站在那儿,吓了一跳道:"孟小姐。"

孟芯闵鄙夷地看向两人,毫不留情地说:"我的度假村是开来泡温泉的,不是让你们诋毁别人的。不要让我赶你们走。"

等两个人白着脸经过她身旁时,她又出声道:"还有,你刚刚说像王茗是在侮辱谁,'登月碰瓷'呢?"

侮辱她死对头,不就等于羞辱她吗?

第31章

孟芯闵不知道倪思喃知不知道傅遇北来这儿的事,她可没那个好心去提醒,但她又确实好奇这两个人是什么时候有关系的。

南城这边的消息就没有瞒得久的,孟芯闵又格外关注倪思喃的事,她都没听说他们谈恋爱,难道真是因为利益?

孟芯闵不禁对倪思喃的生活有了点同情,又不可避免地想到了自己的未来。生在他们这种家庭,前二十来年就是当千娇百宠的千金大小姐,一到时机就家族联姻,没想到倪思喃也不例外。

"孟芯闵这里的吃的还挺好吃。"倪思喃又叉了一块,"我明天临走前要对她好点。"

"说不定她还以为你心怀不轨。"周未未调侃。

"有道理啊。"倪思喃说。

晚风从院子外吹进来,将热气吹散,倪思喃挽起的头发垂落了一丝在耳边,很有二十世纪的风情。

赵优乐看了一眼又一眼。

倪思喃察觉到她的视线，笑着问："看我干什么呀？"

赵优乐脸红道："思喃姐太好看了。"

她知道倪思喃漂亮，不然孟芯闵也不会这么不甘，应该说整个南城的名媛都比不过她，但近距离看还是够冲击、够刺激。

房间里的电话响起来，周未未起身，拿浴巾披在身上，胡思乱想不会是孟芯闵打电话来说要停电什么的吧？

还真是孟芯闵打来的。

"你老公来了！"

说完，不等回答，就挂了。

周未未举着电话有点迷茫，半天终于想起来她们这儿唯一一个已婚对象是倪思喃。

周未未惊呼："倪咩咩你老公来了！"

倪思喃也吓了一跳，但面上十分镇定道："周未未你慌什么？我又不是在外面偷吃。"

说的也是，周未未心想。

"说是这么说，我可害怕傅总了。"她小跑回汤池里，"看来今晚要分床睡了。"

人家老公都来了，周未未自然不能和她挤一张床。

倪思喃懒洋洋地靠在边缘，说："闺密一起睡觉不是很正常的吗？傅遇北可以理解的。"

正说着，敲门声响起。

周未未一把拉起赵优乐，两个人直奔洗手间，说："咩咩，我们去换衣服了。"

倪思喃披了一块大浴巾，慢吞吞地爬上来，觉得傅遇北真是烦人，打扰自己的快乐时光。

她扬声问："谁啊？"

"我。"

倪思喃又小声问周未未她们："好了吗？"

第 31 章

两个人穿戴整齐一起出来,她这才打开门,弯唇道:"傅叔叔你怎么也来泡温泉啊?"

入目就是她一副被水蒸气熏过的模样,娇俏又惹人,露出来的小腿匀称纤细,还好乔路早就被他打发走了。

"家里用人说你没回去。"傅遇北低头看她,语气平静,"你的电话没打通。"

倪思喃眨了下眼,泡温泉谁还玩手机呢。

她退开一点让他进来,周未未和赵优乐乖巧地问好,找了个借口飞速离开。

这个套间是有客厅和卧室的,空间不小。

"傅叔叔要不要泡一泡?"倪思喃扔掉肩上的披巾,"这里的汤池还不错。"

"不用了。"傅遇北淡淡地说。

倪思喃丝毫不知道自己现在的样子有多诱人,想起来另外一件事,问:"傅叔叔你是不是还没吃啊?"

傅遇北问:"你吃过了?"

倪思喃也没有,本来还有点气他,这么一来又有点心虚,毕竟他都空着肚子来找自己了。她放柔声音:"那你等我换衣服,我们下去吃。"

浴室里很快传来水流的声音,磨砂玻璃上映出朦胧的身影。

傅遇北移开视线。

乔路打来电话:"先生,待会儿要回去吗?"

"不用了。"没等乔路应声,傅遇北视线落在床上歪斜的包上,沉静开口,"这边温泉不错,你可以体验一下。"

乔路差点没反应过来。

倪思喃冲了一下就出来了,穿上干净的浴袍,遮得严严实实,轻轻拍着自己的脸。她换了一条轻飘飘的纱裙,上面有小小的精致的刺绣。

傅遇北思忖道:"我记得你早上穿的不是这条裙子。"

倪思喃快速拢好头发,说:"傅叔叔记忆力真好,我又回去多拿了一条。"

对于她的说法,傅遇北不置可否。

衣帽间里的衣服加上每一季收到的礼物,还有她自己新买的,有些说不定永远都穿不上,但是就算是日常穿搭,倪思喃也是十分重视的。

"这样怎么样?"倪思喃询问这里的第二个人。

傅遇北扫了一眼,说:"挺好。"

倪思喃心满意足了,扎了个丸子头,有些松垮地绑着,一来是比较方便,二来是显嫩,都说洗澡时随手扎出来的头发最好看,自己现在也不赖。

她浅笑道:"再等我化个妆。"

傅遇北凝视着她道:"这样已经很好看了。"

这种夸奖听得倪思喃心里高兴,但她努力压住上翘的唇角,拒绝道:"不行。"

不化妆不出门,尤其还是在孟芯闵的地盘上,被她碰见绝对两句就不好了。再说这里人多,说不定待会儿就碰见一个熟人,别人精心打扮,自己蓬头垢面,她会疯的。

倪大小姐绝不允许这种情况发生。

温泉度假村里美食的种类很丰富。

倪思喃询问周未未:"要一起下去吃晚饭吗?"

周未未毫不犹豫地拒绝:"不要,我和优乐去吃烤肉。"

开玩笑,她上次坐傅遇北的车就够紧张了,现在还要一起吃晚饭,她晚上会睡不着的。

倪思喃遗憾道:"好吧。"

他们去的是楼下的西餐厅,现在这个时间段人并不多,但基本都是认识的面孔。

服务员立刻引着两人入内。

傅遇北一踏入餐厅,就有人投来视线,惊讶之余有点蠢蠢欲动——平时压根儿没机会,今天偶遇可是千载难逢。

又看到站在他身旁明艳大方的倪思喃,众人瞬间想起今天的新闻,两个人是真的结婚了啊,这都一起来泡温泉度假了。

服务员礼貌道:"需要我介绍一下这里的特色吗?"

倪思喃打开菜单，笑吟吟地说："不用了，我们自己点就好。"她倾身靠向桌面，"傅叔叔你要吃什么呀？"

服务员立在一旁，惊艳之余又有点迷糊，她知道来这里的人非富即贵，倪大小姐她也认识，是她东家的死对头，但眼前这两位以叔侄称呼，看这相处模式又不是亲戚关系。

点完菜后，有人过来递上名片，笑着自我介绍："真没想到能在这里遇见傅总和倪小姐，我是信德建材的——"

"我今天不谈公事。"傅遇北面色冷淡。

"是是是，打扰傅总了。"对方笑容一滞，"还没祝傅总和倪小姐新婚快乐，百年好合，早生贵子。"

倪思喃直接忽略最后四个字，说："谢谢。"

对方将名片放在桌角，傅遇北扫了他一眼。

原本以为自己就要这样离开了，没想到转身时，余光瞥见傅总居然拿起名片看了起来。

来人的呼吸瞬间变粗，自己的公司想要更进一步，云和天境的项目是最好的机会，虽然他还没那个资格，但也想试一试。傅总居然没扔了他的名片。

"这个人啊，我听过。"倪思喃接过名片，"之前蒋谷说他弟弟好像差点把公司搞破产，他力挽狂澜来着。"

蒋谷就是百事通。

"嗯，差不多。"傅遇北切开牛排，"算有点本事。"

"傅叔叔你的夸奖好吝啬。"倪思喃笑嘻嘻地调侃道，"这样才被说成算有点本事？"

傅遇北抬眼瞥她道："多了也没用。"

倪思喃喝了一口红酒，问："所以这就是我问你衣服怎么样，你只说好看、挺好的原因吗？"

"你想听更多？"傅遇北淡笑。

"谁不想听更多？"

"下次可以试试。"傅遇北没拒绝,挑了挑眉,"说不定到时候你反而不喜欢。"

倪思喃觉得不会,她怎么会讨厌夸奖呢?

吃完晚餐已经是一小时后,倪思喃没有问他今晚为什么不回去,而是做好了他和自己住一个房间,同床异梦的准备。

她先去周未未那边玩了一会儿,回来时房间里没人。倪思喃站在落地窗前,发现傅遇北在温泉池里,倚在边缘,宽阔的肩膀和胸膛露在外面,周围的水蒸气将他的脸映得模糊。

倪思喃不禁多看了几眼,又拍了拍自己的脸,安慰自己。

人之常情,人之常情。

做好心理建设的倪思喃变得理直气壮起来。他们都结婚了,傅遇北现在是她的老公,就算目不斜视地盯着看也没有问题。

倪思喃趿着拖鞋轻轻去了院里,露天的院子里微风拂过,将她的纱裙吹起,再加上披散下来的长发,宛如月下仙女。

倪思喃走到汤池边缘蹲下来,轻轻叫了一声:"傅叔叔。"

没反应。

"傅遇北。"她干脆连名带姓地叫他。

话音刚落,面前闭目的男人忽地伸出手,将她拉住,倪思喃直直地落入汤池中,水花四溅。她跌进他怀里,抵上坚硬的胸膛。

倪思喃压根儿反应不过来,"呸呸呸"地往外吐水,还没来得及指责,就被傅遇北吻住。

温热的水荡漾在两人周围,温度也跟着升高,倪思喃被吻得晕头转向。

过了一会儿,她终于理智回笼,猛地抓住他的手,喊道:"不可以!"

傅遇北问:"怎么了?"

倪思喃看着他漆黑的眼眸,心口一跳,干脆撒娇道:"傅叔叔,我今天好累,老公。"

对峙半晌,傅遇北说好。

倪思喃没想到这事居然这么简单,立刻就要从他身边离开。

"再动就别怪我。"傅遇北声音喑哑,在她耳边沉着声说,"我不是君子。"

倪思喃装死,都不知道手该往哪儿放。

傅遇北瞧她这样子就觉得甚是可口,向来他想要的都会用自己的方法得到,她也不例外。

他低声在她耳边说了一句话。

倪思喃立刻吃惊地看着他:"休想。"

傅遇北捉住她的手,一手揽住她水蛇般的细腰,说:"早上的事是我不对。"

倪思喃扬眉道:"我忘了。"

"所以我刚才的提议,你想想。"傅遇北转回之前的话题,叫她的小名,"咩咩。"

她是会同意的人吗?

事实证明,倪思喃最后还是妥协了。

什么人啊这是,她愤愤地想。

从汤池上来,倪思喃飞奔进浴室,出来后就上床把自己盖得严严实实,连嘴巴也不放过,只露出一双漂亮的眼睛。她陷入沉思,傅遇北真的是来道歉的吗?

也不知道过了多久,傅遇北才从浴室里出来,淡然平静得仿佛之前什么也没发生。

房间里安安静静。

倪思喃拉下一点被子,认真道:"我们要约法三章。"

"怎么约?"

"你不能强迫我。"倪思喃坐起来,"还有,今晚不要那个。"

傅遇北明知故问:"那个是什么?"

倪思喃瞪圆眼,耳根发热道:"你不要装聋作哑。"

傅遇北逗她一下,没有得寸进尺,嘴角翘起道:"好,我知道了,今晚休息。"

这还差不多。倪思喃躺下来,看看傅遇北整理好躺在她另外一侧,身上还有沐浴露的味道。

她将头蒙在被子里,瓮声瓮气地补充:"想也不能想。"

第32章

　　傅遇北被倪思喃这个动作萌到了，侧头看到她栗色的发顶，没想过她这么害羞。他拍了拍她的头发，问："不怕窒息？"

　　倪思喃这才慢吞吞地拉下被子，闭上眼。只要看不见，尴尬的就不是自己。

　　她本来以为自己睡不着，没想到睡起来并不慢，很快就呼吸平稳起来。

　　倪思喃做了一个梦。自从十八岁之后，她就很少做梦了。可能是今天在新闻上看到"离婚""塑料婚姻"这种字眼多了，日有所思，夜有所梦。她梦见几年后，自己一个人住在一个老房子里，有人告诉她倪氏式微，老爷子去世，大伯掌权，没有给她分钱，而且她还和傅遇北离了婚，男人给了她一套房子，她的生活从每天喝下午茶，满世界购物，变成了在家焦虑。她去参加南城的茶会，以前恭维吹捧她的千金小姐都变了脸。她听到几个人丝毫不避讳地讨论："倪大小姐现在是真没有以前的审美了呀，你看看她的皮肤，怕是都用不起贵妇面霜了吧？好惨啊。"

　　她们嘲讽她买的包是几年前的款式，还说她的礼服是以前穿过的。

倪思喃把自己气醒了，下意识地摸了摸自己的脸，昨晚她精致护肤过，现在还是如剥壳鸡蛋般光滑细嫩。

这个噩梦简直是她毕生做过最糟糕的梦，世界爆炸都没有这个可怕！倪思喃难以想象自己以后背过气的包、穿过时的礼服，甚至连护肤品都用不起高端的。

太可怕了。

倪思喃扭头看向睡在另一侧的男人。傅遇北的眉眼很深邃，棱角分明，在夜灯下更是明显。她伸手轻轻推了他一把。

傅遇北没睁眼，声音带着睡梦中的低哑："还不睡？"

倪思喃收回手，挪了挪自己的位置，趴在床上支起上半身，胳膊和他贴在一起。这个男人会小气到只分她一套房子吗？要不要把他摇醒问他会不会和自己离婚？

倪思喃盯着看了一会儿，人也清醒了不少，只是一个梦而已，应该不用放在心上，但是一想到梦里的内容就好气啊。

她还在发呆的时候，身旁的傅遇北已经睁开眼，伸手打开一旁的台灯。

"你脸怎么红了？"

倪思喃还没回过神，傅遇北没听到回答，摸了摸她的头发，说："睡吧。"

倪思喃翻白眼。被这么一弄，关于梦里的事倒是忘得很快，她本来就很难牢牢记住一个梦。

回笼觉睡得很快。倪思喃睡姿很乖，房间里的落地窗开着一条缝，冷气从外面钻进来，她往傅遇北那边挪了挪。

傅遇北只感觉到身旁挤过来一团东西，伸手揽住，继续沉沉睡去。

次日清晨，金色的阳光从院子里照进来。

倪思喃被浴室里的水流声吵醒，靠在床上睁着双眼发呆，傅遇北走出来，她眼皮抬了一下，咕哝道："几点了？"

傅遇北看了一眼腕表，说："七点了。"

倪思喃"啊"了一下，躺回被窝里，嘟嘟囔囔道："才七点就要起来，傅叔

第32章

叔你简直是浪费……"

后面声音太小,他听不见。

傅遇北换上衬衫,又过了十分钟,见倪思喃还在睡,走上前问:"今天不打算回去?"

没人回他。

傅遇北掀开被子一角,倪思喃闭着眼伸手去够,被他捉住手顺势拉起来。

女孩浑身上下写着抗拒两个字,后来实在挣扎不过,干脆趴在他身上继续睡。

"或许你想做点别的清醒清醒?"傅遇北的下巴抵着她的耳朵,声音带着清晨的微哑。

倪思喃立刻清醒了,说:"你答应过我的。"

"我只答应了昨晚。"傅遇北整理好凌乱的领口,望着她,"现在是第二天。"

好一个老男人,起床就起床嘛。

倪思喃坐回床上,她的生物钟没那么早,严格来说,她没有生物钟,都是想什么时候醒就什么时候醒。

等洗漱完,她又恢复了活力。

倪思喃就算是急急忙忙要出门也会护理到最后一步,从头精致到脚,给身体做保养就是保养她的美貌。做南城最漂亮的女人哪有那么容易?如孟芯闵之流,每时每刻都盼望着拉她下来,倪思喃永远不会给她们这个机会。

"早上起那么早干什么呀?"倪思喃忍不住抱怨,"下午回去不好吗?"

"在外面多待一分钟,就能损失几十上百万。"傅遇北打好领带,转身说,"一上午可能就是你的整个衣帽间。"

沉默片刻,倪思喃说:"那我们早点回去吧。"

昨晚过气的包和礼服是她的噩梦,现在一提到这个,她就神经紧绷,还是多赚钱多买点。

"乔路在下面等我们。"傅遇北抬手看腕表,"半小时应该足够吃完早餐了。"看她发呆,他提醒,"超了的后果——"

"傅叔叔你把我当大胃王吗?"倪思喃眨眨眼,"半小时够我吃两顿了。"

两人一起去了餐厅。

海口夸在前,倪思喃有意加快自己的速度,一切结束后,时间恰好跨过二十分钟的线。

乔路拉开车门:"早上好,先生,夫人。"

倪思喃温柔地笑了笑。

度假村里大多数人都还没起,只有廊檐下挂着的灯还在工作,还有送他们出来的服务员。山里的早上和市区里还是有区别的,这边起了不小的雾,看起来朦胧得像人间仙境。

傅遇北打开文件查看,倪思喃无事可做,打开手机看到了一条周未未发来的未读消息,时间跨度还挺长,昨晚十点钟发的。

周未未:"咩咩,你们今晚还回去吗?我猜应该就住这里了吧,当一次小蜜月也不错,哈哈哈。"

然后是十点半的一条消息。

周未未:"看来已经进入夜生活了。"

倪思喃回复自己和傅遇北一起先走了,到时候让司机过来接她们。

她退回桌面,看到短信里有新消息。倪思喃本来以为是垃圾短信,没想到会看到傅成川的名字,内容只有一句话。

"这就是你想要的吗?"

倪思喃猜测,他是疯了。他俩总共见面的次数两个巴掌都数得清,百分之九十九还都是在吵架,忽然装什么深情啊?还是因为不甘心理在作祟?

倪思喃觉得自己猜对了,抖了抖鸡皮疙瘩,怀疑下次的家庭聚餐应该没那么顺利。

她将短信删掉,正要把傅成川拉黑,身旁的男人问:"看什么这么入神?"

倪思喃手一抖,把联系人直接删除了。

傅遇北手搁在文件上,不知道什么时候戴上了一副眼镜,神情淡漠的样子实在是斯文严谨。

倪思喃觉得还挺好看的,随口说:"我在看我的基金。"

傅遇北挑了下眉,问:"亏了多少?"

倪思喃一听就觉得他在看低自己,回道:"投资有亏有赚不是很正常吗?"

"嗯,有道理。"

见他点头没反驳,倪思喃才打开自己的手机看了一眼,这几天都没来得及看,差点忘了自己之前买的基金。

一眼看上去都是负的,倪思喃面无表情地关掉手机,试探着出声:"一不小心亏个几百万应该还好吧……"

早知道不买那么多了。

傅遇北漫不经心地翻过一页资料,戳破她的幻想,说:"我觉得这不叫还好。"

看来她的投资眼光还有待提升。对于向来不会看走眼的傅遇北来说,一亏就是几百万的娇妻,得亏他的能力养得起。

这是在嘲讽自己吧,是吧?倪思喃心道。

对于投资理财,倪思喃都是找别人打理的。这些基金是一个月前见周未未和蒋谷玩得起兴,她也顺手跟着买了,一下子买亏了。

车刚刚进入市区,周未未醒来,看到她的消息,本来想说"塑料姐妹"的,又看到倪思喃发来的截图和哭诉:"呜呜呜,我的基金跌了好多!"

周未未:"唉,我存点小金库容易吗?"

倪思喃为她们两个感到悲哀,然后在群里喊蒋谷,蒋谷很惊讶地回道:"我不是上星期就让你们卖了吗?"

这事她一点印象都没有。

蒋谷害怕起来,又怕她们找自己算账,他可伺候不起这两个姑奶奶,快速转移注意力道:"倪咩咩你不是都和我小舅结婚了吗?你要投资找我小舅啊,他就没失手过,分分钟给你赚回来。"

他顺手发了几个关于傅遇北的财经新闻。

倪思喃点开认认真真地看完,新闻中专业术语用得多,反正大意就是傅遇北眼光很好,很牛。

她陷入沉思,一分钟后,放下手机,往傅遇北身边挪了一个位置,嗓音清甜:

"傅叔叔。"

傅遇北抬眼看向她，问："想问什么？"

"听说你投资从来不失手是吗？"倪思喃轻咳一声，亮着眼看他，"傅叔叔你好厉害。"

傅遇北干脆合上文件，看着她表演。

倪思喃被他看得有一点心虚，但想到自己没做什么亏心事，又理直气壮起来，慢吞吞开口："所以……教我赚点零花钱，不过分吧？"

傅遇北见她期待，不动声色地压下笑意，说："那你知道我教人一分钟要多少钱吗？"

我可是你老婆啊，倪思喃腹诽。

"多少钱？"

"拿你亏的也付不起。"

还不忘提醒她刚才的事。

乔路饶是再淡定，也憋不住笑，自家老板和夫人的相处实在是太好笑了，被拿捏得死死的。

"傅遇北！"

倪思喃就差把包砸在他脸上了。

漂亮的人生气起来也格外好看，生气地叫他名字也好听。傅遇北徐徐开口："好，是我刚刚说得太绝对。"

见他主动退让，倪思喃高兴了不少，扬声道："傅总，你知道我有多少套房子吗？租出去买你几句话够不够？"

要不是这事，她差点把自己的嫁妆忘了。

傅遇北笑道："够。你打算出多少本金？"他饶有兴趣地看着她，"如果没有，拿别的换也可以。"

倪思喃觉得他是在暗示自己，漂亮的一对眼直勾勾地看着他，不赞同道："老公，夫妻是一体，你的钱就是我的钱。"

为表真诚，倪思喃还不忘点两下头肯定自己的话。

第33章

倪思喃本来还想加一句我的钱还是我的钱,可是傅遇北立刻堵回了她的话,让她去看看股市的基本情况。

倪思喃说:"你就不能给我指一个可以赚的基金吗?"这样她只需要投钱进去,等着收钱就行,这不就是一个富婆应该拥有的生活吗?

傅遇北早就预料到这个回答,气定神闲地问:"我跟你说一个,你敢不考虑就买?"怕是被人卖了还要替人数钱。

倪思喃仔细想了想,觉得有道理,算他有点良心,和她提前说清楚,没坑她那点小钱,万一再亏她就只能去卖包了。

事实证明,这事就算撒娇也没用。她又挪回另一边,十分绝情,两个人是新婚夫妻,坐得像两个毫不相干的人。

司机先送倪思喃去了工作室,她本来还想回四季湾偷偷再睡一觉的,结果傅遇北不给她这个机会,自己忙还要别人也勤奋。

倪思喃坐在办公室里,心里暗自责怪傅遇北。

"老板，这是名单。"辛禾的声音打破她的思绪。

倪思喃抬头道："辛禾，你有男朋友吗？"

辛禾摇摇头，还以为她要给自己介绍男朋友，说："我前两周刚分手，最近正在疗伤。"

倪思喃惊讶了，看她这样子压根儿不像疗伤，倒像是甩了渣男之后开启幸福生活的新篇章。

辛禾看着自家老板的表情，抿唇笑道："他不仅是直男，还'中央空调'，我就甩了他。"

倪思喃说："做得好。新风设计比赛怎么样了？"

"应该没什么问题。"辛禾十分自信，"我都看了，这要是不晋级，那肯定是评委没眼光。"

倪思喃被她逗乐了，她当初留下这几个设计师也是有原因的，他们年轻时尚，没有被社会"毒打"过，还很有灵性。做设计就需要这种灵气。

倪思喃本来想问问辛禾是怎么和男朋友相处的，听到她已经分手了，索性就算了。

新风设计比赛的事早在前两天就传遍全网，因为是公开发布的，所以不少设计图引发了很多讨论。

"我反而觉得中间的几个比前几个好看，不知道评委是怎么想的。"

"京际这么大的公司应该不会有猫腻吧？"

"啊，这个设计师的工作室名字好熟悉，是不是傅遇北老婆开的公司啊？"

这条评论因为在后面，只有一小部分人看到了。

上次Muse工作室开业弄得很风光，所以一搜就能搜到一些照片，倪思喃还被人写入了百科介绍，各种头衔缀上去，光鲜亮丽，令人惊羡。

也有人问："这工作室一下子进了三个人，别的都是一个人，没问题？"

京际集团总公司并不怎么关注比赛，所有的注意力都放在云和天境的项目上，当然，也有一些比这还小的事需要处理。

停车场有直通总裁办公室的电梯，从头到尾都不会经过大厅，所以电视里演的小员工偶遇总裁基本都是假的。

傅遇北:"把信德建材的资料整理好。"

"是。"

"新风那个比赛结果怎么样了?"

"目前一切顺利。"乔路认真回答,又补充道,"夫人的工作室入选了三个人。"

傅遇北眉梢一扬,没说话。她那个工作室压根儿就没几个人,一次性进了三个也算是看人的眼光不错,要是投资的眼光有这么好也不会亏那么多了。

到达办公室时,他的手机响起来,是合作公司的人。

"傅总,有空吃饭吗?我刚到南城,顺便讨论下计划书。"

"没空。"

傅遇北公事公办的语气,把对面噎了一下。

合作公司是帝都的,这个人叫张初敏,是老板的女儿,正在自家公司历练,估计是从她父亲那儿要的电话。张初敏深吸一口气,笑道:"怎么,傅总忙啊?"

傅遇北懒得和她多说,垂目将桌上的文档打开,说:"计划书直接让人送过来,其他事找乔特助预约。"说完就挂断了电话。

张初敏呆了,就吃个饭还要预约?

乔路目不斜视,听见自家老板不留情面地说:"接到预约就说我没空。"

"是。"

傍晚,倪思喃结束工作,约周未未一起吃饭,共同纪念她们那些逝去如流水的金钱。至于蒋谷,他没敢去。

"傅总怎么说的啊,有空指导我们怎么赚钱吗?"周未未打听道,"会不会忙到没时间?"

"怎么可能?"倪思喃喝了口酒,"等我有好消息了告诉你,这事哪有那么快。"

巧得很,两个人坐了一会儿,那边就有好几个千金一起说笑着走过来。

"倪大小姐。"为首那人亮了眼睛。

几个女孩子呼啦啦地过来围在桌子边缘,恨不得马上就让倪思喃记住她们。

"现在应该可以叫傅太太了吧？"

"新闻上都公开了，傅总真有魄力。"

"果然不愧是我们倪大小姐，魅力不减。"为首那人停顿一下，问，"蒋少今天不在吗？"

倪思喃似笑非笑地看着她们，慢悠悠地喝酒。她原本酒量一般，但酒品好，此刻洁白的脸上染着桃色，浅浅的，很漂亮。

周未未提醒她："别喝醉了。"

"恭喜的话我收下。"倪思喃晃着酒杯，"你们要玩就自己去玩吧。"

有人挤了挤眼，暧昧道："听说昨天傅总放下公务，亲自陪你去了温泉度假村呢。"

倪思喃知道人言可畏，但没猜到能传成这样。她是和周未未一起去的，傅遇北是半路去的，要是再过一段时间，是不是都能传出她生孩子坐月子了？

"你说这个啊……"

众人见她没有不高兴，纷纷竖起耳朵。

倪思喃轻轻扬唇，说出来的话却是抱怨："本来我和未未玩得好好的，我老公非要来，害我今天都没有睡饱。"

倪思喃说的也不是假话，她今天被傅遇北抓起来那么早，是真的没有睡饱。

"你们要记住，好好睡一觉最重要。"她仰头认真叮嘱，"养颜美容，皮肤才会好。"

就算是结了婚，她也是南城最幸福的人。

周未未差点没笑死。

"非要我这么说才走，真是没意思。"等这群莺莺燕燕离开，倪思喃翻了个白眼，拿起包，"我去洗手间，未未你先吃。"

周未未点头。

这家餐厅和宁园不同，更随意一些，平时有不少人喜欢来这里，换个环境。

倪思喃一转弯，看到屏风后走来的傅遇北。

傅遇北一抬眼看见她，自然也将她脸上的酡色看得清楚，问："喝酒了？"

第33章

上次不还嚷嚷着再不喝酒的吗?

倪思喃真没想到能在这儿碰到傅遇北。说实在的,她有点心虚,因为刚和自己姐妹吐槽过这男人的铁石心肠以及狼子野心,甚至还秀了波恩爱。

大概喝了酒,胆子也变大了,她弯弯唇,一派云淡风轻道:"傅叔叔也在这儿吃饭啊。"

傅遇北上下扫一眼,她大概是下午回了趟家,早上的裙子已经换成了衬衫和半身裙,就算穿着最简单的衬衫也性感漂亮。

"和周小姐?"他问。

倪思喃奇怪地看着他,心想不然和谁?

傅遇北看了下腕表,抬头说:"还以为你经历今天早上的事,会沮丧一会儿。"

显然他想错了。倪大小姐是个苦中作乐的性格,越苦越要张扬。

倪思喃无语,转眼明媚一笑,说:"老公,既然你也在这儿,今天吃饭记你账上。"

傅遇北没说话,又听见她说:"唉,快吃不起饭了。"

倪思喃说完转身,裙子随着动作旋成一朵漂亮的花,如一阵风消失在视线内。

翻脸比翻书还快,傅遇北哂笑。

张初敏的预约乔路并没有同意,不过下午她父亲邀请了傅遇北,并没有被拒绝。两家公司是老合作对象了,不至于为这样的小事闹掰,傅遇北不是一个感情用事的人。

张初敏跟着她父亲一起来的。她先下了车,率先进入餐厅,掐着时机赶上傅遇北进来,见他站在屏风那边似乎在和人说话,便走过去道:"傅总。"

张初敏只看到一个纤细的女人背影,不知道是不是他的妻子。

傅遇北"嗯"了一声,并不开口。

张初敏挽了下头发,宛如自来熟一般,套话道:"看新闻上说傅总和倪氏强强联姻,今天没有带妻子出来吗?"

她对南城的事并不了解,只知道倪氏也不小。至于倪思喃,听说她娇纵,想必是那种不懂事的千金大小姐,和她这种早早帮助父亲的人不同,怕是只知道花钱。

傅遇北神色平淡,看也不看地径直从她身边经过。

张初敏知道他一向这样,并不气馁,继续道:"刚刚说话的就是她吧?真漂亮,既然遇到了不如一起?"

她佯装热情,也想见见倪思喃本人。

"我答应的是你父亲的邀约,不是你。你的夸奖我会转达。"傅遇北好似这时才正视她这个人,漫不经心地说,"至于其他的,我妻子有自己的朋友。"

张初敏一愣。

随着最后一个字落地,前方不远处出现两个身影。

倪思喃拎着包俏生生地站在那儿,笑眯眯地说:"孟小姐你是不是'暗恋'我啊?吃个饭都能遇上你。"

"做你的春秋梦。"孟芯闵后退一步,生怕她对自己动手动脚,故意说,"怎么没见你老公陪你一起吃饭啊?"

昨天不还亲自来接她回家,结果却陪她住了一晚。

看在傅总第二天大大方方结账的分上,孟芯闵才没有对昨天温泉度假村的事多提。

"你还没结婚,不懂。"倪思喃一副幸福的模样,又明示她,"小别胜新婚。"

看孟芯闵一言难尽的表情,她觉得很好玩,这姑娘除了气性太大,倒是没别的毛病。倪思喃今天没什么事,干脆继续逗她,随口胡诌:"你刚刚撞到我,我现在肚子里很可能是有宝宝的,你要赔损失费的。"

好一个不要脸的人。傅遇北回国才多久,难不成你们两个在他回国当天就共度一夜了吗?

孟芯闵正要说话,余光瞥见左前方,说:"你看那是不是你老公?"

什么?倪思喃逗得正起劲,被她这么一说,吓了一跳。

她回头看见傅遇北还没走,还有他身边的张初敏,立刻将"抛妻弃子"四个字送到了嘴边。

第34章

当然,弃子没有,抛妻也没有。

孟芯闵看了看倪思喃,又看了看傅遇北,感觉今天有好戏看,不禁同情起倪思喃来。虽然她是自己的死对头,可现在这个场面也太过分了吧?她最看不惯渣男,这个傅遇北昨天还装出恩爱夫妻的样子,今天就带了个女人出来。

孟芯闵挪到倪思喃背后,小声说:"要是你打不过他们,我可以帮你的,你放心,我力气很大。"

"不用了。"倪思喃回绝,又一想她怎么不知道孟芯闵力气很大。

孟芯闵露出一脸"这时候你还强撑着客气什么"的表情,就差没有冲上去质问了,至于刚刚的"宝宝碰瓷"已经被她甩在了脑后。

倪思喃给她递了个"不要轻举妄动"的眼神,大大方方地走到傅遇北身旁,顺势挽住他的胳膊。

"老公。"

他刚刚应该什么都没听到吧?倪思喃倒是不心虚,但是这种事好像有点糗,有损她天真无邪的形象。再说了，万一傅遇北误会自己真的当爹了怎么办？

倪思喃脑袋里充斥着各种想法，压根儿忘了自己学过的生理知识，傅遇北肯定比谁都清楚她并没有怀孕。

这个女人倪思喃从来没见过，但不妨碍看出她的心思，自然也能看到傅遇北和她保持的距离，这让倪思喃顺心不少，什么人敢撬她的墙脚？一看就不是南城人。

张初敏打量着倪思喃，有点疑惑，倪思喃这是和朋友的正确相处方式吗？瞧着倒像是死对头。

"倪小姐，你好。"

倪思喃撩撩长发，莞尔道："我结婚啦，叫我傅太太吧。"然后又转头对傅遇北抿唇笑了一下。

傅遇北勾唇笑了，小声地说了两个字："宝宝？"

真是哪壶不开提哪壶。

张初敏见两个人默契恩爱的样子，觉得刺眼，假笑道："第一次见傅太太，没来得及带礼物。"

倪思喃颇为大方道："没关系。"

傅遇北温声介绍道："帝都张氏地产的千金，张初敏。这位是我太太，思喃。"他在外一向叫她的名字。

倪思喃对于帝都张氏并不清楚，但也知道应该是合作伙伴，没什么别的交集。优秀的男人有追求者是很正常的。倪思喃作为一个漂亮的女人，对此深有体会，所以她与有荣焉，点点头，十分和蔼。

"未未还在等我，我就不打扰你应酬了。"说完，倪思喃掐了下他的腰以示警告。

傅遇北眉头都不皱一下，漆黑的眼眸直勾勾地盯着她，说："好好说话，别动手。"

旁边的张初敏将两个人的动作看得一清二楚。

倪思喃走出去几步，又扭头抛了个媚眼，娇声说："老公，我晚上在家等你哦。"

张初敏和孟芯闵被麻得迷了眼。

孟芯闵和傅遇北打了个招呼,跟着打量了一下张初敏,然后快步朝餐厅里走去。

将车停好的乔路姗姗来迟。

"先生。"

错过了一场大戏的乔助理还不知道自己被自家老板记了一笔,兢兢业业地服务着。

傅遇北将西装外套递给他,又说:"夫人和朋友在这边吃饭,待会儿账记我这里。"

乔路说:"是。"

张初敏想起刚刚那张漂亮的脸蛋,忍不住摸摸自己的脸,不得不说,那一瞬间她是产生了自卑心理的。

"你太太真好看。"她说。

傅遇北毫不意外道:"的确。"

论长相,倪思喃是很出色,浓烈的美,却不是很侵略,见到她的第一反应就是这是个美人。即使看了很久,也觉得美得很舒服。

傅遇北不是个十分看重外表的人,但不得不说,倪思喃的容貌是他很欣赏的。至于脾气,勉勉强强吧,尤其最近她胡诌的话简直顺手拈来,今天居然还会用宝宝去"碰瓷",傅遇北都不知道怎么说她好,指不定到时候说了还要自己哄。

张初敏本来还想说点什么,但看傅遇北似乎出了神,只好闭紧嘴巴。她只是不甘,想试一下,但见到本人之后,那点心思也被磨了个干净,张初敏还不至于去插足当"小三"。

孟芯闵坐下来,假惺惺地笑道:"倪大小姐应该不介意给我挪个位置吧?"

倪思喃扬眉,往里挪了一下。

对面的周未未压根儿不知道刚刚发生的事,又点了个刺身,一边吃一边问:"孟小姐也要蹭吃吗?"

"AA不行吗？"

"我还以为你要请客呢。"

"我的钱又不是碗底捣出来的。"孟芯闵翻着白眼，扭头问："倪思喃你不担心啊？"

倪思喃撑着下巴，语气平缓道："你觉得我和她谁好看？"

这还用说，压根儿就不在同一水平，孟芯闵想也不想地回答："就她脸上那痘痘，遮都没遮住，你也不至于这么贬低自己吧？"

"那不就成了。"倪思喃给她分了个餐盘，算作说好话的奖励，"我老公又不是扶贫。"

"很多出轨的都没原配好看。"孟芯闵举了几个例子，问道，"你有她温柔吗？"

倪思喃眨眨眼，娇羞道："我老公可喜欢我的性格了。"

孟芯闵知道她脸皮厚，没想到这还能秀恩爱，鸡皮疙瘩起了一胳膊，忍不住撇嘴。

听了一耳朵的周未未问："发生什么事了？"

孟芯闵正愁找不到人和自己同仇敌忾，立刻描述了刚才的场景，添油加醋，文采斐然，不去当记者都可惜了。

周未未的嘴巴张成圆形，十分震惊。

"你也觉得很危险是吧？"孟芯闵得意地看向倪思喃。

"不是啊，我觉得你猜测的不可能发生。"周未未又吃了一口，"不过也有一点道理。"她压低声音说，"咩咩，等我从蒋爸那里偷点好东西出来，你增加增加经验，这样夫妻生活更愉快。"

咩咩？孟芯闵捕捉到这两个字，嘲笑道："你这小名也太不符合你的身份了吧？咯咯咯。"

倪思喃好整以暇地看她笑出鸡叫，一点也没生气，而是问："你有小名吗？"

"我才没有这样的小名。"

"没想到孟小姐居然连小名都没有。"倪思喃故作担忧，"你不配和我说话。"

孟芯闵想把餐盘砸到她脸上，最后还是忍住了，谁让倪思喃长得美，她善良，做不出来这种破坏美的事。

吃完晚餐已经是八点了。

倪思喃逗了孟芯闵许久,她其实长得很漂亮,但和倪思喃是两种类型,脸上还有小酒窝,生气的样子特别可爱,尤其是气鼓鼓的时候,就像冬天藏了许多食物的小松鼠一样。

离开餐厅之前,她们玩着手机聊了会儿天,真正回去已经是半小时之后。

傅遇北和她几乎是一前一后回的四季湾。

倪思喃上楼时,看到他从书房出来,说:"我还以为傅叔叔要很晚回来呢。"

傅遇北似笑非笑地看着她,答道:"不会。"

倪思喃摸不准他这表情是什么意思,怪吓人的,她拿了睡裙就打算去浴室,又不小心看到他在看自己。难道有什么坏心思?

见她进了洗手间,傅遇北才不急不缓地收回视线,很快淅沥的水声就模糊地传出来。

他手机里还有今晚的账单,两个女孩子,加上后来的孟芯闵。傅遇北以为她们胃口很小,不想花费并不少,也不知道怎么吃的。

倪思喃今天不想多泡澡,很快就穿上睡裙出来在洗手台前护肤,哼着小调,浴室里还有水汽。

身后的门被推开,倪思喃的歌声戛然而止,从镜子里睨着他,本以为他会等自己出去再洗,没想到他居然当着自己的面就开始脱衬衫。

她闭上眼,过了一会儿又忍不住睁开,恰巧和傅遇北的视线对个正着,倪思喃的耳朵立刻红了起来,嗔怪道:"傅叔叔,你进去洗呀。"

傅遇北说:"这整个屋子都是我的。"

在哪儿脱都一样。

倪思喃脑中冒出一个问号,这一出神就把精华倒多了,她擦掉一半,转身说:"别动。"

她直接把掌心蹭到他脸上。男人的皮肤触感自然和自己不一样,倪思喃本来是秉着不浪费的目的往他脸上抹的，揉了两下来了兴趣，就加大了力气。

"好玩？"傅遇北捉住她的手。

倪思喃立刻摇头，一本正经地说："傅叔叔，你也要保养呀，明天我给你买点男士用的。当然，要报销的。"

傅遇北盯着她狡黠的眸子，鼻尖能闻到沐浴过后的玫瑰香，诱人中带着清甜。

他忽然想起她白天的话，嗓音低沉道："我什么时候有宝宝的？"

质问可能会迟到，但永远不会缺席。

倪思喃漂亮的眼睛眨了眨，说："胡说的嘛。"

她现在撒娇是随手就来。

傅遇北唇角翘起，紧接着就是倪思喃没想到的动作，她直接被他悬空抱了起来。

倪思喃惊呼一声，下意识地搂住他的脖颈，问："干什么啊？"

倪思喃这样才和傅遇北差不多高，他和她平视，徐徐开口："我以为你在提醒我努力。"

并没有！倪思喃拒绝这种无端臆测。

洗手台上方的射灯光线明亮，打在她脸上，白到反光，发尾略湿的长卷发披在脑后。

这个姿势让她好害羞呀，手放在哪儿都感觉掌心炽热，尤其对上傅遇北那双情绪不明的眼，仿佛在提醒她什么。

洗手台上有刚刚洗脸时溅出来的水，把睡裙洇湿了一块，她忍不住抱怨："我的裙子都湿了。"

刚刚才换的，傅遇北太过分了。

被她在心里骂了一遍的傅遇北丝毫不为所动，抵住她的嘴角，说："正好待会儿换一条。"

第35章

　　傅遇北的话让倪思喃一脑袋问号,然而接下来他就以实际行动告诉她这句话到底是什么意思。

　　倪思喃第一次知道傅遇北的力气这么大,她被他牢牢锁在怀里。

　　"我的面膜还没敷呢……"倪思喃被他下巴上的胡茬扎到时,忍不住小声说。

　　她平时高声说话时嗓音清朗,现在就显得软。

　　宽大的手掌搁在她的腰间,倪思喃借着力道倚着,弓起脚想踢他,有点迷惑,不就是一句胡诌的话吗,怎么还认真地当回事了?

　　傅遇北比谁都清楚她满嘴跑火车,但现在这句话反而成了他的刀。他靠近她的脸颊,问:"想要孩子了?"

　　倪思喃摇摇头,否定道:"不想现在要。"

　　她不排斥小孩,喜欢古灵精怪和乖巧可爱的,比如蒋谷有个小堂弟,她就很喜欢。但她现在还没有好好享受生活,而且最重要的是,她没有做母亲的准备。

　　倪思喃对上傅遇北漆黑的双眸,怪好看的。她忍不住凑上去亲了一下,声音软乎乎地和他撒娇道:"傅叔叔,现在不要孩子……"

傅遇北没有说好,也没有说不好,以行动代替,细细密密的吻落在她脖颈上。

倪思喃盯着他身后的架子发呆,刚被她用过的毛巾随意地搭在上面,还不忘抓着傅遇北的肩膀嘟囔道:"敷面膜……"

就是在这样的时刻,她也记得保养的事。

傅遇北关了灯,伴着身旁女孩浅浅的呼吸声,很快入眠。四季湾的夜景很漂亮,此刻却无人欣赏。

次日清晨,傅遇北醒来时倪思喃还在睡。傅遇北坐在床边看了一会儿,没有叫醒她。

用人准备好早餐,只看到傅遇北一个人下楼,然后听到他说:"不用去楼上。"

倪思喃这一觉睡到了十点多,今天是周末,不用去工作室。又没工作又很清闲的周未未打电话过来:"咩咩,今天去逛街啊,我想添点衣服,你要是不喜欢,我们去蒸个桑拿也不错。"

半天没听到回应,她叫了一声。

倪思喃捏着手机压根儿没睁眼,声音模糊不清:"不去。"

周未未问:"那你想做什么?"

倪思喃翻了个身,说:"睡觉。"

"好好的周末,"周未未劝说,"你看哪个贵妇是在家里睡懒觉的?"

倪思喃囫囵应了,很快电话里没了声音。

这人是睡傻了吗?等电话挂断之后周未未才终于回过味来,不禁捂住脸,她不应该对已婚少妇有所期待的。

这个周末注定是悠闲的。倪思喃在第二天早上终于敷到了心心念念的面膜,躺在自家的花园露台上晒太阳。说实在的,她没想到自己昨晚说暂时不要孩子,傅遇北就真的依她了。她还以为他想要呢,虽然三十岁对于男人来说正值当年,但他掌握偌大一个京际集团,早点有个继承人也没什么问题。

第35章

倪思喃将帽子遮在脸上。

新的一周开始时,远在巴黎的朋友给她发来邀请,最近要举办巴黎时装周,让她务必过来。当晚,她的邮箱里就塞满了各种邀请函。

倪思喃对于看秀还是非常有兴趣的,这也是每个名媛最爱的活动。她给周未未打电话:"准备好花钱了吗?"

"当然。"周未未前一晚就从她爸那儿拿了一张卡,"我现在就等着刷卡了。"

"别急。"倪思喃莞尔。

因为去过无数次,所以准备起来非常熟练。她从衣帽间里拎出一星期的搭配,她实际在那里待不到七天,但多做准备总是没有错的。

家里的用人连忙问:"夫人明天几点出发?"

倪思喃坐在客厅,突然想起来一件事,问:"我记得家里有私人飞机是不是?"

用人说是。

周五傍晚,太阳才刚下山,倪思喃就换上小裙子,拉着周未未坐上傅遇北的私人飞机去了巴黎,走得干脆利落,毫不拖泥带水。

傅遇北远在京际,收到了底下人的消息:"先生,太太坐您的私人飞机看秀去了。"

傅遇北按了下太阳穴,说:"不用管。"

他想起倪思喃刚搬到四季湾的场景,不由得猜测等倪思喃回来,说不定私人飞机会超载。他哂笑一下,当即甩掉这个想法。

过了不久,傅遇北又拨通一个电话,淡声说:"太太到巴黎,让她去我那里。"

对面立刻应下来。

倪思喃还不知道自己被傅遇北划成了购物狂,在飞机上睡到了目的地,一下飞机才发现不是自己的公寓。管家上前接过她的包,用一口流利的中文说:"太太好,我们已经准备好了早餐。"

周未未睁大眼,给倪思喃递了个"你老公真是太贴心了"的眼神。

倪思喃恍然大悟,这是傅遇北的人。

她知道傅遇北有钱,也知道他在法国待了多年,必然有自己的房产,但没想到这么夸张,比起四季湾那套别墅也不遑多让。

倪思喃满意极了,在落地窗前拍了日出的照片发给傅遇北,然后又发语音过去:"老公,咱们家真大。"

倪思喃深谙撒娇之道,声音又甜又能满足男人的虚荣心。

周未未在后头掉了一地鸡皮疙瘩,但不得不说,傅遇北是真的每一个地方都替倪思喃想到了。

倪思喃放下手机在别墅里转了一会儿,压根儿没走完五分之一就懒得再动,坐下来享受。其实她在巴黎也有自己的公寓。倪氏在国外是有产业的,当初倪思喃的父亲在巴黎市中心买了好几套房子,再后来倪氏承建了巴黎的一栋公寓酒店,中间的六十六层就是留给她的,装修设计都是找的知名设计师,影院、健身房齐全,倪思喃还在那里开过派对。

"家大业大就是好。"周未未啧啧有声,说,"该给孟芯闵看看。"

第二天晚上,管家送她们去秀场。车上不仅放了杂志,还有各种零食甜点,周未未忍不住夸道:"果然是傅总这样的男人才懂得宠妻。"

大多数人根本想不到这么周到,要是如今和倪思喃结婚的是傅成川,她断定今天不可能会有这样周密的安排。

"沾光了沾光了。"她喜滋滋道。

倪思喃:"羡慕不来的。"

周未未准备发一条朋友圈时,看到了孟芯闵的自拍,说:"哟,孟芯闵比我们早来一天。"

品牌方早就给倪思喃安排好了座位,就在第一排。闪光灯目眩神迷,倪思喃靠在椅子上,偶尔偏过头和周未未讨论某件衣服好不好看,挥霍就在一瞬间。

自从京际集团发布声明之后,傅遇北和倪思喃的事情就成了媒体关注的重点,只不过平时在南城没法拍到什么,但国外有很多媒体记者,倪思喃坐在第一排,认识她的媒体不少。

倪思喃在巴黎看秀期间,照片就像雪花一样飞回国内,其中一张她撩头发

第35章

的动图最火,甚至还上了热搜。

评论里除了酸的,多是夸赞,当然也有人询问傅遇北怎么不陪老婆的。

早在不久前,倪思喃和傅遇北、傅成川的事就不是秘密,也没有让人诟病的地方,网友们都知道是傅成川出轨在前,倪思喃退婚也是理所应当,而倪思喃嫁给傅遇北简直就是小说情节。

因为是正面热搜,乔路并没有让公关部做准备,而是截图了几张发给傅遇北。

傅遇北点开那张动图,重复看了好几遍。

乔路听见自家老板忽然询问:"这两天有什么重要的行程?"

好像没有。他做特助这么久,心领神会道:"原本下周是需要去巴黎视察的,不过那边早就已经准备好了。"

家里还有一架私人飞机,傅遇北"嗯"了一声,说:"那就提前。"

毫不知情的倪思喃正在巴黎挥霍,东西堆满了别墅的客厅。他到达巴黎的当天,各营销号立刻发微博——

"京际集团傅遇北乘坐私人飞机赴巴黎,是处理公务还是陪太太购物?"

"同去巴黎不同行,傅遇北与倪思喃夫妻生疏。"

倪思喃还不知道傅遇北来了,和周未未吃完晚餐后就去了秀场,准备看完休息一晚就直接回国。倪思喃正和周未未说着话,察觉身旁有人落座,随意看了一眼,这一眼让她惊呆在椅子上。

"你怎么来了?"

坐在她右边的男人西装革履,那张优越的脸的确属于她的丈夫——傅遇北。

过来陪她看秀的?

傅遇北言简意赅:"来视察巴黎的公司。"

"哦。"倪思喃觉得自己自作多情,还好没问出口。

秀场灯光暗下去之后她的注意力被转移,等模特走过去之后,她弯唇道:"那件怎么样?"

因为有音乐,所以傅遇北倾身过去才听见她的话,答道:"很衬你。"

倪思喃调侃道:"我都没穿就知道了?"

傅遇北捕捉住她的目光，几日不见，她更漂亮了，不急不缓道："你的眼光很好。"

倪思喃心安理得地收下这句称赞，当即决定过一会儿就买下来。至于傅遇北的一语双关，压根儿就不在她的思考范围之内。

还是和姐妹讨论衣服最快乐，所以余下的时间倪思喃都在和周未未聊天，因为现场声音大，所以两个人不免靠得近了些。而倪思喃和傅遇北相貌出色，被外媒拍了几张高清照，周未未则没入镜。国内媒体发现之后，立刻拿来做文章——照片上的主人公是倪思喃和傅遇北，傅遇北看着台上，倪思喃则靠向另外一边。

网友立刻热闹起来。

"两个人明明坐在一起却连个眼神都没有，我已经感觉到有那味儿了！"

"这就是传说中的联姻夫妻吗？"

"这两张脸我脑补了一万个剧情，高清还能这么好看真没几个人能做到。"

"之前不是有人说倪思喃脾气不好，而且娇纵无比吗？我朋友在京际上班，说傅总很严谨的。"

"懂了懂了！看个秀都离那么远，晚上岂不是要分床睡？"

热度飞速上升，营销号自然不会放过这样蹭热度的好机会，甚至还抓紧时机做了个投票——你觉得最有可能离婚的夫妻是哪对？

傅遇北和倪思喃被放在第一个选项，众人一时间难以抉择。

一场秀时间并不短，周未未晚上又喝了两杯水，抽空去了个洗手间，路上无聊地刷着手机。她看到和倪思喃相关的热搜，立马点开一看，对着这个文案一头雾水。刚刚傅遇北悄悄过来，周未未的第一反应是他想给倪思喃一个惊喜，结果在营销号那里就成了截然相反的意思。她顺势点开配图，照片里看上去确实挺像说的么回事，周未未疑惑道："我人呢？"

怎么没看到自己啊？她将照片放大好几倍，终于在角落里瞅见了自己的半张脸，而且还被做了背景模糊处理。周未未摸摸自己的脸，要不是因为她戴的发饰比较特殊，恐怕都找不出来自己在哪儿。

三个人一起看秀，是她不配出现在照片里了。

第36章

周未未临近结尾才回到座位。

倪思喃扭过头说:"我还以为你不回来了。"

"玩手机忘了时间。"周未未没说假话,往旁边瞄了一眼,"我刚刚在看你和你老公的热搜。"

倪思喃倾身过来问:"我有什么热搜?"

周未未一见她这动作就想起那张照片,太惨了,自己简直是世纪最惨。

周未未闭紧嘴巴:"结束再说。"她怕现在被拍,待会儿又出来一个什么奇奇怪怪标题的新闻。

倪思喃眼尾扬起,猜测不是什么大事,又看秀去了,半小时后三个人才离开。

傅遇北个高腿长,自然而然走在前面。他正在和乔路通话,说着公司里的事,各种专业名词让倪思喃和周未未并不想多听。

"网上说你们感情不好。"周未未努努嘴,"而且就今晚看秀,看图说话来着。"

真的是"开局一张图,剩下全靠编"。

倪思喃听到了，差点被气笑，谁说她婚姻不幸福就是在骂她。她拿出手机看了一眼，评价道："这要是写作文，都离题了。"

网友们的猜测五花八门，有说倪思喃是为了报复侄子嫁给叔叔的，而且两个人压根儿就没有时间相处，自然就没有感情。还有说傅遇北是因为事业才娶倪思喃的，实际上很不喜欢倪思喃这种娇纵又挥霍无度的千金，故而不与她同行。

"打算怎么反驳？"周未未问。

"这个不急。"倪思喃滑了滑界面，问，"这个最可能离婚的投票是怎么回事？胡说八道！"

居然他们排第一。倪思喃都惊呆了，她和傅遇北才结婚半个月，就算离婚也得是以后吧？呸，她才不会离婚。

评论里五花八门，投票完就在那儿聊天。

"我好奇他们一天能见上面吗？傅总要去公司，倪思喃是出门玩乐，这作息都不一致吧？"

"之前猜的不同床真的有可能。"

"怎么可能？倪思喃那么漂亮，傅遇北又是个正常男人。"

"不是，你们不觉得这种情况，上一秒叔叔，下一秒老公，很像小说中的情节吗？"

"请不要把现实代入小说。"

接下来的发展有点出乎意料，倪思喃本来很气，后面看得津津有味，问周未未："像小说吗？"听起来好像还不错的样子，倪思喃又想起一件事，见傅遇北并没有注意到她们，压低声音说，"上次你不是说从蒋谷那儿找点好东西给我看吗？"

这都过去多久了，连个影子都没看到，要不是看到这些评论，她还想不起来。

周未未一蒙，这是关注的重点吗，不应该快点澄清假新闻吗？

正值时装周结束，停车场来往的人并不少。好些人站在前面等着人来接，像他们这样自己走过来的还是少数，倪思喃今天穿的鞋是前段时间刚买的，银色，还有亮片,在这样的场合下闪闪发光,她现在就是这个停车场最亮的"仙女"。

俗话说他乡遇故知,倪思喃没遇到朋友,碰到了正在训斥司机的孟小姐。

她也看到了倪思喃。

倪思喃眨了下眼,做口型:要端庄。

孟芯闵本来就被司机气到了,此刻因为车辆的阻挡没见到傅遇北,嘴皮子一碰:"怎么你老公来了巴黎没陪你啊?"

"当然工作最重要。"倪思喃笑眯眯的,又睨了一眼孟芯闵身后战战兢兢的司机,"怎么啦,孟小姐的车坏了,还是没买到自己喜欢的?"

这事她知道,昨天有一条裙子几个人一起看中,倪思喃并不喜欢,但很快就听说孟芯闵没抢过别人,差点气到晕厥。

孟芯闵原本把这事都忘到脑后了,现在又被勾起回忆,十分淡定道:"你不是也没抢到?"

"我又不喜欢。"倪思喃莞尔一笑,又拂了下头发,云淡风轻道,"唉,那种样式的我都没什么兴趣。"

这是暗示孟芯闵品位不行呢,周未未差点笑出来。

三个人站在那儿吸引了不少路人的视线,傅遇北通完电话,看见她们,转身走过来。

"孟小姐。"他点头。

"傅总。"孟芯闵吃了一惊,她没想到傅遇北在这儿,刚刚倪思喃不是说他在处理公事吗?原来是故意逗她的。

倪思喃挽住傅遇北的胳膊,说道:"孟小姐的车好像坏了,要不让她坐我们的吧?"

"不用了。"孟芯闵瞪她一眼,气呼呼地离开了。

傅遇北侧头看倪思喃,问:"又气她了?"

倪思喃松开手,说:"我们的事谁不清楚呀,谁让她刚刚想看我笑话?"

傅遇北没有说话。

一路到住的地方都很平静,乔路自然也看到了国内的新闻,一边让人处理,一边询问傅遇北:"需要让人撤掉吗?"

傅遇北的目光从照片上掠过,又瞥见倪思喃和周未未小声嘀咕着什么,点头道:"嗯。"

他知道有些自媒体喜欢乱写,只是没想到这次猜测得这么夸张。

"我以前听说你老公处理事情很冷漠,没想到这次这么简单直接,看来传言不可信。"周未未下结论。

倪思喃说:"说不定你明天就改主意了。"

她只是随口一说,没想到第二天一语成谶,周未未都惊呆了。

回到住的地方,客厅里又多了一些礼盒。不少品牌方把新品都送到了这里,加上之前买的,客厅堆得满满当当。

门一开,有个礼盒掉下来,砸在了傅遇北的鞋上。

倪思喃有那么一秒钟的心虚,然后无事般把东西捡起来,塞进周未未怀里,说:"未未,这是你买的耳环吧?"

周未未低头看了一下,明明是胸针,这锅甩的。

周未未皮笑肉不笑道:"是我的。"

明天倪咩咩想要回去,做梦!

倪思喃丝毫不慌,装模作样地问:"我们那个管家呢,怎么都不收拾一下?"

傅遇北表情不变道:"我让他回去了。"

他从空隙里走过去,思索着还是要让人来收拾一下,不然加上明天的就更多了。

倪思喃和周未未对视一眼,倪思喃有意挽回自己的形象,不好意思地笑了一下说:"好像东西买得有点多了。"

傅遇北看她一眼,道:"我觉得这不叫有点多。"

"那叫什么?"倪思喃立刻直勾勾地看着他,大有一旦答案不合她意,就当场发火的意思。

傅遇北并不惊讶她的变脸,从旁边拿了个礼盒,里面装的是一枚男士领夹,改口道:"可能叫很少吧。"

周未未摇了摇头,看向倪思喃的目光也变成了"我的姐妹居然是奸妃"。

倪思喃轻轻弯唇道:"我也觉得有点少了。"

此事告一段落,因为刚到巴黎,傅遇北有很多事要处理,就去书房开会了。

倪思喃泡了个精致的澡,趴在床上看新闻。虽然知道是假的,但是看五花八门的评论很有意思,她想知道那些人到底是怎么想的。

因为有时差的缘故,大多数都在睡觉,只有少数通宵党在发帖,看见新闻一被撤,更激发了他们讨论的心思。

"连澄清都不澄清一下,唉。"

"傅总到巴黎已经有段时间了吧,我看京际发的文案,是一直在公司视察?"

"一个努力赚钱一个使劲花钱……夫妻俩分配得还挺合理,哈哈哈。"

"那岂不是连面都没见到?"

"听说到巴黎的时候傅总表情很不愉快呢。"

这句话立刻引发了新一轮的猜测。

倪思喃也好奇起来,怎么他们什么都知道?傅遇北来的时候真的不高兴吗,难道是因为她买太多了?

婚后傅遇北给了她几张卡,倪思喃平时买东西带哪张就刷哪张,偶尔也会刷自己的卡。

她回忆了一下自己的清单,好像是很多,倪思喃不禁发散思维,他不高兴是不是因为收到了天价账单?

这一想就停不下来,连傅遇北回来洗澡都没听见。

许久,听到身后有动静,倪思喃扭头,见傅遇北边用毛巾擦着头发边倒了杯水。

倪思喃翻过身,靠在床头问:"傅叔叔,你收到账单了吗?"

傅遇北放下水杯,好整以暇地看着她说:"如果你指的是一分钟前还在更新的新账单,我收到了很多。"

他一点也没委婉。

傅遇北知道她会买很多东西，从南城到巴黎的一路上，账单都没停过。看来他之前的担忧不无道理，如果不是自己的房子够大，说不定家里都没地方下脚。

倪思喃并不心虚，直接问："新闻上说你来巴黎不高兴，为什么，不会是我买多了吧？"

她半侧着，显得身材曲线玲珑有致。

傅遇北大大方方地打量两眼，温声说："我还不至于因为这个不高兴。"他坐到床边，"过去一点。"

倪思喃原本躺在中央，乖乖让开，不到几秒时间又凑过来问："真的吗？"

不是因为她就好。倪思喃虽然大手大脚，但要是他不喜欢，那以后花自己的钱就好了，再说她还有那么多楼呢，从巴黎回去她就让人租出去，当个快乐的包租婆，她还从来没有过这种体验呢。

傅遇北低头看她，认真说："我自认为负担得起你的消费，除非你将京际买到破产，那你很有能力。"他一顿，补充道，"当然也是我无能。"

说是这么说，傅遇北的表情却不是这样，语气里透着自信和不容置疑的强势。

倪思喃笑道："傅叔叔，你这也太抬举我了吧？"

"就事论事。"

倪思喃虽然觉得自己爱买东西，但还不至于让京际集团破产。她坐起来，下巴碰到他的肩膀。

看倪思喃望着自己，傅遇北不知为何忽然伸手捏住她的下巴，说："放心，我早就做好了准备。"

"什么准备？"

"被你花钱的准备。"傅遇北松开手。

这话听得倪思喃压不住上翘的唇角，心里有点小得意，点点头，看来自己平时老公叫得不亏。

"时间不早了。"她看见傅遇北伸手解开浴袍的带子，"到你准备了。"

准备什么？倪思喃的思路还停留在刚才，一时之间卡住，直到阴影覆盖在上方——准备睡觉了。

第37章

从浴室出来,倪思喃罕见地没有睡着,懒懒地瘫在床上,身上围着浴巾,脸上是被水蒸气蒸出来的红晕。

"傅遇北,难道你就不能亏一次吗?"倪思喃说,"你好过分。"

"不能。"

傅遇北没有纠结她叫自己的名字,给她把被子盖好,遮住白皙的肩头,露出一颗漂亮的脑袋。

倪思喃一对漂亮的眼看着他,更不甘了,嘀咕道:"我花的对不起我做的。"

早知道这样,她就该花个天崩地裂,几小时前她竟然还为自己买太多东西感到愧疚。

哦,见鬼的愧疚。她早该知道,傅遇北就是个万恶的资本家,自己居然这么轻易就相信了他的甜言蜜语。

傅遇北关掉灯,只留下一盏,闭上眼,随口道:"那你明天可以多花点。"

倪思喃想说不太敢,后面嘟囔的话傅遇北也没听清,猜测大约是在骂他,但以她的教养，脑袋里恐怕没几个骂人的词。

果然，没一会儿倪思喃就睡着了，一夜无梦。

翌日清晨，天光大亮。

傅遇北睁眼，动了动胳膊，没成功，皱眉往下看，倪思喃正压着他睡得很香，巴掌大的脸枕在他胳膊上，安静温柔，眼睫卷翘，像森林里不谙世事的精灵。

放在床头柜上的手机忽然响了，铃声不停，倪思喃抱怨了一句："谁啊……"然后扭了扭身子，习惯性地去够手机，手机没拿到，倒变成了在傅遇北的胸膛上乱摸。

傅遇北闭上眼深呼吸，随后睁开，将手机接通，慢慢挪开倪思喃下了床。

"什么事？"

乔路听到自家老板这沙哑的声音吓了一跳，说："今天上午九点有早会，待会儿我来接您吗？"

"一小时后。"傅遇北言简意赅。

"是。"

傅遇北丢了手机进入浴室。

倪思喃醒来时看到房间里空无一人，坐起来拢了下头发，叫道："傅叔叔？傅遇北？老公？"

这么早就去公司了？

话音刚落，傅遇北从浴室里走出来。

倪思喃靠在那儿，疑惑道："大清早的洗什么澡，你一天要洗三次吗？"

"是。"傅遇北没有和她继续理论。

这话听起来相当敷衍，倪思喃越想越气。

傅遇北抬眼，目光落在她身上半天没动，过了一会儿才轻笑一声说："被子滑下来了。"

倪思喃一愣，反应过来后立刻拉起被子又躺回床上。

"傅遇北！"

因为这件事,倪思喃迟了半小时下楼,周未未早就坐在餐桌前吃得津津有味。

"早啊咩咩。"

倪思喃冷着一张脸道:"早。"

"这是什么表情?"周未未狐疑,"怎么,是被昨天的新闻气到了吗?"

"不是。"倪思喃咬牙切齿,"傅遇北人呢?"

"我下楼的时候刚好看到乔路,他们去公司了,傅总看起来心情很好的样子。"

倪思喃的表情又冷了两分。他当然开心了,不高兴怕不是男人了。

周未未丝毫不知道这夫妻俩一早上发生了什么事,打开手机说:"你的投票已经第一了。"

一晚过去,最可能离婚夫妻这项投票里,倪思喃和傅遇北成功以高票当选第一。

"这投票很好。"

周未未怪异地看着她问:"咩咩,你还好吧?"

倪思喃切开面包,像是在切仇人,慢吞吞地问道:"你看这面包,像不像傅遇北?"

昨天不还是恩爱夫妻档吗?怎么一夜之间,猝不及防就变成了犯罪推理?

好在倪思喃很快就忘了这事,她今天晚上回国,所以白天自由行动,和周未未干脆去逛街买东西。

此刻国内已经十分热闹,投票登顶之后,有不少人感到迷惑,发问:"其他三对儿基本都是默认的貌合神离,怎么都投了傅遇北和倪思喃?"

"你看这两人的名字,一个南,一个北。"

"名字都预示着是截然相反的两个人,唉。"

"我就是投着玩的,实际上我觉得他们不会离婚的,联姻又不是闹着玩的。"

"有道理有道理。"

热度高到爆炸,营销号开心死了。

上午,公司里键盘声不绝于耳,员工们都噼里啪啦地敲击着键盘,直到有人突然发现不对。

"经理,热搜不见了!"

挺着啤酒肚的中年男人一点也不在意地说道:"估计是京际那边撤掉了吧,不用管。"

话音刚落,办公室的电话响起。中年男人快步跑回去,发现是上司打来的电话,喜不自胜道:"老板。"

"别叫我老板,你被炒了!"

经理一愣,不是来夸他做得好的吗?

"什么情况啊老板?我最近工作表现您应该清楚呀,好多次上了热搜,就拿昨天晚上——"

不说还好,一说老板直接怒骂:"你还有脸和我提昨晚的事,谁给你的胆子让你去造傅遇北的谣,你是嫌自己的饭碗太结实了是不是?"

经理被劈头盖脸骂了一顿,总结下来就是,今天早上京际的法务部告诉他们要追究他们造谣的责任。几乎同时,老板接到通知,下午有人会来查他们的账号有没有影响社会安定。

老板骂完人瘫回椅子上,白着脸思考怎么才能解决这事,正迷茫着,新的电话来了。

乔路站在助理办公室内,想起今天上午自家傅总的话,冷声道:"吴总是吗,我们现在可以谈谈吗?"

谈什么?自然是收购。买下一间小公司而已,对傅遇北来说毫无难度。

乔路报了价格,吴总下意识地直接拒绝,这价格压得太低了。

"不可能!"他喘着粗气,"太低了。"

乔路说:"吴总好好考虑考虑。"

"不用说了,我不可能同意的。"

"这样,那就浪费了傅总的一番好意。"乔路笑着提醒道,"下一次通话就不是这样的好运了。"

他没有继续耗下去,傅总把这件事交给他,自然要做得漂亮,而且还是和自家老板娘有关的事。

第37章

挂断电话的前一刻,乔路听见对方咬牙切齿地说"好",就知道这事定了。

这件事闹得并不大,但动作没有遮掩,基本关注京际的人都知道了傅遇北的动作,一时之间有点沉默。大家都在猜想,这是冲冠一怒为红颜,还是早就想收购这类公司,控制一下京际的新闻宣传?

蒋谷得知这事后,迫不及待地打来电话。

倪思喃正和周未未在巴黎逛街,接通电话问:"怎么,有事?"

"没事我找你们干什么,这两天国内的新闻你们应该知道吧?"

"知道啊,说我快离婚了是吧?"倪思喃波澜不惊,"还投票呢。"

"那是昨天的,今天的不是。"蒋谷发了个链接,神神秘秘地说,"你自己去看。"

倪思喃和周未未凑在一起,点进链接,看到标题时不约而同地睁大了眼——"傅太太远在巴黎购物,艳惊四座成为话题中心。"配图是一张倪思喃在秀场被拍的单人照。

倪思喃和周未未对视一眼,去这个博主的主页看了一眼,发现以前的博文都删了个干净,只剩下了这一条。

周未未迟疑道:"这……改行当马屁精了?"

"这不是重点。"倪思喃点开大图,笑眯眯地说,"你不觉得这张照片我非常好看吗?"

"好看是好看……"

"绝顶美貌。"倪思喃嘻嘻笑了。

能让蒋谷特意过来说,不用猜,肯定是傅遇北做的,这件事还是非常让倪思喃满意的。

"走,去买新东西。"

周未未还以为是要买首饰,却见倪思喃转头进了一家店,挑剔地看起了男士领带。

"这条好看吗?"

"好看。"

"好像太老气了一点,这条呢?"

付完账,倪思喃认真道:"未未,中午你自己吃吧,我让管家给你做大餐。"

周未未面无表情道:"晓得晓得。"

不就是见色忘友吗?她要习惯。

送周未未回去后,倪思喃才清清嗓子,打电话给傅遇北,这个号码是私人的,没几个人知道。

"喂,是成熟帅气的傅总吗?"

声音甜柔,堪称完美。

傅遇北听到电话里的声音,动作顿了一下,拿开手机看了眼名字,确定是倪思喃没错。

她一撒娇必定是有所求。傅遇北回忆了一下她今天的行程,语气平静坦然:"我记得卡是不限额的。"

倪思喃快速进入小娇妻模式。

"今天巴黎的天气真好,傅先生想不想和你拥有绝顶美貌的老婆约个会呀?"

第38章

这句话很长,倪思喃说得也很快,傅遇北花了一秒时间精准地从其中提炼出最简单的意思——她在邀请他约会。

他沉吟片刻,开口:"好。"

至于倪思喃葫芦里卖的什么药,到时候就知道了。

倪思喃哼哼唧唧两声,就知道自己一开口,他绝对是答应的。

她笑道:"那我待会儿去你公司找你。"

说实话,她还没去过傅遇北工作的地方,在南城的时候没有,在巴黎也没有。

"需不需要去接你?"傅遇北很体贴。

"不要。"倪思喃拒绝,"我要自己去。"

傅遇北没有坚持,说:"好。"

倪思喃心情颇好地打算挂断电话,听到男人一句随口的提醒:"对了,今天巴黎是阴天。"

倪思喃看了眼外面的天气,还真是阴天。她刚刚只是为了引入话题顺口就来的一句话,哪里知道傅遇北还当了真,又不是天气预报。

乔路拿着文件进来,说:"傅总,这是需要您签字的。"

傅遇北一边签字一边询问:"我今天还有什么行程?"

"没有了。"乔路认真回忆,然后看到电脑屏幕上的照片好像有点熟悉。他想起什么,假装自己什么也没看见,毕竟看到自己的老板上班期间看新闻,还是老板娘的新闻,有点尴尬。

傅遇北却很冷静:"新闻标题起得不错。准备一下,待会儿夫人要过来。"

待会儿要过来的倪思喃还在别墅的衣帽间里,好几个衣柜被打开,玻璃台面上也扔了好几件衣服。

选择太多也是一种烦恼。

最后,她选了一条烟粉色的裙子,配上她的发色,显得非常温柔,又不失俏丽。最特殊的是,这条连衣裙前面看着中规中矩,背后却有镂空绑带设计,透着性感的小心机。

倪思喃非常满意。

选口红的时候,周未未在一旁说:"你就是约个会而已,怎么像个新手一样?"

"我就是第一次约会啊。"倪思喃无辜又理直气壮。

"我的意思是你什么样子你老公没见过?选什么都没问题。"

倪思喃动作一顿道:"瞎说什么,我是去吃饭的。"

不管在家里如何纠结,最后出了门倪思喃就是街上最靓的。

因为时装周的缘故,巴黎街头汇聚了无数人,有街拍,也有模特拍照,当然也有专门的摄影师过来采风。而京际集团的巴黎分公司在最繁华的地方,因为富有设计感,所以广场前有不少人在拍照。

倪思喃一下车,周围就有好几个镜头怼过来。她身材好,长得漂亮,穿衣搭配都亮眼,别说摄影师,就连路人都齐刷刷地多看了好几眼。

等人进了京际的大门之后,这些人就没办法再拍了,遗憾地收回目光。

乔路等在楼下接人。

小员工们还不知道总裁特助在门口待着干什么,不由得谨慎起来,难道今

第38章

天有大人物过来?

还没想明白,门外走来一个漂亮女人。

"夫人。"乔路立刻上前,伸手接过倪思喃的包,"先生一早就让我下来接您。"

倪思喃矜持又有礼貌地跟上他。

两人走上总裁专梯。

"乔特助,你老板今天忙吗?"倪思喃明晃晃地打听。

"上午忙,下午不忙。"乔路顿了一下,继续说,"早前忙着收购国内的一家小公司,就花了点心思。"

说着话,电梯抵达。倪思喃推开办公室的门,发现里面空荡荡的,没有看到傅遇北。

倪思喃一边将包放在沙发上,一边往里走:"老公?"

跟她玩捉迷藏吗,傅遇北这么有童心?

倪思喃猜测可能是因为自己今天提出约会,男人嘛,表面无动于衷,心里都是高兴的。她慢吞吞地走到办公桌后,提高音量:"这么大一个办公室,我老公怎么不见了?"

办公室里只有她的嗓音和高跟鞋的落地声。

倪思喃弯腰往办公桌下看了一眼,干脆坐在他的椅子上说:"原来老公不在这里呀。"

倪思喃一句话落下,对上刚推门进来的傅遇北和他背后的乔路的目光,一时之间被尴尬席卷。

好在乔特助眼疾手快,关门退出。

倪思喃从椅子上站起来,袅袅地走过来,矜持询问:"傅叔叔,我还以为你在这儿呢。"

"刚刚不还叫老公的?"傅遇北瞥了她一眼,淡笑道。

"刚刚是刚刚,现在是现在。"倪思喃一抬下巴,模样傲娇。

"走吧。"傅遇北没有继续逗她,拿起外套。

倪思喃立刻转身去拿包,背后就这么映入他的眼帘,她察觉到了,故作镇定地撩撩长发。

"未未替我选的裙子,前两天刚买的,我今天不想穿,她非让我穿这个。"

撒完谎,倪思喃又忍不住询问:"你觉得怎么样?"

"很好看。"傅遇北对她的说辞不置可否。以她的前科,刚刚那句话真假未知,当然无论真的假的,都令他欢喜。

倪思喃努力压住勾起的唇角,眉梢间的喜悦遮掩不住,平添了几分艳丽。不枉她选了这条裙子。

早在出发前,倪思喃就看好了一家餐厅,里面的鹅肝和焗蜗牛非常好吃,这时候过去刚刚好。她已经迫不及待了。

这家店并不是那种连锁店,出名也是因为口碑,她以前和朋友来过好几次。

"这家店味道很棒的。"倪思喃夸了一路,然后说,"老公你肯定会喜欢的。"

她现在叫老公已经十分顺口了。

傅遇北听了一路,温声说:"我相信你的眼光。"

"我也相信。"倪思喃自己发起的约会,自然而然不能给他看轻自己的机会。

主厨是个意大利人,带着独有的风趣浪漫,之前和倪思喃见过几次面。

吃到一半,一盘牛膝端上来。

"我没点这个。"

服务员说:"这是我们主厨送您的。"

倪思喃弯唇道:"谢谢。"

服务员又转达了主厨的几句话,无非是时隔这么久再见很惊喜,也很意外之类的。

傅遇北瞥了一眼热情的服务员。

对方毫不知情,传完话对上男人的视线,背后一凉,立马离开了原地。

吃到差不多时,主厨出来了。

倪思喃笑眯眯地和他打招呼,用的是贴面礼,又称赞了一番他的手艺,然后介绍道:"这是我丈夫。"

主厨看向傅遇北，笑着说："先生拥有这么可爱的妻子，用东方话说，是不是叫有福气？"

倪思喃听到他夸自己很高兴。

傅遇北和他握手，微微一笑道："是我的荣幸。"

离开时，倪思喃又夸了几句，然后问他："你觉得怎么样，合不合你的胃口？"

傅遇北没有扫兴，答道："很好。"

倪思喃瞬间松了口气。

上车后，司机询问去哪儿。

倪思喃蒙了一下，她还真没想过吃完饭去哪儿，目光在车窗外飞速浏览，最后定格在一个新电影的地面广告牌上。

"你看电影吗？"

傅遇北声音温和道："今天都听你的。"

他这么顺从，倪思喃耳朵有点发红，这个男人对她说话这么温柔，谁顶得住啊？

"那就去最近的电影院。"

她的反应傅遇北全看在眼里，笑道："嗯。"

目前还能买到票的有恐怖片、爱情片还有灾难片，他们去得早，距离最早开场的电影也有将近半小时。

两个人长得好看，气质出众，往那儿一站就吸引了无数目光。

倪思喃习惯了这种视线，看着傅遇北问："时间还早，要不我们去旁边逛逛？"

傅遇北没拒绝。

这边并没有什么好逛的，而且这几天倪思喃已经不怎么想买东西了，所以最后进了一家大型超市。

倪思喃脑袋里冒出一个不切实际的想法，哪天给傅遇北做顿饭，虽然她只会做简单的西餐。

路过一个电子秤时，她不由自主地多看了两眼。好像已经一个星期没有称重了，最近没有运动，也没有注意饮食，说不定已经胖了好几斤！

傅遇北见她停在那儿，伸手拉回她的注意力，说："我记得家里有好几个秤。"

倪思喃认真地问："老公，你觉得我这两天重了吗？"

这是道送命题。

傅遇北不是毛头小子，自然知道怎么回答："没有，你很轻，我想可以再多吃一点。"

他揽过她的腰，盈盈一握。

倪思喃听得喜不自胜，但还是很矜持道："我知道你在安慰我，我都感觉到了，我肯定胖了。"

又心想，再说两句好听的，她就奖励他一个吻。

傅遇北见她星亮的眸子盯着自己，思忖着，重一两斤肉眼根本看不出来。

"不用担心，不会有别的男人知道。"

第39章

  多说两句好话就这么难吗？倪思喃刚刚还想着他夸自己，自己应该怎么回比较好，结果就听到这样的话，关键是一听好像还没什么毛病。很好，奖励没有了。
  倪思喃觉得这次的约会就是体验卡，这一刻刚好到期。但她总不能直接说自己不高兴，和他生气，干脆道："你怎么知道？全世界那么多男人。"
  她担忧的是那个吗？被女生知道更可怕好吧。倪思喃都能想象到，要是自己胖了被看出来，隔天南城就能传出各种谣言，比如她情感受到打击，暴饮暴食导致发胖；比如倪大小姐竟然连塑形都做不起了；等等。
  傅遇北只知道她好像突然不开心了，补救道："我的意思是看不出来，说明没有。"
  倪思喃的表情终于比刚才好了一点，勉强原谅他刚刚的错误，催道："电影快开场了。"
  路过一个货架时，她看也不看地从上面拿了一样东西。
  "好了。"她将东西丢进傅遇北怀里，径直走在前面，踩着高跟鞋，像只高傲的白天鹅，背上的系带简单绑了一下，露出漂亮的背脊。

傅遇北看了一会儿，低头看倪思喃拿了什么东西，发现是咖喱——买这个干什么？难道是洗手做羹汤？

傅遇北还真不太敢吃，怕是黑暗料理。他琢磨了一会儿，深深怀疑是不是因为刚刚说错了话，倪思喃想给他"下毒"。这完全像是她能做出来的事。

经过刚刚的插曲，两个人没有继续逛，直接去结账，这个时间超市里人少。路过柜台时，傅遇北伸手拿了一样东西。

倪思喃刚回完微信，只看到他多拿了一样东西，没看清楚，便问道："你刚刚拿了什么？"

傅遇北面不改色道："必备品。"

说了等于没说。

倪思喃才不信，探过去就要看推车，说："有什么必备的，家里又不是没有！"一抬头发现结账的服务员在偷笑。

服务员本来是见这对情侣长得好看，就多看了两眼，她听不懂中文，但大概能猜到，这个中国女孩子也太可爱了吧！

倪思喃瞬间尴尬极了。

傅遇北倒是不慌不忙地将东西搁在台子上，气定神闲地开口："用完了。"

倪思喃绷着脸，仿佛别人欠了她几百万似的，迫不及待地催促："快点快点。"

赶紧离开这是非之地。

傅遇北唇角含笑，应声道："好。"

到电影院时，时间还算充裕。

傅遇北去一旁存放东西，倪思喃留在那儿买票，一开始她想的是她和傅遇北是联姻，那就选个爱情片增进一下感情，但是经过刚才的事，她伸出去的手就选了科幻片。

男人应该都喜欢这一类的吧？

买票时，员工询问："需不需要看4D的？"

第39章

倪思喃没有来过电影院,不太了解,想着4D应该比3D好,便点点头,答道:"两张。"

等傅遇北回来时,倪思喃已经买好了票,还买了一桶爆米花,两个人进去直接检票,他都不知道是什么电影。

进到里面,他问:"买的什么?"

倪思喃:"喏,这个。"

她指了指墙上的电子海报,屏幕上主角们正在逃亡,身后是奇形怪状的怪物,看起来很刺激。

傅遇北有些意外,但没说什么,说不定倪思喃的爱好和别人不一样呢,不过约会来看这种电影他也是没想到。

和倪思喃差不多,他也从不来电影院看电影。两个新手进了影厅,发现里面人尤其少,只有零星几个。

倪思喃疑惑道:"怎么没有人,不会是烂片吧?"

傅遇北说:"坐好。"

他们的位置在后排,倪思喃特意选的。

影厅的灯很快暗下来。

片头过后,倪思喃乖乖坐正,然而没过几分钟,她就感觉到有毛茸茸的东西蹭她的小腿,然后一把抓住了她。

倪思喃一下子僵住,不敢低头。

"老公老公!"她一把抓住傅遇北的手,欲哭无泪,"呜呜呜,傅遇北有鬼!它还抓我!"

说完又开始疑神疑鬼,自己抓的是老公还是鬼。

电影院里黑漆漆的,那只手反手握住她,掌心温热,似乎能感觉到对方的心跳。

"你选的4D?"傅遇北有点无奈。

倪思喃正和挠自己腿的不知名毛爪子做斗争,闻言才反应过来自己在看电影,有点尴尬道:"是啊,怎么了?"

傅遇北眉心皱了皱，他倒是觉得没什么。

屏幕里男主角正在床上睡觉，一只变异蜘蛛从床底下伸出前足直接戳过去，倪思喃立马就感觉自己的屁股被戳了一下。

前面的观众比她还要激动，喊道："啊！谁戳我屁股！"

"我看个电影被电影院吃豆腐了！"

倪思喃鼓着脸道："这电影不好看，不看了。"

傅遇北自然和她的体验相同，饶有兴趣地问："不看了？"

倪思喃忙说："不看了不看了！"

还好没有选那个雪崩的灾难片，不然倪思喃都怀疑自己是不是要被冻死在电影院了。

出来后她仿佛重获新生，深呼吸了两口，准备拿东西时才发现他们还牵着手。

"松开。"倪思喃小声说。

傅遇北若无其事地松开手，问："胆子这么小？"

倪思喃一听就要反驳，可是想到刚才在影厅里自己的反应，顿时没了底气。

"我就是第一次，没准备。"她强行辩解。

"嗯，4D就是这样。"傅遇北挑了挑眉，没有戳破她，以免她恼羞成怒。

倪思喃噘着嘴，感觉自己蠢蠢的，还不如直接选个爱情片呢。

电影院的员工对于这种半途出来的观众并不觉得奇怪，目送着两人离开。

这是他们第一次一起看电影，恩爱还是要秀一下的。她将两张电影票拍了照片，把电影的名字打码，然后发到朋友圈："和老公一起看电影。"

国内现在是十点多，很多人都在玩手机，不到一分钟就收到了一堆点赞。

"傅总这么会，我还以为他不会看普通电影呢。"

"结了婚的男人就是不一样啊。"

"看的什么啊？不会是什么少儿不宜的吧！哈哈哈。"

"羡慕了。"

倪思喃刷起朋友圈的评论来。

傅遇北见她捧着手机玩得不亦乐乎，笑得越来越明媚，问："在看什么？"

第39章

"没有。"倪思喃撩撩耳边的碎发,转移话题,"我们晚上吃什么?"

其实距离他们吃完午饭没过多久,傅遇北甚是淡定道:"你想吃什么?"

倪思喃现在心情好,问道:"老公你呢?"

两人互相谦让起来。

蒋谷刷到倪思喃的朋友圈,先是吹了一波,又想起这两个人是一起出去的,只有两张电影票,就去问周未未:"一个人在家?"

周未未刚睡醒午觉,回复:"咩咩和她老公出去约会吃大餐了,留我一个人在家。"

蒋谷:"好惨一女的。"

她才离开几天这人就不知道天高地厚了?周未未正盘算着,收到了新消息:"回来哥哥带你吃大餐。"

他往常也这样张口就来,周未未只看了一眼就没在意,不过还是挺高兴的,有人充当饭票她自然不介意,便温柔回复:"好啊,蒋谷哥哥你放心,我这个小鸟胃不会吃你太多的。"

过了一会儿,蒋谷回了消息:"小鸟胃?是鸵鸟吗?"

等周未未洗完脸回来看到这两行字,第一反应就是等她回去有他好看的,真是气死她了。

因为看电影预留的两个小时最终只花了半小时,所以倪思喃和傅遇北今日约会结束得早,回来时,周未未正在吃管家做的龙虾。

"怎么回来得这么早?"她很吃惊,"我还以为你们要半夜才回来,你们干什么了?"

倪思喃坐在一边,叹道:"别提了。"

她把看电影的事说了一遍,周未未看到她的朋友圈还以为很顺利,现在差点笑到抽筋。

"哈哈哈太好笑了!选个4D科幻片,你怎么不选恐怖片呢?倪咩咩就你这样还约会呢!哈哈哈!"周未未笑到眼泪快出来了,"你老公没有当场走人吗?"

"我老公又不是你,我们还去吃了烛光晚餐。"倪思喃叉了一块肉塞进她嘴里,"龙虾都堵不住你的嘴。"

周未未闭上嘴咀嚼,眨着眼很无辜。实在是太好笑了,她本来以为这两人的约会就像电影里的一样,心动加情动,没想到却是这样的结果。

一瞬间,周未未白天"孤独少女寂寞守家"的情绪消失殆尽,不由得同情起来,傅总真是太难了。

倪思喃恼羞成怒,扔下叉子上了楼。

卧室门开着,傅遇北正拿着平板坐在床边看新闻。

"你在看什么?"倪思喃扬声问。

"新闻。"傅遇北抬眼瞥她,"股市的。"

倪思喃一下子回想起之前自己基金亏钱的事,这个男人是在暗示自己很厉害吗?

他脱了外套,现在只穿着一件单薄的衬衫,上面两颗扣子是解开的,高挺的鼻梁上架着一副细框眼镜,斯斯文文,正正经经。

倪思喃站在原地看了一会儿,从惊艳里回过神,又想起自己今天丢脸的事,爬上床,从后面凑过去,看着就很无趣的样子。倪思喃扭头对上傅遇北的侧脸,大抵是因为刚刚周未未的嘲笑,她作怪地往傅遇北的耳朵里吹了一口气。

原本也是无心之举,直到傅遇北动作一顿,放下平板。倪思喃这才直觉不妙,往后退想从另一边下床。

没料到,傅遇北反手捉住倪思喃的脚踝,不费力气地将她拉回来,声音低沉:"跑什么?"

第40章

倪思喃深感自己刚才的行为是作死，说："我想起来未未还在楼下，刚刚有事忘了和她说。"

傅遇北好整以暇地看着她。

透过镜片看那双眼，似乎比之前多了几分不同。倪思喃这借口本身就站不住脚，动了动腿，说："松开。"

这个动作真是让她说不出来的害羞，倪思喃心想，刚刚到底是怎么想起来往傅遇北耳朵吹气的，明明知道他是个不好惹的，难道是这两天的相处太随意了？

结婚前，倪思喃就做好了相敬如宾的准备，但婚后确实出乎倪思喃的意料，虽然没结婚前她和傅遇北的相处模式是小辈与长辈，婚后却好像不同，她像是被领着走的。

"这时候还发呆。"傅遇北敲了下她的额头，逼近到她面前，"想到谁了？"

"我要去洗漱。"倪思喃回神就见到一张放大的俊脸，冰凉的镜框碰到她的皮肤，鼻尖相触。说话时，呼吸都落在对方脸上。

傅遇北"嗯"了一声，神色平静，似乎是同意了她的这个提议，倪思喃正要起来，就听见他说："正好，我也要。"

言下之意，不言而喻。

倪思喃当然是想拒绝的，可是男人现在的模样很平静，气势却不容置喙。

这种事还能有反驳的机会吗？也许是今天的约会铺垫了足够的情感，倪思喃只是稍稍挣扎了一下，就没有再矜持。

傅遇北披上浴袍，点燃了一支烟，烟雾朦胧地遮住他深邃优越的五官。他平日没有抽烟的习惯。

身后大床上，倪思喃正陷在柔软的被子里。夜幕低垂，月明星稀。

周未未吃完龙虾也没等到有人下楼，就连说话声都没有，估计今晚是不下楼了。她支着脸想，这桩联姻似乎没那么复杂。

周未未作为倪思喃的好友，之前深深担忧过，也想过倪思喃跟傅遇北结婚后无非是各过各的，然而这半个多月以来，两个人的相处虽说没有太像真正的夫妻，但也不是相敬如宾，严苛的傅总对咩咩好像过于放纵。周未未看着盘子陷入沉思，虽然没有爱情，但也不差，不过要是能拥有真正的爱情，那会更幸福。

她想了想回了自己房间。

原定的今晚回国成了空想，第二天倪思喃中午才起的床，下午，倪思喃就迫不及待地带着周未未和她的购物成果坐着私人飞机回了国。

周未未问："不和你老公一起？"

倪思喃戴着眼罩躺好，说："他不是还有一架飞机吗？"

周未未提醒她："上一次你们一人一架过来，新闻怎么写的你还记得吗？"

这么一提，倪思喃就清醒了。不过几秒后她又躺了回去，说："没事，不用担心。"这不是还有傅遇北吗？

下午，傅遇北从会议室出来就收到了太太坐着他的飞机提前回去的消息，丝毫不意外。

他回到别墅，里面空空如也，也不知道是怎么把那些礼盒收拾上飞机的。

回到南城之后，两个人倒了一天的时差，醒来后又是那个娇纵无比的倪大小姐。

倪思喃回倪公馆看望老爷子，倪宁正好放假在家，看到她光鲜亮丽，忍不住酸道："还以为你定居国外了呢。"

她之前看到两个人最有可能离婚的投票，还用小号也投了一票。要真是这样，她做梦都能笑出来，结果第二天就转了风向。想到那个矜贵的男人，倪宁心有不甘。

"妹妹。"倪思喃笑眯眯地叫她，撩撩头发，"你不知道这种小蜜月很容易让人乐不思蜀的。"

她秀起恩爱来十分气人，就连妹妹两个字听起来都像是嘲讽。

倪宁气到头顶冒烟，倪思喃轻飘飘地转到院子里，老爷子正在那儿晒太阳。

他现在因为身体的缘故，放了不少权。虽然倪健安不聪慧，但到底是倪家人，为的也是倪家，所以老爷子虽然给了倪思喃倪氏的股份，但放权给他就是为了让他心安，倪健安又不蠢。现在倪思喃和傅遇北结了婚，他做什么都得掂量着，倪氏已经不是以前的倪氏了，京际却还是那个京际。

"新闻解决了？"老爷子问。

"都是瞎编的。"倪思喃随口说，不想让他担忧，"之前就已经解决了。"

"你们现在结了婚，一举一动都在公众眼皮底下，一个动作能被分析出十个意思来。"

倪思喃知道，也就没还嘴。

可是老爷子的目的显然不是这个，而是转到了另外一件事上："你们打算什么时候要孩子？"

倪思喃猝不及防，嘟囔道："还不急。"

老爷子现在就很急，催道："我急，我还想着抱重孙呢。"

倪思喃故作生气道："重孙女不行吗？"

"有你这么个孙女就够了。"老爷子摇着头，"再来一个重孙女，我这把老骨头怕是要散架了。"

倪思喃扑哧笑了出来,心里又暖又酸,父母早逝,她是被老爷子带大的,比谁都清楚他也在一天天变老。倪思喃不敢想象未来某天……

她当晚在家里住,第二天吃早餐时,倪宁又恢复了精力,嫌弃道:"姐姐这么闲吗?"

"谁让我现在是老板呢。"倪思喃喝了口粥。

吃完早餐,倪思喃去了工作室,几天没来,一切还在正轨上。新风设计比赛早在昨天就出了结果,Muse工作室只有一个人进了复赛,叫秦乐。

秦乐平时话很少,害羞内向,设计却很出彩,她似乎对颜色十分敏感,大胆用色,一些作品很是新颖。倪思喃每次看到都眼前一亮,能进入复赛也在她意料之内。如果顺利的话,她觉得秦乐说不定能拿到前三名。

复赛的规则和之前不一样,名单还没有公开,只有二十个人,作品也没有公开。

"我觉得秦乐肯定能进前三名。"辛禾断定。

"我也觉得。"倪思喃撑着下巴,"秦乐你这段时间不要太紧张,放松。"

秦乐害羞地点头。

倪思喃安抚完小含羞草,思来想去,马不停蹄地去了京际集团总部的大厦。作为老板娘,看看参赛者们的作品没有问题吧?

走后门是不会的,但倪思喃坚信自己的眼光,再说就算没有名次也无所谓。

收到倪思喃的午餐邀约时,傅遇北正在和乔路说话,他挑了挑眉,看向那行字——"听说京际的食堂很好,是不是?"

他回复:"嗯。"

这么一个字也没有打消倪思喃的想法,她撇撇嘴:"老公,那我今天来体验一下哦。"

傅遇北没反对。

半小时后,倪思喃的车一到大厦门口,乔路早就已经等在那儿了。虽然不知道夫人忽然来这里是为了午餐还是别的什么,但他这个总裁特助是必须要服务

第40章

到位的。

傅成川正好要出去吃饭,一下看到了眼熟的车。

倪思喃正在和司机说话:"在这里等我,我很快就回来。"

时隔半个多月没见,傅成川都快认不出来倪思喃了,变化不小,更漂亮了,也更温柔了。傅成川心里不是滋味。

倪思喃压根儿没看见他,踩着高跟鞋噔噔噔走了进去。

在她心里,一个合格的前未婚夫就应该像空气一样。虽然说起来不太好听,但确实如此,她还怕傅成川纠缠不休,让自己上社会新闻。

乔路刚好看到了傅成川,打招呼道:"傅经理。"

倪思喃可以看不见,但他不能。

傅成川点头。

倪思喃回头看了一眼,和他对上视线,面无表情地转过身,打开手机和周未未吐槽:"我刚刚看见傅成川了!"

周未未一个语音发过来:"什么什么?是我想看的修罗场吗?你老公在吗?"

显然结果让她很失望。

倪思喃听到声音,询问道:"你在干什么?"

周未未:"蒋谷哥哥请我吃大餐。"

这称呼让倪思喃起了一身的鸡皮疙瘩,关掉手机不打算继续和她聊天。

傅成川原本是要离开的,看着倪思喃的身影消失在电梯里,却不知为何鬼使神差地又上了楼。

有员工看到他,问:"傅经理不是要去吃午餐吗?"

"有份文件很重要。"傅成川扯了个借口,"想起来要给我叔叔签字。"

对方没有怀疑。

傅成川从桌上随便拿了一份文件,他自然也是能上顶楼的,但倪思喃用的是总裁专梯,不一样。

"你们老板平时吃食堂多吗?"倪思喃正在向乔路打听。

乔路说:"一般情况是。"

倪思喃了然，办公室近在眼前，乔路就没跟进去打扰他们的二人世界，很识趣地回了自己的办公室。倪思喃推开门，看到傅遇北坐在办公桌后。她袅袅走进去，手撑在办公桌上，倾身道："都到吃饭时间了，还看什么文件呀？"

傅遇北合上文件，抬头道："今天怎么想到来这里了？"

"什么呀。"倪思喃眨眨眼，说起谎来都不打草稿，"我就是想和老公一起吃饭了。"

傅遇北压根儿不信她，但也没追问。他起身去拿挂在一边的西装外套，倪思喃转过身靠在办公桌上看着他，今天穿的裙子将她的身材曲线勾勒得明显。

"去迟了会不会没有了？"

"不会。"

傅遇北漫不经心地回了一句，余光瞥见门口有道熟悉的身影，没看错的话，是他的侄子。

他略一思索，看向毫不知情的倪思喃。她正在补妆，臭美地照着镜子。

倪思喃一抬头，看见他停在自己面前不动，立刻瞪圆了眼睛问："我的妆不好看？"

"没有。"

傅遇北身形高大修长，挡住倪思喃所有的视线。

倪思喃收好东西，微抬下巴，她今天涂的是滋润的奶茶色口红，又叠涂了其他颜色，看上去很诱人。

"那我们走吧。"

门外的傅成川听到这句话想后退。

傅遇北目光动了一下，伸手按在她的唇角。

倪思喃没料到这个动作，听见他沉声道："别动。"

倪思喃没动，尤其是现在这个姿势也不太好动，她被卡在他和办公桌之间，就算穿了高跟鞋，也要仰头看他。

倪思喃正想说什么，眼前落下阴影，直到被傅遇北吻住她还没反应过来。

这还是在他的办公室啊！傅遇北是这样的人吗？

第41章

倪思喃都已经闭上了眼睛,没想到傅遇北一触即离。

"闭眼干什么?"傅遇北笑了一声。

倪思喃慢慢睁开眼,看到他居高临下地望着自己,只觉得尴尬至极,这男人是撩她不负责吗?

"我涂好的口红都没了。"她抱怨地嗔了他一眼,掏出镜子重新补妆,还不忘说,"吃口红你也不怕中毒。"

"死不了。"傅遇北漫不经心地回答。

倪思喃被逗乐了:"老公你真幽默。"

她叫这两个字的时候,声音婉转动听,和她骄纵时说话是截然不同的味道。

办公室的门大开着,傅成川站在侧边,将刚才的情况尽收眼底,心情复杂。傅遇北个子高,将倪思喃遮得严严实实,可他知道他们两个在做什么,尤其是后来倪思喃的话。他和倪思喃订婚三个月,那么久的时间,她从来没对他这么和颜悦色过。前几天热搜说两个人感情不佳时他甚至庆幸过,这样是不是说明选他比选叔叔要明智,谁知道新闻都是假的。

傅成川将唇抿成一条直线,转身就走,手中的文件原本就是借口而已。

他脚步虽轻,但也能听见。倪思喃耳朵竖起来,有点紧张道:"刚刚不会被人看到了吧?都怪你,你刚刚干什么突然亲我?"

虽然他们的关系接吻也没什么,但是被人看到多不好意思啊,刚刚进来应该记得关门才对。

傅遇北神色淡然道:"可能是乔路他们。"

虽然他知道倪思喃对傅成川没什么想法,但她现在和他是夫妻,这种没必要的小事就不用跟她说了,省得影响待会儿午餐的心情。

"哦。"倪思喃收好包,又神采飞扬起来,"走吧,我都饿了,快点去吃饭。"

抬头看到傅遇北的唇上沾了口红,倪思喃想了想还是主动提醒他:"擦擦。"去食堂这种公共场合,被其他人看到,恐怕今天下午他们的事就要传开了。

傅成川乘电梯时,乔路刚好从办公室出来,看到他打招呼:"傅经理。"

"乔特助。"傅成川吓了一跳,瞥了一眼不远处的总裁办公室,装作若无其事般开口,"我上来送份文件,不过好像里面有其他人。"

乔路神色诡异。现在办公室里的其他人只可能是总裁夫人,刚刚他们在停车场时还碰上了,这……

正想着,倪思喃和傅遇北从办公室里出来了。

"乔助理你怎么在这里啊?"她看了看自己身旁的男人,"你老板不让你去吃饭吗?"

乔路笑道:"当然不是,我正要下楼。"他偷偷瞄了一眼自家老板的表情,思来想去,没有把刚刚遇见傅成川的事说出来。

倪思喃邀请:"我们也要去,要一起吗?"

傅遇北没出声,只淡淡看了一眼。

"不了不了。"乔路感觉后脖一凉,连忙说,"我已经和其他人约好了。"

"那真遗憾呀。"倪思喃感慨。

不遗憾不遗憾,一点都不遗憾,乔路心想。他生怕还有别的事发生,连忙走了,并且在心里祝愿夫人先生午餐用得愉快。

傅遇北徐徐开口:"你是来和我吃还是和他吃?"

"当然是你。"倪思喃眨了下眼,后知后觉地出声,"老公你不会是吃醋了吧?"

她自问自答:"傅叔叔不是这样的人。"

傅遇北的私人餐厅和员工餐厅当然不一样,不过公司经理级以上的高层也是可以进来的,算是一种福利。

他们下来得迟,里面坐了两桌人。

"傅总身旁的女的是谁啊?"

"你问的简直是废话,和傅总一起下来的,除了总裁夫人还能有谁?"

这么一提,大家恍然大悟,倪大小姐的事迹他们不说都知道,但也有所耳闻。

有人小声说:"看起来真般配。"

倪思喃唇角微微扬起,眉眼弯弯。

"傅总。"路过一桌时,几人打招呼,"太太好。"

虽然这称呼听起来有点老,但倪思喃还是欣然接受,莞尔一笑道:"你们好。"

傅遇北静静地看着她,倪思喃倒是有点不好意思,好在很快就坐下来吃饭了。

倪思喃没忘自己来这里的目的,装模作样地打听:"你们那个设计比赛什么时候公开作品啊?"

傅遇北饶有兴致地听她说完,不急不缓地反问道:"你是想看作品还是想看设计师?"

"都想看。"倪思喃抛了个媚眼,要是能都给她看,她当然不会拒绝。她伸手夹了一块糖醋排骨放进他的碗里,温柔又贤良道:"老公,你就给我看看嘛。"

傅遇北眉峰微动,视线随着她的动作上移,在她期待的目光下绝情地开口:"不行。"

倪思喃又把那块排骨夹了回来,当着他的面塞进自己嘴里,还瞪他一眼。

过了一会儿,又夹了一筷子青菜给他,睁着无辜的双眼,说:"医生说,荤素搭配最好。"

"是吗？"傅遇北哂笑。

倪思喃狠狠点头。

傅遇北吃了青菜，才慢悠悠开口："如果没记错，今天下午就会公布结果，你不用急。"

两个人的动作并不遮掩，餐厅里的其他人都看得见，但他们理解的是另外一个意思。

"傅总挑食吗？"一个经理问。

"没注意……可能吧。"身旁人回答。

十分钟后，傅太太过来和傅总一起吃午餐的事就传遍了整个公司，不知道是谁传出去的，而紧跟着的另一个故事就是，傅总挑食不吃素，傅太太担忧他的身体，帮他把碗里的排骨吃了，还叮嘱他多吃蔬菜。

公司群里也不禁讨论起这事来。

"原来傅总私底下和我们平常人一样啊。"

"忽然觉得好温馨啊！"

"其实我好奇傅总会是那种和老婆说情话的人吗？"

"我想象了一下傅总冷漠地说'我爱你'的画面。"

"你们就这么在公司群里聊？"

群里瞬间就安静下来，装作无事发生，要是能撤回，估计这些消息是一条都看不到了。

说是吃午餐就真的是吃午餐。午餐之后，倪思喃去办公室里待了一小会儿，回想着之前傅遇北在办公桌前吻她的画面。

倪思喃看着办公桌后斯文模样的男人，就在这时，手机响了一声。

周未未："京际半日游如何？"

倪思喃敲字回复："留下了我的传说。"

周未未听得乐不可支，问："你还在公司？傅总有没有放下公务来陪他的小娇妻？"

第41章

倪思喃支着脸，回道："没。"

过了一会儿，周未未才回："不要气，姐妹来安慰你受伤的心灵，你正好过来接我。"

她留了个烤肉店的地址。

原来蒋谷请吃的大餐是烤肉，倪思喃"啧"了一声，和傅遇北说了一声就离开了京际。

接到周未未已经是十五分钟后，她看着吃饱喝足的周未未，问："蒋谷怎么请你不请我？"

"上次你和你老公约会，我一孤寡少女留守在家，他可能心疼了吧。"周未未说道。

"哈哈哈哈。"倪思喃忍不住笑了，又随口调侃道，"有可能是真的心疼也不一定。"

"那我可不得夸夸，叫两声哥哥又不会少块肉。"周未未知道，蒋谷这个人可喜欢听好话了。

这时候是高峰期，路口行人十分多，两个人坐在后排聊着天，也没注意前面。司机一个急刹车，倪思喃和周未未猝不及防往前撞去。

"大小姐，前面突然有辆车闯红灯。"司机也很慌，"我这边来不及。"

"我没事。"倪思喃扶着座椅坐正。

"疼死我了……"

"未未？"倪思喃捂着头，看向一旁的周未未。

周未未撞了个结结实实，头晕眼花道："我感觉自己要脑震荡了，倪咩咩我不会毁容了吧？"

"胡说什么。"倪思喃皱眉叮嘱司机，"我们去医院，你在这儿处理，完了来医院接我们。"

她下来直接拦了辆出租车。临走前倪思喃看了一眼和他们撞上的车，是辆粉红色的跑车，一个戴着墨镜的女人慢悠悠地下了车。

很快京际大厦不远处出车祸的事就被传开了。因为距离很近，京际的员工悄悄议论起来:"听说是两辆豪车相撞。"

"我看见照片了,粉色跑车,够张扬的。"

乔路下楼通知事宜时,将这事听了个全,在朋友圈里刷到别人发的图,本来只是随意一看,但几秒后又返回——这车,不是自家总裁夫人的吗?

乔路心头一跳,倪思喃从京际离开不过十几分钟就出了车祸。

傅遇北听见敲门声,说:"进来。"

乔路组织好措辞,说:"刚刚楼下八百米处地铁口发生了一起车祸,其中有太太的车。"

傅遇北签字的手停住,问道:"车祸?"

"应该没有人员伤亡。"乔路连忙补充,"警方正在现场,太太的司机在那里。"

"她人呢?"傅遇北推开椅子,站起身。

估计嫌问乔路太麻烦,他直接拨出倪思喃的电话,平时不在意的等待接通时间在此刻仿佛十分漫长。

"喂?"倪思喃清甜的声音透过手机传来。

傅遇北的眉心缓缓松开一分,言简意赅道:"你在哪儿?"

"我在医院,我们刚刚……"

倪思喃正要好好抱怨一下,刚好周未未从里面出来,她的注意力一下子被转移,电话就挂了。

傅遇北眼眸深沉道:"去医院。"

因为车祸,那边围了许多人,又被封锁了路口,他们只能绕道走。

半路,陆运来了电话:"晚上一起吃饭?我请客。"

"不行。"

"不是吧,傅总这么绝情的啊。"

旁边有人调侃:"你以为都像你,人家遇北晚上要陪小娇妻的,你一个大男人有什么好的?"

"有事。"傅遇北现下没心情和他多说,乔路只好轻轻开口将这事代为简单说了一下。

第41章

陆运吃了一惊,等挂断电话后,他才后知后觉,傅遇北这么紧张,难道当初娶倪思喃真不是为了倪氏?

离京际最近的医院就在南山路不远。陆运比他更近,这么大的事肯定要过去看看,但是他出发迟,两拨人刚好一起到达。

"我没事,就是未未撞到了,不过医生说还好,没什么问题,休息几天就可以了。"

傅遇北垂眸道:"我到医院了。"

倪思喃"哎"了一声,问:"你怎么来啦?"

问是这么问,但她心里竟然有点甜蜜,不用说肯定是因为担心她来的。

傅遇北沉声说:"我是你丈夫。"

这话听得倪思喃莫名害羞,她清清嗓子,异常乖巧道:"那你快点哦,我们在403病房。"

"我真的没事。"周未未被她按在病床上,"这么躺着我会躺出病来的。"

"不准乱动。"倪思喃严厉叮嘱。

两个人正说着,病房门忽然被推开,司机跟开粉色跑车的女孩一起走了进来。

电梯里,等傅遇北挂断电话,陆运才开口:"没事就好。那你不用这么紧张了,股市大跌也没见你这么严肃。"

傅遇北瞥他一眼,道:"她不经事,会慌。"

陆运"哦"了一声,这不就是在说倪思喃没受伤但是受了惊吓,他这个做老公的要来陪伴吗?懂了懂了。

电梯停在四楼,乔路默默提醒:"到了。"

403病房就在不远处。

第42章

五分钟前。

周未未因为头上撞了个包,被倪思喃勒令在床上待着,即使医生说了没多大事也不能起来。

"我又不是脑壳撞坏了。"

"不行。"倪思喃严词拒绝,吓唬她,"你今天要是敢下床,明天我给你绑床上。"

周未未害怕,于是很快乖乖地躺在病床上,偷偷和蒋谷吐槽。

倪思喃说了一通,去病房里的洗手间整理,待会儿傅遇北要过来,她这副狼狈模样千万不能被看到,就算现在躺在病床上的是她,也要爬起来补妆。

病房门被推开。

司机因为提前得知消息而赶过来,谁知道那个跑车的主人说什么也要跟着他过来。反正都是要负责的,过来就过来。

"周小姐。"司机说。

周未未抬头,看见他身旁的女人,怔了一下。

对方显然也愣了一下，但很快就反应过来，柔声开口："原来我不小心撞的是你呀。"

周未未翻了个白眼，并不想搭理她。

"本来看那辆车我还以为是哪个大人物，所以就过来了，没想到居然看到了你。"何依晚掩唇笑道，"未未，这么久不见，你比以前漂亮多了呀。对了，你现在有男朋友吗，应该不是单身了吧？"

她长得很清纯，笑起来是男生们喜欢的模样。

周未未皮笑肉不笑，甜甜道："当然比不过你，你的男朋友都有一个团了吧？"她又开口，"对了，今天你还要赔偿。"

何依晚闻言皱了一下眉，然后又笑道："我打电话叫我男朋友来哦，对了，你也认识他的。"

周未未并不想知道是谁。

听到外面的动静，倪思喃走出来打量了一眼，冷声道："你是来道歉的？"

何依晚扭头，看到比自己高几厘米的倪思喃，第一眼就知道这是个不好惹的人，温柔开口："这个要等警察处理完才能知道啦。"

"那就是不道歉了？"倪思喃继续问。

何依晚还是第一次碰见这么硬的钉子，说："我……未未，这是你朋友吗？我们的事不用让别人出面吧。"

见状，她直接转移目标，模样和刚刚绵里藏针的样子完全不同。

周未未面不改色道："这是我朋友，不是别人。"

何依晚还没反应过来，司机先看到了进来的傅遇北和陆运，连忙开口："傅先生。"

傅遇北的视线不动声色地在对面眨着眼的女孩身上扫了一下，确定毫发无伤后，问："交警那边怎么处理的？"

"对方闯红灯全责。"司机立刻答道。

"嗯。"

何依晚这时候也品出味来了，这个气势惊人又矜贵的男人是所有的中心。

她咬着唇，泫然欲泣道："我又没有说不负责……"

边说边装出一副娇弱可怜的神态。

倪思喃看了一会儿，啧啧两声，立刻靠向傅遇北，撒娇道："老公……"

何依晚惊呆了。

惊呆的又何止何依晚一个人，陆运也目瞪口呆。

傅遇北低头捏了捏她的手，说："你真的没事？"

倪思喃摇了摇头。

"以后千万小心点。"傅遇北叮嘱了一句。这回好在没出事，万一真的伤到她，他真的不知道该怎么才好。

倪思喃没忍住笑道："知道了。"

躺在床上的周未未不想再看这两个人了，这是来看望她的，还是来给她喂"狗粮"的？

不用傅遇北多说，乔路直接和司机一起去处理这件事，至于何依晚，从头到尾就没多得几个眼神。她忍不住开口："车的事……"

陆运笑眯眯道："妹妹别哭了，我们都不是怜香惜玉的人，你还是回去对你男朋友哭吧。"

何依晚在手心掐了一下，抬起湿漉漉的眼睛看向陆运。

如果是别人，陆运说不定兴趣上来会哄两句，但这可是倪思喃讨厌的人，他闲得慌才会去哄。

何依晚见病房里的人都不搭理自己，再待下去也没什么用，干脆走了，但这件事她不会就这么算了的。

等人走后，倪思喃乐不可支。

陆运问："她的眼泪不会掉下来吗？"

倪思喃双手环胸道："不懂了吧，这是技能。"

周未未头一次被这么多大佬关怀，战战兢兢地开口："我今天就可以出院，但是她不让。"

"明天再出院。"倪思喃才不听她的。

傅遇北一本正经道："观察一晚比较好。"

周未未还能怎么办，当然是在病房里待一晚，好在她也不无聊，傍晚的时候蒋谷过来了。

蒋谷认认真真地站在病床边观察了周小姐一分钟，下结论："看来以后不能请你吃饭了。"

周未未觉得自己需要好好教一下他如何表达关心。

这时，倪思喃才想起询问周未未两人的纠葛。

周未未感慨："这事说起来要好久呢。"

"那就慢慢说。"蒋谷大爷似的坐在一边，"快说。"

"急什么？我是病人。"

周未未以前并不在南城，而是在老家，和外婆住在一起，当时两个人是同桌，她最好的朋友就是何依晚。

"你居然会和她做朋友！"倪思喃十分惊讶地看着她。

"不要看了，我以前的眼光就是这么差。"周未未直接承认，"这不是后来被你提高审美了吗？"

"多亏了我。"

"是啊是啊。"

周未未那时候单纯，哪个男孩子篮球打得好，就会上去多说两句，但一段时间后，对方就会成为何依晚的男朋友。

何依晚把对方带到她面前介绍，甜甜蜜蜜的。

一次两次可以说是意外，几次下来周未未又不傻，就和她断交了。

蒋谷十分吃惊道："看来你以前眼光不行。"

周未未瞪他一眼，说："我也不是喜欢那些男生，就是夸了几句，见到时会多看两眼，何依晚大概以为我喜欢他们。"

"嫉妒吧。"倪思喃说。

"说得有道理，她这个样子我看得多了，现在看到就想翻白眼，太'白莲花'了，她应该改名叫白依晚。"

蒋谷笑嘻嘻地说:"放心,哥哥给你找回场子。"

虽然是玩笑,但周未未感觉很暖。蒋谷这个人吧,看起来不着调,玩世不恭,但很守信用,也有责任心,要不然他早就被倪思喃踢开了。

正在这时,乔路从外面进来。

"已经处理好了。"

傅遇北站在窗边看楼下,闻言转过身,一侧的肩膀被夕阳的橙色光芒笼罩着。

"小舅你们先回去吧,这里有我呢。"蒋谷站起来。

倪思喃质疑:"你确定?"

蒋谷好整以暇地说:"怎么,不相信我?"

傅遇北的视线掠过玩世不恭的外甥,走到倪思喃身旁,偏了下脸说:"走吧。"

见倪思喃不情愿,他弯腰,唇靠近她耳边,说:"回去告诉你原因。"

倪思喃是个好奇心很强的人,当下就点头道:"未未,那我先回去了,你好好休息。"

周未未两眼放光道:"好。"

倪思喃走了她就可以下床了。

他们一走,病房里就安静下来。

"现在你就只能听我的话了。"蒋谷也不怕惹恼周未未,扬眉笑了下,"来,说吧。"

周未未说:"我要出院。"

"不行。"

"那我想下床,总可以吧?"

"也不可以。"

接连几次,周未未算是知道他就是另外一个倪思喃了。她转转眼珠,甜兮兮地叫:"蒋谷哥哥,哥哥。"

"哎。"蒋谷应得很快。

"你过来。"周未未招招手,"我有话和你说。"

蒋谷勾了下唇角,弯腰倾身过去,以为她要对自己说一些好话以达到下床的目的,结果听到周未未小声说:"我要去洗手间。"

周未未笑眯眯地问:"你同意吗?"

两个人离得有点近,蒋谷都能看到她鼻尖上的一点红,回过神道:"同意。"

这能不同意吗?

周未未立马掀开被子下了床,毫不留恋。

停在原地的蒋谷眯了下眼,就知道她是故意叫哥哥的,看在好听的分上就算了。

医院外华灯初上,车水马龙。

倪思喃本来以为路上傅遇北好歹要说两句话,结果快到家了车里还是十分沉默。

怎么回事?不说话就不说话。

倪思喃在心里给自己定了个闹钟,却不想十分钟后就破功了,因为傅遇北忽然把她按在玄关。

客厅的灯是暗的,倪思喃下意识地屏住呼吸,看向男人冷峻的脸,双方的呼吸似乎交织在一起。她借着光,看见傅遇北深邃的五官和深沉的眼眸,似乎要引她坠入其中。

"别动。"

傅遇北说着忽然伸手,倪思喃都没反应过来,额角的碎发就被他撩开。

"撞到了?"

倪思喃抬手要去摸,还没摸到就被他捉住,只好说:"可能是吧,不过没感觉,没事。"

当时有点疼,后来就忘了。所以说她是运气好,周未未就要严重一点。

"你下午没去公司会不会不好呀?"倪思喃仰头问,感觉他的掌心热得惊人。

"你说呢?"傅遇北反问。

明明是一句很简单的话,倪思喃却脸颊发热,眨眼道:"我说什么,我什么都不知道。"

她就是要听他说。

傅遇北笑了一声,说:"小狐狸。"

这称呼让倪思喃耳朵红了起来,立刻期待着傅遇北的回答,却没想到她想象里的"因为你在这里"或者"你出事了我当然要过来"之类的话都没有出现,而是——

"明天给你安排一个保镖。"

刚刚的话题和保镖有什么关联吗?

傅遇北松开她,仿佛看出了她的疑惑,轻描淡写地说:"以免下次再遇到这些事。"

倪思喃一时之间竟然分不清这男人到底是在嘲讽她,还是在心疼她。

第43章

　　姑且认为是心疼吧。倪思喃思维转得飞快，问："那你出工资？"

　　傅遇北早就料到了，很轻松就给了回答："自然，你如果想出也可以。"

　　这话说的，倪思喃当然不想了，她还要想办法赚钱呢。说到这个，过两天是周末，她得把自己的那些楼安排一下。

　　晚上两个人在家里吃的。因为下午没去公司，傅遇北比较忙，在书房里开了个线上会议。

　　倪思喃在和周未未视频。

　　"我回来的时候看到了我的车，正在修理厂，前面灯都坏了，你那个同学真的烦。"这辆车是她常用的，很喜欢来着。

　　周未未说："我支持你去要钱。"

　　倪思喃俏皮地眨眼道："自己去要钱多没意思啊，傅遇北要给我安排个保镖，到时候让他去要吧。"

　　周未未很难不赞同。

倪思喃转而说起了自己的计划:"明天我让人把那些房子都租出去,躺在家里收租,当快乐的富婆。"

"你不收租也是个富婆。"周未未指出重点。

"是哦。"倪思喃笑嘻嘻的。

大概是头一回有了目标,晚上倪思喃躺在床上睡不着,一会儿翻个身,一会儿换个姿势。黑暗中,傅遇北问:"你不困吗?"

"我睡不着,问你个问题。"

"问吧。"

倪思喃干脆坐起来,小声问:"每次你公司里的项目赚钱的时候,心情是什么样的?"

京际集团那么大,每次应该都有很大一笔进账。

几秒后,她听见男人不咸不淡的嗓音响起:"并没有什么心情,习惯了。"

这可真是个好回答。倪思喃对这种拉仇恨的回答撇了撇嘴,反正现在关了灯他什么也看不见。

傅遇北睁眼,看到身侧的人,如果不是相信这是倪思喃,就这长发背影,着实有点恐怖片氛围。他问:"你想做什么?"

"我要去收租。"倪思喃说着又躺下来,不小心压到他的胳膊,干脆就枕在上面,振振有词,"其他的都是过眼云烟,只有房子才是真实的,以后说不定我比你更有钱。"

傅遇北闻言笑了一下。两个人靠得近,他笑起来胸腔的震动倪思喃都能清晰地感觉到,声音好听又有一种说不出来的味道。

"好,我期待。"

很敷衍的回答。

倪思喃说:"你等着吧。"

傅遇北"嗯"了一声,过了一会儿,说:"既然你现在睡不着,我们可以做点别的事。"他手臂一收,枕在上面的倪思喃就滚进了怀里。

接下来的一切都水到渠成。

第43章

傅遇北亲在她额角受伤的地方,那地方碰着不疼,但确实要敏感许多,有点痒。她窝在他怀里,逐渐沉迷于这种温柔。

第二天早上,傅遇北起床的时候动作并不大,但她还是醒了,眯着眼看他来来回回,从居家男人变成精英总裁。

临走时,他停在床边问:"不起床?"

倪思喃不是不想,瞪着眼前的男人道:"你要是不回家睡觉,我比打鸣的公鸡起得都早。"

傅遇北不为所动道:"看起来精力还可以。"

他伸手撩开她的头发,昨天撞出来的痕迹已经消失不见,现在细腻光滑。

倪思喃闭上眼,等人走后,又睡了个回笼觉。醒来时艳阳高照,吃完不知道是午餐还是早餐,倪思喃靠在沙发上给小区的负责人打电话。

"你好,我是倪思喃。"

对方一下子就知道她的目的,热情道:"倪小姐是吧?我是苏华,老爷子之前一直让我负责这些房子。现在这边文件都是整理好的,要我给您送过去吗?"

"不用了,我下午过去。"

"好,那我就在小区等您。"

倪思喃休息了一会儿,换了一件带领的衣服,没有穿裙子,而是长裤,看起来很飒。

小区距离工作室比较近。

苏华等在小区门口,看到那辆豪车就知道是正主来了,连忙迎上来道:"倪小姐。"

倪思喃戴上墨镜说:"走吧。"

"我们边走边说吧。"苏华知道她肯定不乐意自己看文件,就介绍道,"其实严格来说,这应该是两个小区,正好相邻,不过现在都是您的,算作一个也没事。"

一个小区五十栋楼,至于里面的住户加起来就更多了,倪思喃以前对这些没什么概念,被苏华一提就觉得很多。

倪思喃问:"现在这边房价多少?"

苏华答道:"十万一平。"

南城现在房价很高,更别提还是靠近市中心的,很多人买不起房就只能租,这小区在上班族眼里还是很抢手的。

"如果您现在要卖的话,我这边很快就能联系上相关人员,不过时间跨度可能会比较长。"

"不卖,租出去。"倪思喃很直接。

"租出去是比较合算。"苏华也很赞同,"这里私密性好,又安全,我也想住这里。"

倪思喃弯唇笑道:"给你套房子住。"

苏华受宠若惊道:"不了不了。"

他带倪思喃转了一圈,没有往里走,毕竟这大小姐穿着高跟鞋,而且又不是来走访的。

当初倪思喃父母去世时这小区还在建,现在也就过去了十年,看起来还很新。

苏华问:"房租的话,您看是怎么收?"

倪思喃还真没想过这个问题,她没租过房子,身边也没人租房子,并不清楚流程,扭头问:"正常怎么做的?"

苏华说:"有好几种,比如现在有房东专用的软件,可以在线上收房租。有的房东房子并没有这么多,就微信联系直接收,您和其他人有点不一样……"

倪思喃懂了,这么多楼她也收不过来。

临走前苏华给她介绍了房东用的APP,倪思喃下载了一个,不过要过段时间才能用上。这段时间苏华要帮她把小区的信息全部整理好,把以前的租户都转到她那边,等过几天,她就是一个合格的包租婆了。倪思喃看了一眼这两天涨了那么点的基金,再看看身后高楼林立的小区,翘唇微笑。股市有什么好看的,还要去分析赚不赚钱,还可能遇到风险和金融危机。租房就不一样了,只要不地震,房子一直在那里,房价又不跌,直接看账户里多出来的钱多快乐呀。

哪天傅遇北破产了,她就拿钱砸过去,到时候让他干什么就干什么。

第43章

倪思喃怀着美好的愿望去了医院。

之前被她勒令不准出院的周未未终于可以下床了，兴奋得不行，问："你老公给你的保镖呢？"

"不知道在哪儿。"

话音刚落，一个高大的身影出现在病房里，一身黑西装，人高马大。

"夫人好。"

被他这么一衬，她们两个就显得十分弱小，倪思喃还是第一次见这么大个儿的人。

保镖又开口道："未来我会负责您的安全。"

倪思喃回过神来，走过去绕着对方转了一圈，用手指戳了戳他肩膀上的肌肉。

"这是练出来的？"

"是。"

周未未眼睛亮晶晶地说："傅总怎么选出来你的，是让你们公司的人打一架，然后找最厉害的？"

倪思喃也饶有兴趣地看着他。

保镖不知为何有点害羞，想了想，说："本来加上我还有两个入选的，但是最后选了我。"他小声猜测，"可能是我比较粗犷。"

这是他的真实想法。当时傅总和他们公司的老板视频，看到另外两个人皱了一下眉，最后就定了他。

昨天何依晚留了地址，她们就让保镖去那儿索赔，正好倪思喃和周未未也没事，就打算跟在后面看热闹，顺便看看何依晚现在是什么情况，毕竟粉色超跑也不多见。

周未未说："她昨天提到男朋友，应该也是个有钱的，不知道我们认不认识。"

"认识那就更好了。"倪思喃露出一个笑容，娇艳张扬，如同一朵盛开的玫瑰。南城可是她的主场。

路上，周未未问："你看过《中南海保镖》吗？"

倪思喃说："看过。"

周末未揶揄地看着她道:"美貌雇主与强壮保镖。所以说,你家傅叔叔肯定也担忧这个。"

"你说错了。"

"难道不是事实吗?"

"他那个人对自己可有自信了。"倪思喃抬抬下巴,"你见过他不自信吗?"

当然没有。不说别的,单说外表,能比得过傅遇北的实在是少数,就他那张脸,她都觉得倪思喃这婚结得不亏。

等绿灯时,倪思喃看到窗外一个女孩正在和男朋友撒娇,甜甜蜜蜜的。

她们这种家庭,很少有谈恋爱结婚的。倪思喃初恋都没有,对于谈恋爱的了解基本都来自身边人,或者是眼睛看到的。

当然,也并不是说她现在想恋爱,只不过就是感觉有点遗憾。

倪思喃回过神来,打开微信,她和傅遇北的聊天记录还停在昨天吃饭那里。她唇角弯了弯,作怪地发消息。

倪思喃:"老公你雇的保镖看起来好强壮!一看就很厉害!"

倪思喃:"我非常有安全感!"

为表真诚,她还发了一个表情。

倪思喃发消息时,京际正在开一场重要的会议,不知过了多久,关闭的门才再次打开。傅遇北松了松领带,打开手机,排在第一的就是倪思喃的未读消息,一点开就看到两句话和一个表情,他凝神在两行字上。

乔路跟在一旁,什么也没看见。

直到推开办公室的大门,傅遇北将文件丢在桌上,才腾出手回复她:"是吗?"

倪思喃正在玩手机,看到就回复:"真的。"

接下来的十秒她就看到屏幕上方的"正在输入中"不停闪烁,但是没有发过来一个字。

什么话要想这么久?倪思喃忍不住好奇,想知道他在想什么,不会和老婆说话也要深思熟虑吧?她刚腹诽完,答案就来了。

傅遇北:"忘了告诉你,你的保镖是一日制的。"

第44章

一日制？只有今天有，还是一天换一个？

倪思喃盯着这三个字陷入沉思，没猜错的话，他的意思应该是她的保镖一天换一个。

还能这样？但自己好像也没什么损失，倪思喃转而想到缘由，挑了下眼尾，这是吃醋了吗？还怪可爱的。

倪思喃抿唇笑了，故意生气道："老公你怎么这样！"

傅遇北："这样是怎么样？"

明知故问呢，倪思喃觉得他有时候挺噎人，有时候又让她觉得很像情场高手。她回复："我就满意今天这个保镖。不准换。"

她要看他怎么回。

办公室里，傅遇北低头看到最后三个字，若有所思，随后轻松给了回答："工资是我出的。"

本来定的是一个月，傅遇北蹙眉沉思，他有限的记忆里从没有倪思喃喜欢肌肉男的印象。

乔路被叫过来时还有点茫然。

傅遇北面色不改,不急不缓地开口:"把保镖今天的工资结一下,改成一日制的。"

乔路试探地问:"那明天就不需要了吗?"

傅遇北看了他一眼,乔路自觉说错话了,多年的危机感让他迅速找回正路。

"我马上去联系。"

"嗯。"

乔路茫然地进来,茫然地出去。之前不是还挺满意那个保镖的吗?又强壮又足够粗犷,这才多久就改目标了,难不成这个还算俊秀?

乔路琢磨着去找个女保镖,现在女保镖也很厉害。

而这边,倪思喃没忍住被傅遇北的回复逗笑了,支着半边脸,窗外的阳光照得她侧脸安静恬美。

"笑什么呢?"周未未瞥见身旁人扬起的唇角,问道。

倪思喃也不觉得这聊天记录不能见人,摊开给她看,问:"你说我这怎么回?"

这男人非要她亲口说出来。

看到屏幕上的那行字,周未未笑到岔气,说:"我说什么来着,我说什么来着,请叫我预言家!"

竟然还有一日制保镖。周未未以前对傅遇北的印象全是严谨、正经,她第一次觉得这个男人没有想象中那么严肃。

"你想说什么就说什么呗。"周未未挤眉弄眼,"你们和一些情侣也没有区别。"

"像吗?"倪思喃问。

"像。"周未未认真开口,"虽然我没谈过恋爱,但我看过网上很多女生晒的聊天记录。"

不像热恋,像刚暧昧过度,下一步就是挑明热恋。

周未未兴致勃勃,忽然压低声音问:"咩咩,你告诉我,你喜不喜欢你老公?"

倪思喃被问得有点蒙,想说不喜欢,但又说不出口。

第44章

车里的音乐轻松舒缓,半开的窗外有风吹进来,将倪思喃的神唤回。

她喜欢傅遇北吗?倪思喃没有喜欢过谁,她可以任性地说讨厌某某某,但周未未这个问题让她犹豫起来。

"不知道,就是目前感觉还可以。"她垂下眼睫,声音有些轻。

周未未说:"不急,你们还有一辈子时间呢。"

她现在很看好傅遇北,不说别的,就是耐心、温柔这方面压根儿没有任何问题,又有能力又体贴,这样的男人很适合做丈夫,更适合做倪思喃的丈夫。

何依晚留的地址是一家花店。

还没下车就能看见不小的店面,正有人往里送花,各种各样的花朵摆在外面,看上去尤为漂亮。

"她来南城就开一个花店?"周未未有点不信,"看上去位置还不错。"

以她对何依晚的了解,这不像是她的做派。

这家店在十字路口,因为这边正好有一个广场,每天人流量很大,店面价格必然不低。

倪思喃微微一笑道:"这不是很合适吗?"

何依晚不说话的时候确实清纯,跟花店这样的地方,可以说是绝配,但偏偏这人是她不喜欢的。

倪思喃车都不想下去,吩咐她新上任的保镖:"你下去,就说是要赔偿的,把修理的账单给她。"

保镖还是头一回做这种事,不过傅总给的钱多,这种小事他不介意帮忙。

"未未,我们就在这边看着。"倪思喃给周未未递了个眼神,笑道,"旁观。"

"好。"

保镖本身就人高马大,再加上长期锻炼,他一出现在花店门口,有个年轻的小员工差点以为是来找碴儿的。

"何姐姐,有人找你。"

"谁呀?"何依晚从台后站起来,"不知道我在直播吗?你能处理就处理吧。"

"何小姐你好。"保镖将账单递过去,"我的雇主让我把这个交给你,麻烦尽快处理。"

何依晚心里一咯噔,猜到他是周未未那边的人。

"好,我看看哦。"

她接过来,没想到账单上一连串的数字让她傻了眼,不就是轻轻一撞吗,至于要这么多钱吗?是故意的吧?

倪思喃当然不至于在这事上骗人。她那车漆刮了,灯坏了,还有其他几处损伤,修也不可能换差的,费用加起来看着就多了。

"这是全部的吗?"何依晚强行扯出一个笑容,试探道,"是不是太多了,有些看起来——"

保镖压根儿不听,催道:"你赶快赔了。"

她就问一下,催什么催?

何依晚哪里有那么多钱,她才交完这家花店的租金,还有进花的钱,现在可以说是囊中羞涩。她抿了抿唇,打电话给男朋友。

保镖在店里站着像尊门神,把不少来看花的姑娘都吓跑了,何依晚看得更是头疼。

男朋友一到,她就立刻奔向他怀里。

"阿天。"

苏天一进来就美人在怀,还柔柔弱弱的样子,立刻安慰她道:"怎么了?跟我说。"

何依晚仰头说:"没事。"

苏天当然不信,追问:"和我还有什么不能说的?"

他和何依晚刚在一起一个月,正是新鲜的时候,有求必应,还为她买了一辆车。何依晚知道这些富二代喜新厌旧,所以不会得寸进尺。

顾忌到还在直播,她就压低了嗓音。

两个人亲密的动作一览无余,店外不远处看热闹的倪思喃说:"我看这男的要帮她付了,这就是她男朋友吧?"

第44章

周未未惊奇道:"你懂唇语?"

倪思喃扫她一眼,说:"这还用懂唇语?"

果然,苏天听了之后,主动开口:"我来付,不就是赔偿吗?"

他爽快地接过账单,眼皮一跳。这车不是普通人能开的吧?没记错是限量的,他在南城这么久,依稀有点印象,但记不得是谁的了。

苏天看向保镖,问:"你的雇主是谁?"

保镖想了想说:"姓倪。"

虽然是傅总给工资,但是他负责保护倪小姐。

听到这个字,苏天现在是付也不是,走也不是,表情有点僵,问:"倪大小姐的?"

何依晚直觉情况不对,不是应该爽快付完钱然后和她再说两句甜言蜜语吗?

"阿天……"

"倪大小姐应该没有受伤吧?"苏天哪里还顾得上她,一副甜嗓子也不能唤回他的注意。

保镖面无表情,抬手让他付钱。

苏天刚才放出大话,自然不可能不付钱,况且还是在女朋友面前。

保镖见任务完成,立刻回到路边。至于账单,拿回来也没用,就被他放在了柜台上。

见状,苏天立刻目光紧跟,等看到路边停的那辆车时,当即就抬起了脚。

车窗开着,周未未夸道:"干得好。"

"让我老公给你奖金。"倪思喃弯唇笑道。

"倪大小姐。"苏天笑着开口。

倪思喃闻言抬了抬下巴,看向窗外的男人,骄矜又明艳道:"苏二公子。"

她扫了一眼站在花店门口的何依晚,对方穿着一袭素白连衣裙,看上去确实很清纯。

苏天立刻说:"我女朋友不懂事。"

倪思喃还没说话,何依晚听到这话咬了咬唇,一副受了大委屈的模样,不明白自己的男朋友为什么这么卑躬屈膝。

"没事。"倪思喃云淡风轻。

临走时,倪思喃意味深长地看着他们,轻描淡写地提醒:"照顾好你女朋友,她很娇弱。"

苏天还没听懂这话的深意,回头看何依晚,她的眼睛湿漉漉的,含着水一样,站在门口仿佛被风一刮就能吹跑。

往常她这样,他心疼得不行,但现在他的注意力都在倪思喃和周未未那里,自己的女朋友居然撞的是倪思喃,倪老爷子和傅总应该不会记恨吧?

"阿天,你认识她们?"何依晚没忍住,上前问。

苏天没回答,挥挥手道:"我还有事,就先走了,反正以后你少惹她们,那车修好你这段时间就别开了。"

一直看戏的小店员也竖起了耳朵。

来之前不知道自己女朋友撞的是谁,来之后被吓了一跳,苏天也不是傻子,思来想去要回家和哥哥说一声。

等他走后,何依晚才沉下脸。

小店员走过来,低声问:"何姐姐,刚刚到底是谁啊?"

她知道何依晚的男朋友是南城的一个富二代,没想到连她男朋友都对别人一脸讨好的神色,那个车里坐的漂亮女孩显然更厉害一点。她听到了,是姓倪。

何依晚捋了下头发,随口说:"不知道,刚才别人订的花你都准备好了吗?"

何依晚初来乍到,压根儿不知道是什么情况。打发走小店员,她回到柜台,因为之前在直播,镜头一直没关,刚刚的事基本都被录了进去。

何依晚不止是花店店主,还是个拥有百万粉丝的博主,以往靠插花和鸡汤吸引关注,几个月前开了直播露脸之后,"颜值粉"也不少。

因为刚刚的事,此刻弹幕一堆一堆的,观众也多了不少。

"什么情况?"

"有人过来讹钱吗?"

"不会是收保护费的吧?居然是个黑西装!"

周未未惊奇道："你懂唇语？"

倪思喃扫她一眼，说："这还用懂唇语？"

果然，苏天听了之后，主动开口："我来付，不就是赔偿吗？"

他爽快地接过账单，眼皮一跳。这车不是普通人能开的吧？没记错是限量的，他在南城这么久，依稀有点印象，但记不得是谁的了。

苏天看向保镖，问："你的雇主是谁？"

保镖想了想说："姓倪。"

虽然是傅总给工资，但是他负责保护倪小姐。

听到这个字，苏天现在是付也不是，走也不是，表情有点僵，问："倪大小姐的？"

何依晚直觉情况不对，不是应该爽快付完钱然后和她再说两句甜言蜜语吗？

"阿天……"

"倪大小姐应该没有受伤吧？"苏天哪里还顾得上她，一副甜嗓子也不能唤回他的注意。

保镖面无表情，抬手让他付钱。

苏天刚才放出大话，自然不可能不付钱，况且还是在女朋友面前。

保镖见任务完成，立刻回到路边。至于账单，拿回来也没用，就被他放在了柜台上。

见状，苏天立刻目光紧跟，等看到路边停的那辆车时，当即就抬起了脚。

车窗开着，周未未夸道："干得好。"

"让我老公给你奖金。"倪思喃弯唇笑道。

"倪大小姐。"苏天笑着开口。

倪思喃闻言抬了抬下巴，看向窗外的男人，骄矜又明艳道："苏二公子。"

她扫了一眼站在花店门口的何依晚，对方穿着一袭素白连衣裙，看上去确实很清纯。

苏天立刻说："我女朋友不懂事。"

倪思喃还没说话，何依晚听到这话咬了咬唇，一副受了大委屈的模样，不明白自己的男朋友为什么这么卑躬屈膝。

"没事。"倪思喃云淡风轻。

临走时,倪思喃意味深长地看着他们,轻描淡写地提醒:"照顾好你女朋友,她很娇弱。"

苏天还没听懂这话的深意,回头看何依晚,她的眼睛湿漉漉的,含着水一样,站在门口仿佛被风一刮就能吹跑。

往常她这样,他心疼得不行,但现在他的注意力都在倪思喃和周未未那里,自己的女朋友居然撞的是倪思喃,倪老爷子和傅总应该不会记恨吧?

"阿天,你认识她们?"何依晚没忍住,上前问。

苏天没回答,挥挥手道:"我还有事,就先走了,反正以后你少惹她们,那车修好你这段时间就别开了。"

一直看戏的小店员也竖起了耳朵。

来之前不知道自己女朋友撞的是谁,来之后被吓了一跳,苏天也不是傻子,思来想去要回家和哥哥说一声。

等他走后,何依晚才沉下脸。

小店员走过来,低声问:"何姐姐,刚刚到底是谁啊?"

她知道何依晚的男朋友是南城的一个富二代,没想到连她男朋友都对别人一脸讨好的神色,那个车里坐的漂亮女孩显然更厉害一点。她听到了,是姓倪。

何依晚捋了下头发,随口说:"不知道,刚才别人订的花你都准备好了吗?"

何依晚初来乍到,压根儿不知道是什么情况。打发走小店员,她回到柜台,因为之前在直播,镜头一直没关,刚刚的事基本都被录了进去。

何依晚不止是花店店主,还是个拥有百万粉丝的博主,以往靠插花和鸡汤吸引关注,几个月前开了直播露脸之后,"颜值粉"也不少。

因为刚刚的事,此刻弹幕一堆一堆的,观众也多了不少。

"什么情况?"

"有人过来讹钱吗?"

"不会是收保护费的吧?居然是个黑西装!"

"晚晚没事吧?"

何依晚坐回椅子上，对着镜头柔柔一笑，道："没事，我昨天不小心和一辆车发生了摩擦，都没受伤，那辆车的主人派人过来要赔偿。"

"还派人?"

"应该不严重吧，晚晚看起来没受伤。"

"既然赔偿了，应该就没事了。"

何依晚将账单不动声色地拍入镜头中，接着插起花来，叹了口气。

随着她将一朵百合放在桌上，粉丝们自然而然就看到了那张账单。这是天价账单吗?

倪思喃不缺修车那点钱，但让她不高兴，她就不介意用这点事让别人不快。

"苏天对女朋友还挺大方的啊。"周未感慨，"年纪轻轻怎么就瞎了呢?"

倪思喃闭目养神道："说不定明天就重见光明了。"

南城，苏家勉勉强强在圈子边缘，主要是苏天他大哥苏淮有魄力，大家也就给他们几分面子。这事要是传出风声，苏淮肯定要管教苏天。

倪思喃想起自己刚刚的承诺，又坐直身体，歪着头露出一个笑容，发了条消息出去。

"老公，记得给保镖发奖金。"

她承认自己是故意的，可是傅遇北吃醋的行为好像有点可爱。

第45章

毕竟再成熟的男人也有幼稚的时候,倪思喃以前哪里想得到傅遇北有这一面,当然她也想不到自己会在他的底线上跳舞。

倪思喃等了一会儿,等到了傅遇北的回复,她解锁屏幕,看到一条新消息,一时之间陷入沉思。

傅遇北:"好。"

怎么回事,变冷静了?一点都不可爱了。倪思喃不打算回他,关掉手机,干脆就从赔偿款里给保镖发了奖金。让傅遇北发奖金她也就是随口说说而已。

大概半小时后,倪思喃接到了一个陌生号码,如果没猜错,应该是苏淮。

倪思喃挑眉道:"苏总。"

苏淮看了一眼蠢蠢欲动的弟弟,温声说:"倪小姐,之前的事我今天才知道,已经说过小天了。"

"没事。"倪思喃轻笑,又轻飘飘地提醒,"就是你弟弟看人的眼光不怎么样。"

"这个我知道。"

苏淮也是无奈，毕竟他不可能连弟弟的恋爱对象都管。不过经过这件事之后，估计弟弟会听话很多。

苏淮想了想，低声说："下个月我们苏家刚好要举办一场拍卖会，还请倪小姐给个面子。"

倪思喃对这个倒是有兴趣，问道："拍卖会？"

听见她慵懒的嗓音，苏淮笑道："对，目前拍品大部分已经确定，单子明天我可以让人送过去。"

"那就却之不恭了。"

挂断电话后，苏天立刻紧张兮兮地问："怎么样，倪大小姐没打算追究吧？"

倪思喃的事迹他可没少耳闻。

"现在知道害怕了？"苏淮没好气地说，"她生气倒还好，能消气，谁知道傅家那位怎么搞？"

"我……"

倪思喃压根儿没把这事放在心上，倒是对苏淮的拍卖会上的东西好奇起来。能让他这么提出来，必然有她喜欢的。

"哎，咩咩。"周未未手机摊到她面前，"你看昨天居然有人偷偷拍了视频。"

不知道是谁把她在病房跟人起冲突的视频发了出来。

蒋谷也不知道在哪儿发现的，发到了群里，说："倪咩咩，真没想到啊。"

倪思喃把视频从头到尾看完，应该是当时病房门没关，路过的人或者护士拍的都有可能。

倪思喃毫不在意，反正撞人的又不是她。

本来下午倪思喃是打算回工作室的，可不知道为什么，三点多的时候傅遇北约她晚上吃饭。

这能等吗？倪思喃当即转道回了四季湾，上午她为了增强气势，选的衣服比较高冷，不适合约会场景，本来她是想选一条温柔的，目光却停在一处——那是一件旗袍，是个独立设计师的新品，上面的刺绣都是亲手绣的。

倪思喃挑出来换上。她身材好皮肤白，穿上去之后一双腿又长又直，前凸

第45章

后翘,看着艳丽无双。

倪思喃相当满意,拎着包出了门。

傍晚六点,傅遇北到了工作室,推门而入,看见了柜台前的身影。

此时员工基本都走了,因为今天有顾客下单比较迟,辛禾主动留下来沟通。倪思喃正和她说着话,背对着大门,慵懒的站姿更显出细腰长腿,一举一动都优雅魅惑。

他还是第一次看见她穿旗袍。

"老板,你看看谁来了?"辛禾瞄见后面的人,立刻停下当前的话题,"后面后面。"

倪思喃转身,看见男人高大的身形。不知道为什么,其实今天的那个保镖可以给人安全感,但是有他在,她更心安。

"出发?"

倪思喃弯了弯唇,朝他走过去。

傅遇北的视线随之而动,松了松领口,清淡地"嗯"了一声,说:"已经订好位置了。"

倪思喃笑而不语。她都看见他刚刚一直看着自己了!看来衣服选得还挺对的呀。

乔路正站在后车门处,目不斜视。上车时,倪思喃先坐进去,故意伸手扯了下傅遇北的衣服。

"我今天的衣服怎么样啊?"

她求夸奖的时候又乖又甜,可偏偏今天的旗袍突出的是妖娆,这就形成了一种矛盾,但又意外和谐。

傅遇北站在外面,居高临下地看着她。

倪思喃眨眼道:"老公,你不会不好意思吧?"

路边的灯已经亮起,昏黄的光线顺着她的小腿往上爬,一路遮掩到裙摆。

傅遇北垂眼道:"刚刚有七个路人看你了。"

他说这话时十分克制,看倪思喃忍不住笑起来之后无声地笑了一下,坐到了她的身边。

不知道是不是她的错觉,这顿晚餐好像气氛截然不同。

事实上,何依晚直播结束后都没什么反响。插完两瓶花,她关闭直播,刷了刷之前的弹幕,并没有预料的情况发生。

"今天插的花好像不怎么好看。"

"对了,之前不是说在向一个明星供花吗?"

"赔了那么多,这么夸张?"

何依晚看到这些评论,差点没气昏厥,居然说她今天插的花不好看。

她的直播是录屏的,当即处理一下,当晚就发到了微博上。至于有些镜头,比如保镖的气势凌人,还有天价账单,她并没有删除。

可不知道怎么回事,她这期视频的播放量十分惨淡,看的人都少了,自然别提那些精心设计的镜头了。

何依晚躺在床上给苏天发消息:"阿天,账单的事我很快就会还清的,等我新店走上正轨。"

她在他面前一向营造的是人淡如菊的形象。

苏天:"不用了。"

何依晚问:"怎么啦?"

苏天:"这几天我很忙,我哥哥有事。"

何依晚脸色沉沉。这句话的意思不就是最近不要和他联系,最好也不见面吗?等过段时间是不是还要提分手?

何依晚不禁想起白天的事,没办法,只能自己联系了经常合作的公司,在出名的论坛里发了个求助帖——

"被讹钱了怎么办?"

内容里说自己不是被讹钱的主角,而是她喜欢的一个博主"wanwan",今天看直播时发现的。

网友们第一眼看过去,这谁?名字都没听过。但这种八卦还是很吸引人的,

第45章

文案又写得够狗血,一下子就把大家的心调动了起来。

总结下来就是,不小心和一位白富美的车摩擦了,对方直接派一个黑西装过来要赔偿。

"去看了直播视频,滤镜开到模糊。"

"让交警处理呗!"

"这账单确实夸张,一个前灯就要几十万,后面的加起来都够在小地方买套房了。"

"我好像依稀听见'姓倪'这两个字。"

"你没听错,我也听见了,那位姓倪的看起来还挺厉害的样子!"

"说到倪这个姓,我这段时间就只记得一个人,毕竟这个姓平时也不多见。"

"啊……我也想到了。"

直到晚上十点,倪思喃和傅遇北才回到四季湾。

用人在浴室里放水,她坐在梳妆台一边卸妆,一边听歌。

傅遇北站在阳台上,说着公事。挂断电话后,他转过身,看见侧对着自己的倪思喃,五官明艳精致,去掉首饰之后人显得很纯粹。

他半眯起眼,指腹微捻,拨通了一个电话。

大晚上接到自家老板电话的乔路十分严肃,没想到却听到了一句令他想不到的话:"我记得,苏家送了拍卖会邀请函?"

乔路说:"对,是有,放在办公室了。"

这一类拍卖会的拍品除了字画就是珠宝首饰,一向不在自家老板的兴趣范围,他眼里大多是经济商业,只有慈善拍卖才会露一面。

傅遇北靠在阳台上,眉峰很轻地挑了一下,问:"里面有什么拍品?说说,不知道就明天问。"

乔路有点回不过神来,一下子想起今晚总裁和夫人才刚吃完烛光晚餐,赶忙道:"拍卖会上有两套比较出名的项链、手镯。"

傅遇北平静地问:"估价多少?"

"第一套据说是欧洲某国曾经一位王妃的珍藏,预计五百万美元,第二套可能稍微少点。"

这些首饰买来除了送总裁夫人还能有谁?没记错的话,前两天自家老板似乎在看一个小岛,现在是改主意了,还是想两个都要?

乔路认真想了一下,还真有这个可能。

"回家还要不停地处理公司的事,不会嫌烦吗?"倪思喃起身,走到阳台边倚着门。

"你会嫌钱少?"傅遇北饶有兴趣道,"上次不还说要选一支买了就能赚的股票吗?"

倪思喃认真道:"还真不会。"

她这两天都想着自己的租金呢,再过几天她就能把手机扔到傅遇北面前,让他好好看看,风险如此低的赚钱方式,只有她才有。

傅遇北站在她对面,屋内的灯光被纱帘掩得忽明忽暗,勾勒出他清隽的面容,让倪思喃一时间看呆了,也就没注意到眼前的人缓缓走到她面前,深邃五官越加清晰,唇形完美。

一阵风吹过来,傅遇北抬起手。

倪思喃忽然清醒过来,看到他将落在自己肩膀上的头发往后撩了撩——几分钟前她随便扎的头发,有点松。

她顿了一下,说:"我去沐浴了。"

两人距离很近,呼吸不免相交。

说完她发现男人的目光一直停在自己的下巴上,再仔细一分辨,发现是往下一点。

倪思喃伸手摸了摸,问:"怎么了?"

傅遇北说:"空了。"

第46章

倪思喃一时半会儿没听懂空了是什么意思,等她躺在浴缸里才后知后觉,难道是因为摘了项链,所以觉得空了?毕竟旗袍配上首饰是非常好看的。

她心情不错,洗完澡穿上睡裙,又是优雅漂亮的倪咩咩,回到房间里傅遇北不在。

居然不在,是去工作了?倪思喃手叉在腰上,曲线匀称,玲珑有致,搞不懂这种工作狂,干脆自己上了床,打开平板浏览起最近的包来,没等她看到一个心动的,房间门开了。

傅遇北穿着浴袍进来,正在擦头发。凌乱的黑发让他增添了一丝随性的魅力,倪思喃不禁抬头多看了两眼。这是去次卧洗澡了?

"我还以为你又去开会了。"倪思喃趴在床上,跷着腿,一手滑动着屏幕。

"我已经下班了。"傅遇北不知道是提醒还是暗示,将毛巾挂在一旁,有水滴顺着耳朵往下流进了脖颈。

明明一个小时前还在打电话说公司的事,男人的嘴果然最不可信。

她这样的姿势身材曲线尤为明显，墨色的绸带睡裙露出漂亮的后背，不时地晃着腿，十分俏皮，长而卷的栗发散落在肩上，遮住了蝴蝶骨。

如此赏心悦目，傅遇北多看了两眼，掀开被子坐在她另一侧，居高临下。

"看看。"倪思喃将平板往他那边递了递。

傅遇北挑了下眉，转了视线，看到屏幕上好几个看起来很像但又细节不同的女式包。

"哪个好看？"倪思喃问。

就是因为选择太多，所以她不怎么容易抉择，才有了都想买的想法。

傅遇北问："怎么想起来在网上买？"

他记得前段时间时装周，她买了不少包，而且在他看来，好几十个包除了颜色不同，长得一模一样，有的甚至连颜色样式都一样。

傅遇北不懂这种同一款买好多个的喜好，但他向来不对别人的喜好做出评价，尤其是他这个娇生惯养又主意很大的娇妻。

"感觉家里的包都不太配我的新衣服。"倪思喃想了想，暗示他，"我的手今天很空。"

"是吗？"傅遇北回忆她今天拎的那个珍珠包。

倪思喃一点都不觉得自己的话有问题，将这几款都加入购物车，然后乖乖出声："钱包也空了。"

傅遇北轻笑一声，没接话。

倪思喃心想不应该啊，自己这么乖巧，又撒娇了，难不成这男人连包都不想给她买了？虽然她可以自己买，但他买的感觉不一样。

傅遇北若有所思，嘴角笑意清浅，弯腰倾身靠近她，声音悦耳又带着磁性："要不要把你的支付方式改成我的卡？"

倪思喃回过神来，心想这提议好啊。她迫不及待地点头，然后把平板递过去，勾着嗓子说："老公，给你。"

说着，她往他身边滚了一圈，怕他反悔。

改起来倒是很容易。傅遇北换成自己的卡，然后把平板关掉放在床头柜上，

第46章

再看向贴在自己腿边的人。

"故意的?"

倪思喃被他按在身边的时候还没从刚刚别人买单的快乐里回过神来,直到眼前一黑,灯关了。倪思喃后知后觉,好吧,说故意就是故意的吧。

次日天光大亮,傅遇北的生物钟是固定的,就算婚后因为倪思喃的作息,入睡时间往后推了又推,每天还是在固定的时间醒来。

他动了动,发现胳膊被压住了,慢条斯理地挪开倪思喃的胳膊下了床。

等用人敲门时,倪思喃才悠悠转醒。她翻了翻自己的手机,发现收到了品牌方备货的信息,迷茫了一瞬,自己买什么东西了?

倪思喃洗漱完才想起来,她昨天晚上好像让傅遇北给她买了包。

回到房间她打开平板,发现昨晚那儿款都付款了。倪思喃坐在床上,歪着头笑了一声,兴致勃勃地给周未未发消息:"今天工作室见。"

周未未:"干什么?"

倪思喃:"看你的裙子。"

这么一说,周未未自然等不及,爬起来换了衣服就直奔工作室而去。

倪思喃比她来得迟,手上还拿着吃的东西。

"我自己早餐都没吃就来了,你居然慢悠悠的。"周未未叉腰控诉,又笑着说,"快点给我看设计图吧。"

辛禾把图拿进办公室。设计图有好几页,倪思喃花了不少工夫,她其实很长时间没有亲手做设计了,所以有很多灵感。

"怎么样,喜欢吗?"她手撑在桌上问。

周未未目不转睛地盯着,头也不抬道:"好看啊,果然没选错,我什么时候能穿上?"

倪思喃笑道:"秋天。"

周未未立刻沮丧起来。好不容易看见一条这么心动的裙子,结果告诉她要等到秋天,这不就是在吊人胃口吗?

"还不如不看呢。"

"那下次不给你看了。"

"那我还是看吧。"周未未又嘻嘻笑了，打开手机把图拍下来，"你这儿要是缺人我给你介绍，搞快点。"

倪思喃懒得戳破她的小心思，手机从刚刚就一直在振动，因为和周未未说话就没看，现在才腾出手来，没想到微信上一大堆未读消息。

"咩咩，你好像上热搜了。"倪思喃还没来得及看别人发的具体内容，拿着手机的周未未忽然惊讶开口。

自己做什么又上热搜了？难不成又是因为和傅遇北没一起出现吗？

倪思喃干脆没看微信消息，直接登录微博，看到了自己的名字，后面还有个"wanwan"。她纳闷："这个'wanwan'是什么？"

周未未迟疑道："应该是个人吧。"

不用多说，倪思喃点开话题，就知道对方是个人了，而且视频里的人她还很熟悉，就是昨天的何依晚。

倪思喃稍稍一琢磨就能想到原因，毕竟自己和何依晚的矛盾也就那么一个。她面无表情地看着帖子。

这条热搜刚出来时，正在聚会的一些千金就聊开了。

"这个人又是哪个犄角旮旯出来的？没听过这名字，家里做什么的？"

"我看了下，是个网红吧，没事插花发鸡汤。"

"这都敢踩着倪思喃上位，是不把倪氏放在眼里还是没把京际当回事？"

她们都震惊了，是当倪思喃没脾气吗，把老虎当成猫？

周未未大致看完，气道："何依晚是不是脑子有问题啊，我们还需要讹她？"

因为这件事，周未未和倪思喃把裙子的事抛到了脑后。

评论里戾气很重，五花八门，乱七八糟的。

"啧啧，瞧瞧这盛气凌人的样子。"

"之前就觉得这位傅太太不怎么样，娇纵惯了。"

"嘘，快别说了。"

当然也有截然相反、比较理智的评论。

"到底是什么样的摩擦啊？"

"能不能给点有用的信息？比如警察叔叔的单子。"

因为帖子里提到了何依晚的微博，所以这么点时间她直接涨了五万粉丝。

倪思喃的微信里全是姐妹发来的消息。她往下翻了翻，大多是同仇敌忾，让她狠狠教训一下何依晚，居然敢胡乱炒作。

倪思喃确实很气，她从小到大被人捧着，就连和她不对头的孟芯闵也没有骂过她，何况现在这个情况和单独某个人骂她感觉还不一样。

倪思喃气到极致又平静下来，何依晚不配自己给她眼神，多掉价的事。想是这么想，她的表情却很严肃。

今天的保镖是个女生，看到雇主这个表情，比较淡定，但司机就不一样了，想得比较多。他是倪老爷子那边送过来的，思考要不要把这事报给老爷子还有傅先生，还是两个一起报。

"去京际。"倪思喃忽然开口。

这事爷爷那边的处理方式肯定是比较直接的，上次傅遇北的处理方式她很喜欢，她想知道这次自己老公会怎么做，心底隐隐有点期待。

她还没动身，京际和倪氏的公关部就看到了热搜，一边觉得无语，一边处理起来。

傅遇北得知这事后，眉头紧蹙。

乔路看得心头一跳，连忙说："公关部正在处理，倪氏那边的意思是要追究。"

骂了老爷子最喜欢的孙女，不追究怎么可能？

傅遇北正要说什么，办公室的门被推开，倪思喃踩着高跟鞋走进来，戴着墨镜，高贵又冷艳。

她在电梯里就想好了该怎么说，但这么进来，对上傅遇北那双深邃的眸子，倪思喃卡了一下，最后只憋出来四个字——

"有人骂我。"

一脸很委屈的样子。

倪思喃一点也不高兴，她刚刚想的是一定要让何依晚好看，可一面对傅遇北，她怎么说话就变成小白花一样柔弱了？这不是以前的自己！

傅遇北看出她的纠结，眼中带了笑意，看向乔路道："你先出去。"

乔路点头，路过倪思喃时小声提醒："热搜已经处理了。"

"啊……"倪思喃觉得挺尴尬的，那这样是不是显得自己很小心眼？

她面上若无其事，云淡风轻地坐在沙发上，优雅地一撩头发，温柔道："其实也不是多大的事，给人留点余地，算了。"

《天作之合1》完